FVA

Julia Rothenburg

KOSLIK IST KRANK

Roman

FRANKFURTER VERLAGSANSTALT

FSC
www.fsc.org
MIX
Papier aus verantwortungsvollen Quellen
FSC® C014496

Lektorat © Frankfurter Verlagsanstalt
Herstellung und Umschlaggestaltung: Laura J Gerlach
unter Verwendung eines Motivs von © neyro2008/iStockphoto.de
Satz: psb, Berlin
Druck und Bindung: GGP Media GmbH, Pößneck
Printed in Germany
ISBN 978-3-627-00245-9

für Adam

1

In der Nacht starrt Koslik an die Wand. Am gleichmäßigen Atem von Friese kann er erkennen, dass dieser noch lebt. Ein Lämpchen wirft rhythmisch rote Schatten auf seinen offenen Mund.
Koslik liegt regungslos da, denn immer, wenn er sich bewegt, raschelt das Bettzeug. Er hat Angst, dass Friese aufwacht. Aber Friese hat sich keinen Zentimeter bewegt, seit Koslik am Abend angekommen ist.
Als der Pfleger die Zimmertür für Koslik geöffnet hatte, sagte er: Das ist Herr Friese. Na, Herr Friese, wie geht es uns heute? Friese schwieg, und das Licht des roten Lämpchens fiel auf seine Wange, draußen hatte es schon zu dämmern begonnen. Koslik wartete eine ganze Stunde, saß auf dem Stuhl neben seinem Bett und musste immer wieder nach dem Blinken schauen. Das leere Bett sah aus, als wäre es nie berührt worden. Selbst der Knick im Kissen wirkte beiläufig. Er wollte Friese nicht stören. Wenn jemand ein Recht darauf hatte, hier zu sein, dann war es Friese.

Jetzt raschelt Koslik doch, als er sich langsam zum Ende des Bettes schiebt. Er hat seine Kleidung angelassen, nur

die Schuhe liegen unter dem Gestell. Die Decke hat er nicht benutzt. Er will nicht, dass das Bett schmutzig wird.
Bevor Koslik seine Beine abstellt, reibt er mit den Fingern darüber, kneift hinein. Die Berührung auf der Haut fühlt sich warm an, als spürte er sie zum ersten Mal. Vor Erleichterung klopft ihm das Herz. Die Stoffbeine, die dort vorhin noch gelegen hatten, sind verschwunden.
Koslik schaut auf seine Armbanduhr, im Dunkeln glitzert der Zeiger, die Zahlen am Rand sind nur Schemen. Er steigt aus dem Bett, erneut ein Rascheln, und er lauscht nach Friese, aber da ist nichts, was nicht gleichmäßig wäre.
Koslik schleicht zum Ausgang. Der Gang ist leer, der Fußboden schimmert, als wäre er frisch geschrubbt. Irgendwo hinten lacht jemand. Koslik macht einen Schritt hinaus, der Boden ist kalt, er hat vergessen, seine Schuhe anzuziehen.
Na, kann ich helfen?, fragt ein Pfleger, der plötzlich neben ihm aufgetaucht ist. Es ist der Mausgesichtige, der, der ihn durch die Krankenhausflure hierhergeführt hat.
Es sollte heute Nacht eine Untersuchung geben, sagt Koslik. Damit ich morgen früh gleich wieder nach Hause kann.
Nach Hause, sagt der Pfleger. Na, Sie haben's ja eilig. Wie geht's denn der Taubheit?
Schon besser, alles weg, sagt Koslik.
Die Beine?, fragt der Pfleger.

Normal, sagt Koslik und zuckt ein wenig mit den Beinen.
Aha, sagt der Pfleger. Also, MRT ist angeordnet. Das muss auch bald so weit sein. Ist grad aber noch besetzt. Dauert sicher noch 'ne Stunde. Oder zwei. Nachts geht immer alles langsamer. Der Pfleger schaut den Gang auf und ab, aber da ist niemand. Legen Sie sich doch noch mal ins Bett. Ruhen Sie sich aus.
Glauben Sie denn, sagt Koslik, aber der Pfleger hat sich schon umgedreht, schiebt einen Wagen, aus dem an der Seite blaue Handschuhe quellen.
Rufen Sie, wenn Sie was brauchen, sagt der Pfleger, und der Wagen klappert leicht, während er sich entfernt. Und als Koslik kurz weggeschaut hat, ist der Pfleger verschwunden, als hätte ihn jemand fortgesaugt wie einen Fussel.

Koslik geht zurück ins Zimmer, legt sich auf das Bett, aber das Rascheln hört man nicht mehr, denn Friese atmet jetzt lauter. Es klingt wie das Röcheln im Film, wenn einer Blut in der Lunge hat. Koslik schreckt hoch, schaut hinüber. Frieses geschlossene Augen lassen ihn aussehen wie eine Schildkröte. Seine Haare, die mal weiß und mal plastikrot sind, sind auf dem Kissen ausgebreitet. Er ruckt ein bisschen beim Atmen, und sein Mund steht offen, die Lippen spröde.
Koslik dreht sich um, sodass er ihn nicht mehr sehen muss. Doch das Röcheln wird immer lauter. Selbst wenn Koslik versucht, nur an den Kurs morgen zu denken, nur

daran, dass er hier bald wieder weg ist, röchelt es ihm in den Ohren.

Als Koslik aus dem Zimmer tritt, läuft eine Pflegerin den Gang entlang. Sie hebt etwas vom Boden auf, wirft es auf einen Wagen, dreht sich um.
Entschuldigung, sagt Koslik, und die Pflegerin schaut ihn an und blinzelt. Der Herr Friese in meinem Zimmer, er röchelt ziemlich. Vielleicht ist nicht alles okay?
Ach, der Friese, sagt die Pflegerin und lacht, sie sagt es, als würde man sich schon seit Jahren kennen und wüsste um die gegenseitigen Schwächen. Der ist ein Guter. Aber er hat ganz schreckliche Nasenpolypen. Wollen Sie Ohropax?
Nein, schon gut, sagt Koslik. Ich warte auf eine Untersuchung, danach gehe ich ohnehin nach Hause.
Gut, sonst rufen Sie einfach, wenn Sie was brauchen, sagt die Pflegerin und schiebt den Wagen davon.

Als Koslik endlich geholt wird, hat er schon eine Ewigkeit in die Schwärze draußen gestarrt. Aber in den Gängen flimmert es weiß von den Röhren an der Decke – das fahle Weiß der Kranken, in dem Kosliks Hände aussehen wie dünne Spinnen.
Der Mann, der Koslik geholt hat, läuft vor ihm, er wippt beim Gehen, aber seine Haare wippen nicht mit, sondern stehen in Büscheln von seinem Kopf ab. Sie steigen in einen surrenden Fahrstuhl, und als sie unten sind, tun Koslik die Beine weh.

Hier warten, sagt der Pfleger, der von vorne fast aussieht wie von hinten, der Bart ein Gestrüpp, hinter dem die Haut sich in kleinen Fetzen schält, und dreht sich um. Dann holt Sie jemand, sagt der Pfleger.
Im Flur sind Stühle an die Wand geschraubt, eine lange Reihe in schmutzigem Weiß, sie stehen in den Gang hinein wie Zähne in einem Plastikgebiss. Koslik dreht sich noch einmal um, aber die Fahrstuhltür hat sich geschlossen, der Pfleger ist verschwunden.
Koslik setzt sich und schaut in den Gang, links und rechts kahle Türen, alle geschlossen. Von ferne hört man ein Brummen.
Koslik legt die Hände in den Schoß und schaut auf seine Finger. Wenn man sie ansieht, könnte man meinen, sie gehörten nicht ihm, viel zu schlank sind sie, auf den Rücken schwarze Haare, obwohl Kosliks Kopfhaar doch braun ist.
Irgendwo klappert es, Koslik setzt sich auf, dann wieder Stille, selbst das Brummen schweigt, Stimmen, danach wieder nichts, als drehte jemand an einem Radio.
Koslik steht auf, läuft drei Schritte, kehrt wieder um. Die blanken Türen machen ihn nervös. Vorne ist eine Tür aus Milchglas, Koslik läuft auf sie zu, bleibt dann aber stehen. Er setzt sich wieder auf einen Stuhl, diesmal einen anderen, weiter vorne, er fühlt sich kalt an, der eben war schon warm geworden. Er weiß nicht, wie spät es ist, vielleicht zwölf oder ein Uhr nachts, eine Uhr gibt es nirgends, auch keinen Hinweis auf den Stationsnamen. Er weiß nicht einmal, in welchem Stockwerk er ist.

Wenn ich das hinter mir habe, denkt er, kann ich morgen ganz normal in den Kurs gehen. Er versucht sich zu erinnern, bei welcher Lektion sie waren, es fällt ihm nicht mehr ein, drei oder zwei, vielleicht auch vier, er hat sie zu oft unterrichtet. Er wird müde sein, sicherlich, wenn er hier jetzt noch weiter sitzt, aber ansonsten wird er die Stunde schon schaffen, hat er noch immer, selbst mit Erkältung, Koslik mag keinen Verzug.
Koslik schaut nach oben, wo das Neonlicht weiß flackert, schaut wieder auf den Boden, den Gang auf und ab, als hielte er Wache. Die Zeit dehnt sich langsam zur Ewigkeit, ihr Takt ist das Flimmern auf dem Boden.
Als Koslik sich fragt, ob überhaupt irgendjemand weiß, dass er hier sitzt, dass es immer später wird und er nur keine Ahnung hat, wie spät, geht vorne die Glastür auf.
Einen Moment noch, es ist noch jemand im MRT, sagt ein Mann, er sagt es vorwurfsvoll, als hätte er Kosliks Gedanken gehört.
Die Glastür schwingt zu, und Koslik sitzt weiter da, mit den Füßen klopft er auf den Boden, lässt es aber sein, weil die Vibration so stark ist, dass der Stuhlrücken zittert.
Er denkt an den Anfall, und sofort klopft ihm das Herz wieder. Wie er auf einmal nichts mehr spürte, sein linkes Bein nicht und seinen Arm, seinen Rücken, wie alles sich drehte und wie sein Herz, genau wie jetzt, in ihm raste. Mittlerweile kommt ihm das alles vor wie längst vergangen, auch wenn sein Herz noch genauso pocht. Koslik greift an seinen Rücken und tastet seine Haut ab wie

ein Blinder den anderen, klopft gegen seine Muskeln, aber es scheint alles okay zu sein.
Koslik atmet tief ein und aus und kneift mit seinen Händen in die Beine. Es wird schon alles okay sein, denkt Koslik, und der Gedanke beruhigt ihn.
Als der Mann schließlich hinter der Glastür hervorkommt, hat Koslik sich wieder erinnert, dass es Lektion drei war, und den Anfang im Kopf noch einmal hervorgeholt.
Sie können jetzt, sagt der Mann, und Koslik fällt auf, dass sein Kittel so nachlässig geknöpft ist, dass der eine Ärmel über die Hand hängt.
So, bitte Ohrenschutz aufsetzen. Haben Sie Metall am Körper?
Nein, sagt Koslik.
Gut, dann Ohrenschutz aufsetzen.
Ja, sagt Koslik und nimmt ihm die Ohrenschützer ab, die groß und plüschig sind.
Dann hierherlegen, sagt der Mann. Es wird laut, nicht bewegen.
Okay, sagt Koslik und setzt die Ohrenschützer auf, was der Mann dann sagt, kann er schwer hören.
Es dauert zehn Minuten, sagt der Mann. Sie können auch mit uns reden, wenn etwas ist.

In der Röhre versucht Koslik, an nichts zu denken, und denkt wieder an seine Lektion. Die Bücher sind immer gleich aufgebaut, Koslik nimmt ab und zu ein anderes, damit die Beispiele sich nicht wiederholen.

Wenn doch nicht alles in Ordnung ist, sollte er morgen anrufen. Am besten früh, damit noch allen Bescheid gesagt werden kann. Vor seinen Augen taucht das Bild auf, wie seine Schüler vor dem Raum auf ihn warten, unruhig den Gang mit den Augen absuchen. Wenn die Volkshochschule leer ist, hallt dort alles so merkwürdig. Die Röhre verfällt in ein widerwärtiges Brummen, gegen das die Ohrenschützer nichts ausrichten können. Koslik schaut an die Decke, die sich über ihn spannt wie ein Sarg. Hier ist nur dieses Weiß, ohne Maserung, ohne Muster, es gibt eine Naht, die geradeaus verläuft, aber Koslik kann ihr nicht folgen, weil sein Kopf festgeschnallt ist.

Als sie ihn endlich aus der Röhre ziehen, klingt ihm das Brummen noch in den Ohren nach.

Sieht alles okay aus, sagt der Mann. Weiß aber natürlich nicht, was genau die rausfinden wollen. Krieg hier nur die Anweisungen, sonst nichts.

Ich hatte eine Art Anfall, will Koslik sagen, aber der Mann hat sich umgedreht, kehrt zurück in seine Kabine.

Ich rufe jemanden, der Sie abholt, sagt der Mann.

Als Koslik wieder im Gang ist, steht auf der Spiegelfläche schon ein Pfleger.

Das Zimmer kommt Koslik jetzt doch schon vertraut vor. Nicht mehr wie heute Nachmittag, als man ihn herbrachte. Nicht mehr wie eine Arrestzelle oder ein Zimmer in einer Irrenanstalt.

Jetzt sieht alles so friedlich aus. Friese liegt auf der Seite,

der Mund steht offen, und seine Lider glänzen. Die Decke auf Kosliks Bett ist zerwühlt, und Koslik setzt sich erst auf die Kante, hört auf Frieses Atem, der ganz ruhig ist. Hier drinnen ist es dunkel, nur bei Friese blinkt es rot.
Koslik legt sich auf sein Bett und schaut nach draußen, wo der Mond wie ein helles großes Auge über dem Schwarzwald steht.

Am nächsten Morgen ist Friese schon wach. Als Koslik langsam die Augen öffnet, starrt er zu ihm herüber. Friese hat ganz helle Augen, beinahe weiß, aber wäre er blind, würde er nicht so gucken. Koslik schaut weg, alles andere käme ihm albern vor.
Na, Herr Friese, wie geht es uns heute?, sagt der Pfleger und schiebt einen Wagen mit Bettwäsche zu Friese. Würden Sie mal kurz, fragt der Pfleger, ohne Koslik anzuschauen.
Natürlich, sagt Koslik und geht zur Tür, während hinter ihm Friese unter kehligen Lauten seine Wäsche bekommt.

Im Gang ist es noch stiller als gestern, entfernt hört man ein leises Klappern verebben.
Koslik läuft zum Führerhäuschen nach vorne, in Gedanken nennt er es Führerhäuschen, aber eigentlich ist es eher eine Art Aquarium, in dem eine Pflegerin sitzt und schreibt.
Hallo, sagt Koslik.

Die Pflegerin schaut auf, aber erst beim zweiten Mal bleibt ihr Blick an ihm hängen.
Der Frühstücksraum ist da hinten, sagt sie und nickt mit dem Kopf.
Ich wollte mit dem Arzt sprechen, sagt Koslik. Wegen der Ergebnisse von gestern Nacht.
Ach, Ergebnisse gibt's bei der Visite, sagt die Pflegerin. Da müssen Sie noch kurz warten.
Wann geht das denn los?, fragt Koslik. Ich muss um zwölf einen Kurs geben.
Also, den sagen Sie besser ab, sagt die Pflegerin.
Und wann kommt der Arzt?, fragt Koslik.
So genau kann man das nicht sagen, sagt die Pflegerin. Es geht ja immer bei der Stroke Unit eins los, dann erst kommt die zwei. Das kann man also nicht sagen. Der Frühstücksraum ist da hinten, wieso gehen Sie nicht was essen?

Der Frühstücksraum erinnert Koslik an eine Wartehalle im Flughafen. Verstreut, sodass zwischen ihnen möglichst viel Platz ist, sitzen darin vier einzelne Menschen. Ganz hinten in der Ecke, in der sich nur schummrig das Licht auf dem Boden spiegelt, starrt einer auf sein Brötchen, während er mit dem Finger auf den Tisch klopft, ohne dass es ein Geräusch macht. Ein anderer, zwei Tische entfernt, klein und mickrig mit schmutzig weißen Haaren, schaut mit konzentrierter Miene auf seine Hände, die wie tot links und rechts von seinem Teller liegen. Zwei Frauen blicken zum Fenster, wo statt Flug-

zeugen nur die obersten Wipfel des Schwarzwaldes zu sehen sind. Die eine trägt einen lächerlichen Turban, orange gemustert, irgendwie unpassend zum Grau des Bodens und zum nebeligen Grau hinter dem Fenster, das hineinläuft, als gäbe es keine Trennwand zwischen der Klinik und dem Draußen.
Koslik steht vor der Glastür und überlegt, umzukehren. Eigentlich ist ihm von der stickigen Luft hier drinnen ohnehin eher schlecht. Als wäre sein Magen schon gefüllt. Dann erinnert er sich daran, dass die Krankenschwester gesagt hat, es würde lange dauern. Bis mittags mindestens. So lange kann er nicht warten. Mit einem seltsamen Gefühl von Schuld drückt er die Tür auf.
Niemand sieht auf, als er zur Theke geht, auch wenn seine Schritte dröhnen. Koslik ist nicht wirklich hungrig, aber ein Brötchen nimmt er sich doch, etwas Butter, ein Plastikdöschen mit Marmelade. Gespenstisch still ist es hier drinnen. Man hört den Mann hinten schwer atmen und das Bröseln des Brötchens, das der Mann mit den wirren weißen Haaren mit seiner Hand zerquetscht.
Koslik setzt sich. Erst als er sich umblickt, merkt er, dass er die Choreografie vervollständigt. Zwischen jedem von ihnen sind mindestens zwei Tische frei. Als hätten sie es vereinbart.
Koslik schneidet das Brötchen auf. Nur das Nötigste ordnet er darauf an, die Quittenmarmelade lediglich auf der einen Hälfte. Es kommt ihm vor, als hätte er dieses Essen geklaut. Muss er dafür eigentlich bezahlen?

Er weiß überhaupt nicht, wie man das in Krankenhäusern macht. Einmal nur ist er in einem gewesen. Wegen seiner Mutter, sie hatte damals irgendetwas am Darm. Koslik weiß nicht einmal mehr, was es war. Aber er, Christine und seine damalige Freundin – war es Kerstin? – waren zu Besuch gewesen. Wenn er daran zurückdenkt, kommen ihm nur Fernsehbilder in den Sinn. Lange Gänge, hektische Ärzte mit wehenden Kitteln, die männlichen Ärzte grauhaarig, die Frauen mit hochgesteckten Haaren. Vielleicht noch ein Tropf, in dem die Flüssigkeit hinabrinnt.

Wirklich erinnern kann er sich nur noch an die Handgelenke seiner Mutter. Wie dünn sie auf der Bettdecke aussahen, darüber dieser lächerliche blaue Kittel, den sie tragen musste. Das Krankenhaus war ihm vorgekommen wie eine Parallelwelt, in die nur manche ein- und austreten konnten. Wie ein Loch hatte sich der Besuch später angefühlt, so sauber aus seinem Tag getrennt, dass jede Erinnerung wie ausgelöscht war.

Koslik schaut aus dem Fenster, aber die Frau mit dem Turban sitzt so, dass sein Blick um ihr Gesicht nicht herumkommt. Sie hat ein teigiges Gesicht, und die eine Seite hängt etwas mehr als die andere. Sie bewegt ihre Hände nur langsam. In dem Moment, als er mit den Augen schon halb beim Fenster ist, treffen sich ihre Blicke. Ihr Augenlid zuckt, als schlüge es einen Rhythmus.

Koslik schaut zurück auf das Brötchen und zwingt sich, das letzte bisschen in seinen Mund zu drücken. Schlucken fällt ihm heute schwer. Auch seine Kaugeräu-

sche sind unerträglich laut. Also lauscht Koslik und findet noch ein anderes Geräusch: Die Vitrine hat zu summen begonnen. Obwohl die Wipfel des Schwarzwaldes hin und her wiegen, hört man von draußen nichts. Nur das Summen, das immer lauter wird.
Als Koslik den letzten Bissen schluckt, räuspert sich die Frau mit dem Turban. Koslik zuckt zusammen, als hätte ihm jemand einen Schlag verpasst. Aus den Augenwinkeln sieht er, dass er nicht der Einzige ist. Der Stuhl vom alten Mann vorne knarrt. Der ganz hinten steht knallend auf, kurz darauf fällt die Glastür. Die Frau mit dem Turban räuspert sich noch einmal, aber es ist nicht die Art von Räuspern, der Reden folgt.
Hach ja, sagt der Mann mit den wirren Haaren und faltet die Hände. Dann ist es still.
Koslik ist froh, dass nicht er es ist, der die Regeln bricht.

Weil Koslik nicht angekreuzt hat, was er zu Mittag will, kommt ein kleines Würstchen in einem Haufen Kartoffelbrei, der an den Rändern so trocken ist, dass er aussieht wie Lehm, dessen Kruste bereits bricht. Als der Arzt mit einer Gruppe Studenten kommt, hat Koslik ein Loch in den Kartoffelbrei gefräst.
Na, Herr Koslik, sagt der Arzt und schaut dann zu Friese, dessen Lämpchen im Tageslicht beinahe nicht mehr leuchtet. Herr Friese, gut geschlafen?
Weil Friese nicht antwortet, scharen sich die Studenten um Koslik. Ihre Blicke schweifen über ihn hinweg, nur einer bleibt mit seinem Blick an ihm kleben, ein

Schmächtiger mit Ziegenbärtchen, die anderen schauen zum Fenster.
Vorhin hat Koslik auch eine Weile aus dem Fenster geschaut. Zu sehen ist ein Springbrunnen, darum herum gereiht wie in einem Theater mehrere Bänke, auf denen die Zuschauer sitzen und sich nicht rühren. Die Fenster sind schalldicht, sodass man von draußen nichts hört.
Der Arzt, ein Mann, der in seinem Kittel beinahe schon zu verschwinden scheint, so farblos sind Haare und Haut, blättert in den Unterlagen.
Wie geht es Ihrem Bein?, fragt der Arzt. Und dem Arm?
Alles weg, sagt Koslik.
Keine Taubheit?, fragt der Arzt.
Nein, keine, sagt Koslik.
Kein Schwindel mehr?
Nein, sagt Koslik, alles okay.
Sonst irgendein Unwohlsein? Kribbeln? Kopfschmerzen? Übelkeit? Sehstörungen? Sonst irgendwas?
Nein, wirklich, alles ist wieder gut.
Was kam bei der Untersuchung raus?, fragt Koslik dann, weil der Arzt nichts sagt, sondern in seinen Unterlagen blättert.
Die Untersuchung, ja, sagt der Arzt und schaut auch kurz aus dem Fenster, wo am Springbrunnen wirklich jeder einzelne Platz besetzt ist.
Wir werden noch ein paar weitere machen müssen. Wissen Sie, ich möchte da auf Nummer sicher gehen.
Aber mir geht es gut, sagt Koslik. Alle Probleme sind ver-

schwunden. Und ich kann ja nicht wegen nichts von der Arbeit wegbleiben.
Bei diesen Worten zuckt ihm das schlechte Gewissen wieder durch den Magen. Vorhin hat er nur den Anrufbeantworter im Sekretariat erreicht. Das Bild, wie sie alle vor seinem Raum warten, kriecht ihm von ganz alleine vor die Augen. Er versucht, nicht daran zu denken, aber der Arzt redet ohnehin schon weiter.
Nun, lassen Sie es mich so sagen, sagt der Arzt. Gefunden haben wir nichts. Das ist ja die gute Nachricht. Keinen Tumor, auch kein Gerinnsel, da scheint jetzt erst mal akut alles in Ordnung zu sein. Aber die Symptome, die Sie beschreiben, das ist ja schon recht ungewöhnlich bei einem Mann Ihres Alters, da möchte man nichts riskieren. Deswegen wollen wir noch weitere Untersuchungen vornehmen.
Aber ich könnte das doch auch von zu Hause machen, oder?, fragt Koslik und merkt, wie sein Herz immer schneller pocht.
Sie meinen ambulant, sagt der Arzt und verlagert sein Gewicht. Wie Schatten regen sich die Studenten hinter ihm.
Genau, sagt Koslik. Für die Untersuchungen herkommen. Und ansonsten normal arbeiten, ich habe heute ohnehin schon meine Veranstaltung verpasst. Mehr würde ich mir eigentlich nur ungern erlauben.
Das wäre umständlich, sagt der Arzt. Das machen wir nicht. Wir behalten die Leute immer stationär, bis wir alles ausgeschlossen haben. Wissen Sie, so was, was Sie

haben, das hat man ja nicht mal einfach so. Das ist durchaus ernst zu nehmen.
Oh, sagt Koslik. Es wäre aber nicht ausgeschlossen, dass ich nach Hause ginge?
Passen Sie auf, sagt der Arzt und klickt mit einem Kugelschreiber, den er noch gar nicht benutzt hat und jetzt trotzdem wie nach getaner Arbeit in seine Kitteltasche steckt.
Sie können natürlich nach Hause gehen, aber das geschieht dann gegen ärztlichen Rat. Sie müssen dann auch unterschreiben, dass Sie gegen ärztlichen Rat gehandelt haben, dass Sie das selber so wollten. Aber ich empfehle Ihnen Folgendes: Bleiben Sie hier, machen Sie sich 'ne schöne Zeit, und wir überprüfen das noch ein wenig weiter. Klingt das nicht vielversprechend?, sagt der Arzt, und an der Art, wie er den Hals dreht, sieht Koslik, dass er die Unterhaltung bereits beendet hat.
Nun, sagt Koslik. Ja, okay, dann eben so. Er fühlt sich, als hätte man ihn über den Tisch gezogen, ihn in etwas hineingeredet, er weiß nur nicht, in was.
Wir finden schon raus, was da los ist, sagt der Arzt. Für morgen machen wir dann ein Herzecho, da kommt dann aber noch eine Kollegin und erklärt Ihnen das.
Ja, sagt Koslik, aber niemand hat auf seine Antwort gewartet. Die Studenten sind schon aus dem Zimmer gehuscht, und kurz darauf fällt die Tür zu.
Friese schaut nach oben an die Wand. Vielleicht schaut er aber auch nirgendwohin.

Ich bleibe hier, denkt Koslik und guckt aus dem Fenster zum Springbrunnen, wo Wasser spritzt, ohne Geräusche zu machen. Arbeit noch einmal anrufen, Anziehsachen, noch mal nachfragen, wie lange. Auf einmal hat er Angst. Koslik dreht sich zum Fenster, als er Charlottes Nummer wählt. Er will nicht, dass seine Stimme zittert, aber verhindern kann er es auch nicht.
Einen Moment lang überlegt er noch, ob er nicht lieber Christine anrufen soll. Christine ist von seinen Schwestern die ruhigere, wenn er schon selbst nicht weiß, wie er sich fühlen soll, wird sie es ihm wenigstens nicht sagen. Aber Charlotte wohnt nun mal in der Nähe, und irgendjemand wird ihm ein paar Sachen bringen müssen.

Charlotte geht erst beim zweiten Versuch ans Telefon. Hallo, sagt sie, kannst du mal kurz warten. Nein, hört er im Hintergrund. Ich telefoniere, sagt sie dann genervt. Ja, genau, dann gleich eben. Jetzt mach doch mal, ja, verdammt.
Hallo, sagt sie dann direkt in den Hörer. Weißt du, du hättest ruhig mal Bescheid sagen können, dass du nächste Woche ohnehin keine Zeit hast zum Grillen. Das hätte mir einiges an Planung erspart.
Ich bin gerade im Krankenhaus, sagt Koslik und versucht es nicht so dramatisch klingen zu lassen.
Was?, fragt Charlotte und klingt dabei viel lauter als vorher. Wieso denn? Oh Gott, hattest du etwa einen Unfall? Du bist doch nicht etwa schon wieder mit diesem Schrottding ...?

Nein, sagt Koslik, es war was anderes. Eine Art Anfall vielleicht. Ist gestern passiert, am Schreibtisch. Schwindel, dann die Beine taub und die Arme. Ich bin hierhergefahren, um das abklären zu lassen.
Auf der anderen Seite hört man, wie Charlotte schnauft, Luft zieht.
Das sind Symptome eines Schlaganfalls!, sagt sie dann laut.
Ja doch, ich bin doch auch gleich ins Krankenhaus gefahren.
Und?, fragt Charlotte.
Ist noch nicht raus, sagt Koslik. Sieht nicht so aus und ist auch ohnehin alles wieder gut, also alles okay, deswegen ruf ich nicht an.
Aber jetzt, wo er es ausgesprochen hat, klingt es doch so, als müsste man sich Sorgen machen. Auf einmal glaubt Koslik wieder den Schwindel zu spüren, auch wenn er auf dem Bett sitzt, als schwankte der Boden, als wögen seine Füße unterschiedlich viel.
Das ist ja schrecklich, sagt Charlotte. Oh Gott, dass so etwas passiert! Hätt' ich das gewusst, oh Gott. Wenn du irgendetwas brauchst. Oh, soll ich kommen? Warte, morgen geht es nicht, aber ich kann schnell kommen, wenn es nötig ist.
Ich brauche nur ein paar Anziehsachen, sagt Koslik. In der unteren Schublade sind die Hemden und darüber ...
Ja, ich weiß doch, sagt Charlotte. Ich bring sie dir, oder ich schick Rolf, gleich morgen schick ich ihn.
Danke, sagt Koslik.

Du, sagt Charlotte, können wir später noch mal telefonieren, da ist gerade.
Ja, sagt Koslik, ist ohnehin besser, ich glaub, man darf hier gar nicht telefonieren. Wegen der Elektronik oder so.
Aber du sagst Bescheid, wenn du was brauchst, ja? Du sagst Bescheid, sagt Charlotte.

Jetzt, wo Koslik wieder im Zimmer ist, allein mit Frieses Atem, merkt er, dass sein Herz ganz anders schlägt. Vielleicht, denkt er, ist das der Anfang. War da nicht ein Flackern in den Augen des Arztes gewesen? Eine Ahnung vielleicht. Und die Studenten, die hatten so schweigsam dagestanden, ihn nicht angeschaut.
Das Gefühl, man habe ihn in etwas hineingeredet, verschwindet, jetzt, wo er daran zurückdenkt. Eine Ahnung, denkt Koslik. Aber noch will er nicht weiter darüber nachdenken. Morgen oder übermorgen, denkt er. Wenn nicht heute, dann komme ich eben morgen oder übermorgen hier raus. Wenn alles gut ist. Sicher ist sicher.
Er versucht, nicht zu Friese zu schauen, als er sich auf das Bett legt. Aber als er doch hinguckt, sieht Friese ihn an, milchige Augen.
Koslik überlegt, etwas zu sagen, er schaut hin und wieder weg. Friese zuckt nicht einmal mit den Augenbrauen. Koslik guckt kurz aus dem Fenster, schlägt dann die Bettdecke zurück. Ganz warm ist das Bett, weil er so lange darauf gesessen hat.

Ich mache mal ein Nickerchen, sagt er im Geiste zu Friese. Er sagt es nicht laut. Es ist zu spät, um sich einander jetzt noch vorzustellen.

2

Koslik wacht am nächsten Morgen auf, weil es rumst. Er hat nicht gemerkt, wie er eingeschlafen ist, deswegen rüttelt ihn das Geräusch jetzt auf beunruhigende Weise wach. Als hätte er nicht geschlafen, aber auch nicht gewacht. Als wäre er tot gewesen.

Aus den Augenwinkeln glaubt er zu sehen, dass Friese sich bewegt, aber als er genau hinschaut, erkennt er, dass nur das Licht sich verändert hat: Vom Gang kommt jetzt ein Neonlicht, die Tür ist offen. Dann schiebt sich ein Wagen ins Zimmer, direkt dahinter eine Pflegerin.

Koslik erinnert sich an die Pflegerin, Schwester Inge oder ein anderer Name, der lächerlich nach Krankenschwester klingt. Am ersten Tag hier hat sie hinter der Scheibe gesessen und nicht aufgeschaut, als er gebracht wurde. Jetzt kommt sie hereingeschoben, hantiert am Wagen herum. Friese weiß schon, was als Nächstes passiert, er macht Geräusche wie ein Tauber.

Aber die Schwester bleibt zuerst bei Koslik stehen. Einmal aufsetzen bitte, sagt sie. Sie hat graue Haare, die borstig nach oben stehen, und ein weiches Gesicht mit tiefen Falten, wie die Dellen in einem ausgewalzten Hefeteig.

Während Koslik sich hochhievt, sieht sie aus dem Fenster, wo es schon hell ist, aber irgendwie scheint draußen alles zu blass zu sein. Vielleicht, weil er bis eben ins Neonlicht geschaut hat. Dagegen wirkt die Helligkeit vor dem Fenster wie ausgewischt.

So, einmal Kopf hoch, sagt die Pflegerin und fasst ihn am Kinn. Ihm fällt ein, dass er sich seit Tagen nicht rasiert hat. Vorgestern Morgen hatte er es nicht für nötig gehalten, wo er doch den Tag eigentlich zu Hause verbringen wollte. Aber Schwester Inge hat auch schon wieder losgelassen und drückt ihm etwas Kaltes ins Ohr.

Fiebermessen, sagt sie, ist hier Standardprozedur. Geht ganz schnell, sagt sie dann und zieht das Fieberthermometer auch schon wieder aus seinem Ohr. Auf dem Wagen steht ein Mini-Computer, in den sie jetzt etwas zu tippen beginnt.

Hatten Sie heute schon Stuhlgang?, fragt Schwester Inge.

Was?, fragt Koslik und rückt ein Stück zurück. Die Bettdecke knistert, als wäre sie aus Papier.

Muss ich fragen, sagt Schwester Inge. Also: Stuhlgang, hatten Sie schon?

Koslik kennt solche Frauen. Seine Mutter hatte einmal eine Freundin, die sprach genauso. Effizient, als prüfte sie alles, was man sagte, auf seinen Gehalt, den sie in kleinen Listen notierte. In Notizbüchern, Einkaufslisten, auf losen Zetteln, Blöcken, die auf Küchenanrichten lagen.

Das schlaffe, gutmütige Gesicht von Schwester Inge täuscht darüber hinweg, dass auch sie zu diesen Frauen

gehört. Ihre Augen sind grau und huschen umher wie kleine Irrlichter.
Nein, sagt Koslik. Ich bin gerade erst aufgewacht.
Schwester Inge sagt nichts, sie tippt.
Irgendwelche Schmerzen, Symptome, Taubheit, irgendwas?, fragt sie und schaut ihn kurz an.
Nein, sagt Koslik, alles okay. Zur Sicherheit fühlt er noch einmal nach, aber da ist nichts.
Gut, sagt Schwester Inge, holt etwas vom Wagen und steht dann plötzlich neben ihm. Bauch oder Bein?, fragt sie.
Was?, fragt Koslik, und einen Moment lang kommt ihm das Ganze vor wie ein Traum. Als stünde sie gar nicht wirklich neben ihm, als verschwände sie im blassen Hell von draußen.
Bauch oder Bein?, fragt Schwester Inge in genau demselben Tonfall und verlegt behäbig ihr Gewicht von einem Bein auf das andere.
Ich, sagt Koslik, dann sieht er die Spritze in ihren Händen.
Eine Spritze?, fragt er und muss sich zwingen, nicht noch weiter zurückzurutschen.
Ja, das ist Standard hier, sagt Schwester Inge und hebt die Spritze, dass Koslik kurz ganz anders wird.
Gegen Thrombose. Die meisten entscheiden sich für den Bauch, sagt sie dann, und Koslik glaubt von Friese eine Bewegung zu sehen.
Okay, Bauch, sagt Koslik und versucht nicht zu stottern dabei.

Wieder sind Schwester Inges Hände kalt, und kalt ist auch das Desinfektionszeug, das sie ihm auf den Bauch sprüht. Wie auf einem unsichtbaren Pfad läuft es ihm bis zum Hosenbund. Koslik schaut weg, aber sie sticht so schnell zu, dass er kaum etwas spürt.
Na, und was soll's heut werden? Schwester Inge tritt zurück und schaut ihn das erste Mal direkt an. Ihre Augen sind blau, nicht grau, denkt Koslik. An seinem Bauch pocht es jetzt und schnell drückt er sein T-Shirt darüber.
Ich weiß nicht, sagt Koslik. Ich muss heute noch bleiben, hat der Arzt gesagt.
Irgendeine Untersuchung?, fragt die Schwester.
Ja, sagt Koslik, aber ich weiß nicht genau, welche.
Herzecho? Schwester Inge schaut auf ein Klemmbrett, das auf dem Wagen liegt.
Was?, fragt Koslik.
Sieht nicht so aus, sagt Schwester Inge. Dann müssen Sie heute nicht nüchtern bleiben. Wird wahrscheinlich die Nervenwasseruntersuchung bei Ihnen. Na dann, gute Mahlzeit, sagt sie und rollt schon weiter.
Richtig, denkt Koslik, es ist Frühstückszeit. Als er zu Friese hinüberblickt, glaubt er, zwinkert dieser ihm zu.

Auf dem Weg zum Frühstück merkt Koslik, dass er langsamer geht. Jetzt fängt das bei mir auch schon an, denkt er. Bei allen anderen hat er das bereits beobachtet. Schleppend schieben die Pfleger ihre Wagen, als wären sie mit Steinen beladen, als schöben sie Zement. Mit schlurfenden Schritten laufen die Patienten. Erst jetzt, wo er selber auch so langsam läuft, fällt ihm das auf. Seltsam, denkt Koslik. Wie er wohl von außen aussieht? Ein Kranker unter Kranken.

Koslik bemüht sich, schneller zu gehen. Aber seine Beine fühlen sich schwer an, auch das Bedürfnis, den Kopf zu senken, muss er unterdrücken.

Als er im Frühstücksraum ankommt, hat er schon wieder einen schalen Geschmack im Mund.

Der alte Mann mit den wirren Haaren ist auch wieder da. Auf genau demselben Platz sogar, zwei Tische weit von der Tür entfernt. Koslik setzt sich und schaut auf seinen Hinterkopf. Auf sein Brot schmiert er diesmal etwas mehr Marmelade. Das Brot ist trotzdem so trocken, dass es ihm in der Kehle wie Schmirgelpapier reibt.

Koslik schaut nach draußen, wo der Schwarzwald sich heute nicht regt. Ganz schweigsam sehen die Baumspitzen aus, die nach oben in den Himmel staken.

Das Krankenhaus passt nicht zu Freiburg. In Freiburg ist alles milde Geschäftigkeit, irgendwie behäbig. Anders als hier im Krankenhaus, wo es nur stickig ist, ummantelt von dieser erdrückenden Stille. Wo man seine Beine kaum heben kann.

In Freiburg scheint immer die Sonne. Erst jetzt, wo er hier ist, in dieser abgeschiedenen Zweitversion der Stadt, weiß er das. Freiburg liegt im Schwarzwald, als hätte man es dort hineingepflanzt, wo es nun friedlich vor sich hin wächst. Das Krankenhaus aber wird vom Schwarzwald umrahmt, als gäbe es nichts anderes mehr.

Koslik wohnt schon recht lange in Freiburg. Wie lange genau, kann er nicht sagen. Eigentlich wohnte er schon vor seinem Umzug hier. Als wäre auch er irgendwie hineingewachsen.
Als er noch klein war, hatten sie in Bad Krozingen gewohnt, nur ein paar Stationen von Freiburg entfernt. Wenn jemand fragte, dann sagte er, sie wohnten bei Freiburg.
Bad Krozingen erscheint ihm jetzt merkwürdig gesichtslos. Er ist schon lange nicht mehr dort gewesen. Er erinnert sich noch an den Bahnhof, die Hitze in den Kniekehlen, wenn er dort wartete und die Sonne auf die Gleise knallte. Und er erinnert sich an das Thermalbad, aber ob es das schon damals gegeben hat oder erst später, weiß er nicht. Er erinnert sich an ein Becken mit Wasserstrudel, das außerhalb des Gebäudes lag und in dem seine Schwestern stundenlang herumschwammen, die Gesichter voller roter Flecken vom Chlor.
Koslik weiß nicht, ob es wirklich das richtige Thermalbad ist, das er sieht, wenn er daran zurückdenkt. Hallen, in denen die Stimmen klingen wie das Quaken von Fröschen, dampfende Luft und ein Gefühl auf der Haut, als wäre sie zu klein geworden, das ist alles, nichts davon konkret. Er erinnert sich an die Damenumkleide, als er noch klein war. Der Badeanzug seiner Mutter, in dem man sehen konnte, wie hager sie war, alles voller Sehnen und Muskeln und auf dem Rücken, da, wo der Badeanzug die Haut freigab, die kleine Narbe, wo ihr mal eine Warze entfernt worden war.

Jetzt, wo Koslik daran zurückdenkt, spürt er ein schweres Gefühl in sich hochsteigen, das ihm bis in den Mund sickert. Das passiert manchmal, wenn er an seine Mutter denkt, überhaupt an seine Kindheit. An diese Zusammenstellung aus grellen Farben, von denen er manchmal nicht weiß, ob sie einem Film entstammen oder von ganz allein aus den Tiefen seines Hirns nach oben strömen.
Koslik wird ungern emotional. Leute, die um die Vergangenheit ein zu großes Aufhebens machen, hat er schon immer verachtet. Er findet es lästig, Gedanken daran zu verschwenden, wer nun durch was wie geworden ist. Diese lächerlichen Zusammenfassungen längst vorbeigezogener Ereignisse, getrübt durch jenes triefend warme Gefühl, das andere Erinnerung nennen. Koslik schaut sich eigentlich nie Fotos an. Wenn es ihm doch mal passiert, fühlt er sich danach behäbig und satt. Das reicht ihm für Wochen.
Koslik schaut noch einmal zum Schwarzwald hinüber und wundert sich, dass das Dunkelgrün heute fast ein Blau ist. Während er die Baumstämme bis zum Ende verfolgt, bis in den grauen Himmel und wieder zurück bis zum Fuß des Waldes, wo wie gespiegelt eine Halde aus Beton liegt, lässt das Gefühl langsam nach.
Er schluckt noch einen Bissen seines Brotes hinunter, spürt seltsam neben sich stehend das ranzige Fett der Butter, die sich an einigen Stellen in die Poren des Brotes gefressen hat und jetzt im Mund zerläuft.
Als er aufsteht, hat der andere Mann seinen Teller schon in die Ablage gestellt.

Friese ist nicht mehr alleine im Zimmer, als Koslik vom Frühstück zurückkommt. Mit starren Augen liegt er da, während neben ihm ein Tropf mit einer weißen Flüssigkeit beladen wird. Ein dicker Krankenpfleger, den Koslik bisher nur von weitem kennt, prüft die Schläuche. Nicht lange, Herr Friese, sagt der Pfleger und betastet die Schläuche bis zu Frieses Brust, in die langsam die Flüssigkeit zu laufen beginnt. Oben tropft sie dick in eine Kanüle, unten werden die Schläuche dann weiß und milchig.
In elf Stunden hol ich dann den Beutel ab, wenn Sie aufgegessen haben, nicht wahr, Herr Friese?, sagt der Pfleger und drückt noch einmal die Schläuche an Friese, der daliegt wie gefesselt.
Als Koslik vorbeiläuft, packt der Pfleger gerade seinen Wagen. Er schaut nicht zu Koslik, nickt aber kurz in seine Richtung.
Koslik legt sich auf sein Bett am Fenster, sucht nach seinem Unterrichtsmaterial. Er dreht sich so, dass er Friese nicht sehen muss, der doch wieder einen kehligen Laut ausstößt. Dann rollt der Wagen, und als Koslik sich zum Schwarzwald umschaut, fällt die Tür zu. Zurück bleibt eine Stille, in der Koslik sogar das Tropfen zu hören glaubt. Koslik weiß nicht, wieso, aber diesmal kriegt er eine Gänsehaut.

Als Koslik später auf den Gang tritt, herrscht eine Betriebsamkeit, die ihm fremd ist. Vorne stehen mehrere Menschen, hinten huschen drei Pflegerinnen herum. Es sieht nicht mehr so aus, als hätte man den Gang leer gefegt, als wäre er in einer Welt gelandet, die nur aus spiegelndem Boden und Wagen besteht, die dastehen, als hätte man sie vergessen. Nur die Türen strecken noch ihre grauen Rücken in den Gang wie in einem Gefängnis. Neben Kosliks Tür hängt jetzt ein Schild, das Koslik noch gar nicht gesehen hat. Herr Koslik, steht darauf. Und Herr Friese.

Koslik schaut schnell wieder weg.

Eine Pflegerin weiter vorne schiebt einen Wagen langsam und gemächlich von einer Tür zur nächsten. In der Mitte hat sich eine Frau mit langen strähnigen Haaren aufgebaut und gestikuliert. Die Pflegerin, die vor ihr steht, sieht Koslik nur von hinten. Sie nickt mit dem Kopf wie eine Puppe.

Koslik macht ein paar Schritte in den Gang, aber niemand achtet auf ihn.

Ich mein, so was ist nicht okay, sagt die Frau mit den strähnigen Haaren. Sie hat eine nörgelige Stimme, die zu ihren Haaren passt, träge und faserig. Koslik ist froh, dass er sie nur von der Seite sieht.

Das Shampoo war noch ganz voll, sagt sie. Ich find's ja echt okay, wenn sie das mitbenutzt, ich bin so nicht, nicht knauserig, mein ich. Wir sitzen hier ja schließlich alle im selben Boot. Da bin ich nicht knauserig.

Ja, sagt die Pflegerin und nickt. Sie hat kurze schwarze Haare, die aussehen, als hätte man sie einzeln festgetackert.

Aber wenn man dann einfach die ganze Flasche mitnimmt, wenn man entlassen wird. Die hatte ich ja gerade erst gekauft. Nicht mal gefragt hat sie, ob sie die mitbenutzen darf. Obwohl ich da ja nicht nein gesagt hätte, klar. So bin ich ja nicht.

Ja, das kann ich verstehen, sagt die Pflegerin.

Sie schaut kurz auf, als Koslik vorbeiläuft, aber ihre Augen bleiben kaum bei ihm. Sie blickt wieder auf den Boden und nickt.

Ja, Frau Weinhaupt, ich verstehe Ihren Ärger.

Einfach was wegnehmen, also, das ist Diebstahl, sagt Frau Weinhaupt. Und wenn man schon im selben Boot sitzt. Da geht es mir ums Prinzip.

Die Stimmen werden leiser, während Koslik den Gang entlangläuft. Dann ist er beim Führerhäuschen. Diesmal sitzt Schwester Inge hinter der Scheibe. Das glaubt er zumindest. Sicher ist er sich nicht, denn durch die Scheibe ist alles so verspiegelt, dass die Gesichtszüge mit dem Braun der Ablage zu einem faltigen Grau verschwimmen. Und darüber, über das Bild von Schwester Inge gelegt, wie mit Doppelbelichtung im Film, sieht Koslik sich selbst, durchsichtig wie ein Gespenst. Seine Haare sind zerzaust. Schnell streicht er sie wieder glatt.

Koslik will einfach vorbeigehen, hin zum Ausgang, da steht Schwester Inge plötzlich in der Tür des Führerhäuschens. Sie füllt sie fast ganz aus, obwohl sie selbst sehr klein ist. Das ist Koslik vorher gar nicht aufgefallen, aber sie ist bestimmt einen Kopf kleiner als er.

Herr Koslik, sagt sie. Wo wollen Sie denn hin?

Mal raus, sagt Koslik. Spazieren gehen oder so. Mir wurde gesagt, dass die Untersuchung ...
Nein, das geht nicht, sagt Schwester Inge. Wir haben hier die Pflicht der Patientenüberwachung. Sie können nicht einfach rausgehen, dann können wir nicht mehr für Ihre Sicherheit garantieren. Denken Sie nur daran, was passieren könnte. Das ist versicherungstechnisch nicht möglich. Wenn Sie stationär aufgenommen worden sind, dürfen Sie das Krankenhaus nicht verlassen.
Ich darf nicht raus?, fragt Koslik. Aber man muss doch mal rausdürfen.
Das ist versicherungstechnisch nicht möglich, sagt Schwester Inge. Sie sind ja hier im Krankenhaus, wenn Ihnen was passiert, während Sie außerhalb des Geländes sind, bezahlt das die Versicherung nicht. Wir haben hier eine Aufsichtspflicht.
Ach so, sagt Koslik. Aber wenn ich einfach nur kurz vor die Tür gehe.
Das ist natürlich prinzipiell möglich, sagt Schwester Inge und verlagert ihr Gewicht so, dass sie von einer Seite des Türrahmens zur anderen kippt.
Aber wir müssen Sie ja finden können, wegen der Untersuchung. Das kann jeden Moment so weit sein. Sonst verzögert sich alles. Es gibt eben nur bestimmte Zeiten, wo so eine Untersuchung möglich ist. Da sind Sie am besten hier. Damit es gleich losgehen kann. Verstehen Sie?
Ja, sagt Koslik. Das verstehe ich schon.
Sie können in den Aufenthaltsraum gehen, sagt Schwes-

ter Inge. Den gibt es ja extra für die Patienten, die sich selbst bewegen können. Da können Sie sich hinsetzen. Etwas lesen, was Sie eben gerne tun würden.
Aha, sagt Koslik.
Der Aufenthaltsraum ist da hinten, sagt Schwester Inge. Wieso gehen Sie nicht dorthin?

Im Aufenthaltsraum stehen zwei Sofas, an jeder Wand eins, als würden sie einander anschauen. Dazwischen steht ein Tisch, auf dem ein paar zerfledderte Zeitschriften liegen. Das Ganze, findet Koslik, sieht aus wie ein Wartezimmer, das wie ein Wohnzimmer aussehen soll. Auf dem einen Sofa sitzt schon der alte Mann mit den wirren Haaren, der noch ganz genauso guckt wie beim Frühstück. Seine Mundwinkel hängen, und er hat die Hände im Schoß gefaltet. Neben ihm liegt eine Zeitschrift. Man kann aber nicht sehen, welche, weil sie in einen dieser Umschläge eingeschlagen ist, die nicht verraten, was sich dahinter verbirgt. Koslik fällt keine Zeitschrift ein, die zu diesem Mann passen könnte. Er sieht nicht aus wie einer, der sich für Gesundheitsthemen interessiert. Oder für Autos. Und Politik passt auch nicht. Aber ohnehin kennt Koslik sich nicht allzu gut aus mit Zeitschriften. Er liest manchmal den Spiegel, Illustrierte für Männer, sagt Charlotte dazu.
Koslik durchsucht die Zeitschriften, aber den Spiegel findet er nicht. Selbst wenn es einen gäbe, wäre er vermutlich unlesbar. Die anderen Illustrierten sind mindestens ein Jahr alt.

Koslik schaut zum Fenster, das, wie er erst jetzt sieht, eine Tür ist, die auf einen Balkon führt. Auf dem Balkon stehen zwei Stühle, über dem einen hängt ein Handtuch, das, grellrot und mit einer gelben Aufschrift, im Wind hin und her schlenkert.

Draußen ist es viel kühler, als Koslik erwartet hat. Von drinnen wirkt es immer so, als bestünde der einzige Unterschied zum Draußen im Licht. Aber erst jetzt bemerkt Koslik, wie stickig es in seinem Zimmer ist. Wie dumpf ihn die Luft macht. Schneidend dringt sie ihm nun in die Nase. Es riecht, als hätte es bereits geregnet, aber die Wiese liegt in trockenem Grün zu seinen Füßen, und der Schwarzwald ist ohne jeden Dunstschleier zwischen den Spitzen.

Koslik überlegt, sich auf einen der Stühle zu setzen, aber er sitzt ja schon den ganzen Tag. Also stellt er sich an die Brüstung und schaut hinunter. Im Klinikpark laufen nur wenige Menschen herum. Eine alte Frau schiebt eine andere im Rollstuhl über den Gehweg. Von hier oben sehen ihre Haare aus wie ein riesiger Wattebausch. Drei Ärzte laufen auf den Wegen, die sich in der Mitte kreuzen, aufeinander zu. Aber als sie sich treffen, halten sie nicht inne.

Koslik merkt, dass er zittert, so kalt ist es hier. Wenn man immer drinnen ist, verliert man das Gefühl für die Kälte.

Koslik zieht an seinen Ärmeln, aber er hat keine Jacke an. Ohnehin trägt er seit vorgestern dasselbe. Ihm fällt ein, dass er Charlotte noch einmal anrufen sollte. Wegen

Rolf, der ihm doch seine Sachen bringen wollte. Aber er glaubt nicht, dass er es ertragen könnte, jetzt Charlottes Stimme zu hören.
Und, was sagen die Ärzte, wie geht es dir, was machst du, wann wirst du entlassen, gibt es schon Ergebnisse?
Was sollte er ihr schon sagen? Dass er es selbst nicht weiß.
Nein, nein, mach dir keine Sorgen, das ist nichts, das wird schon alles wieder.
Auch das erscheint ihm mit einem Mal ungewiss.
Koslik sieht sich noch einmal um, aber hier ist nichts, für das es sich lohnen würde, auf dem Balkon zu bleiben. Also geht er wieder hinein, schließt die Tür, damit es nicht zieht. Auch wenn ihm das Stickige hier drinnen jetzt unerträglich erscheint.
Koslik, sagt plötzlich jemand, und erst glaubt Koslik, der alte Mann hätte gesprochen, aber der ist verschwunden, an seiner Stelle sitzt nun ein anderer, der ihn anschaut, als würde er ihn kennen, die Hände schon zum Aufstehen auf die Oberschenkel gelegt.
Koslik, René Koslik. Na, wahrhaft, das bist ja du, Koslik!, sagt der andere und steht dann wirklich auf, geht ein Stück vom Sofa weg, stellt sich genau in die Mitte des Raumes, sodass Koslik ihn nicht übersehen kann. Er trägt ein Hemd, dessen drei oberste Knöpfe geöffnet sind. Die Haut darunter ist weiß. Sein Hals ist dünn und hat die Farbe von Hühnerhaut, rosa und weiß, und sein Gesicht hat so viele Kanten, dass es spitz wirkt. Koslik kennt das Gesicht, aber sein Name kommt ihm trotzdem zu spät in den Sinn.

Frank, sagt Koslik und macht automatisch ebenfalls einen Schritt, auch wenn sein Herz pocht, einmal hart, und er eigentlich lieber stehen bleiben würde. Aber er macht sogar noch einen Schritt, ganz von alleine, um Franks Hand zu nehmen, die dort schon in der Luft hängt.
Dass ich dich hier treffe, Koslik, sagt Frank und schlägt ihm dann einmal auf die Schulter, irgendwie verspätet.
Oh, sagt er, entschuldige, ich hoff, das war nicht zu feste. Wenn man jemanden im Krankenhaus trifft, weiß man ja nie.
Nee, nee, sagt Koslik. Keine Sorge, ich bin hier nur zur Untersuchung, wie du siehst, kann ich noch gehen.
Ha, noch, mein Lieber, noch, sagt Frank und grinst dabei. Dieses Grinsen, das früher noch frech aussah. Jetzt sieht es wölfisch aus, weil auf seinen Wangen wie grauer Staub ein Bartschatten liegt.
Was machst du hier?, fragt Koslik, weil Frank nichts weiter sagt.
Routine, sagt Frank. Reine Routine. Die Ärzte finden ja immer was, wenn ihnen langweilig wird. Nichts weiter Schlimmes, kein Grund, da aus dem Hemd zu fahren, aber sicher ist sicher, nicht? Und da komm ich eben ab und zu her und mach mir einen schönen Urlaub in der Klinik.
Ah, sagt Koslik und wartet, dass Frank aufhört, ihn zu mustern. Auch das erinnert ihn an früher, dieser Blick, mit dem Frank jeden mustert, stechend blau, und diesmal liegen seine Augen sogar noch tiefer.

Wie lange ist das her?, fragt Frank, und Koslik schweigt und tut so, als würde er nachdenken.
So fünfzehn Jahre, sagt er dann, und als er es sagt, muss er doch darüber nachdenken. Nach dem Studienende hatten sie sich nicht mehr gesehen. Außer an Neujahr ein Jahr später und noch ein Jahr später. Das war zwölf Jahre her. Ungefähr.
Lange, das ist lange, sagt Frank. Und wenn ich jetzt sage, ich freue mich, kommt das nicht so gut, eh, im Krankenhaus.
Er lacht und schlägt Koslik auf die Schulter. Seine Finger hinterlassen einen Abdruck.
Aber ich freu mich trotzdem, ist schon lange her, toll, dich mal zu sehen.
Ja, sagt Koslik. Wirklich.
Aber lass uns hier nicht so rumstehen. Frank zeigt auf das Sofa. Das, auf dem noch immer die Illustrierte des Alten liegt wie das einzige Requisit auf einer sonst leeren Bühne.
Was war los bei dir in den letzten Jahren, na komm, setz dich doch.
Frank sitzt bereits und klopft neben sich auf das Polster. Die Zeitschrift wirft er mit einem Schlenker zurück auf den Couchtisch.
Ich fürchte, sagt Koslik, ich muss zurück. Da kommt eine Untersuchung, zu der ich muss. Nervenwasser. Du weißt ja, Routine, aber man darf sie nicht verpassen.
Ach, die holen dich, sagt Frank. Keine Sorge, ich weiß, wie das läuft. Da kommt dann die Schwester oder, ah

pardon, Pflegekraft sagt man ja jetzt, und holt dich schon. Also nur keine Panik. Oder bist du etwa immer noch so ein Korrekter?
Sie hat gesagt, dass ich in zehn Minuten da sein soll, sagt Koslik. Das ist bestimmt schon ein paar Minuten her. Ich will wirklich nicht, dass sich das Ganze verzögert.
Na, immer noch ganz der Korrekte, sagt Frank. Er sitzt jetzt vorne auf dem Sofa und schaut ihn schon wieder so an.
Koslik zögert, geht dann aber doch einen Schritt zurück. Entkommen kannst du mir hier ja nicht, sagt Frank und rutscht auf dem Sofa sogar noch ein Stückchen weiter vor. Als wollte er gleich wieder aufspringen.
Nein, nein, sagt Koslik. Ich freue mich sehr, dich zu sehen, wir sehen uns ja bestimmt demnächst noch einmal. Wir können uns doch später wieder hier treffen. Nach der Untersuchung, du weißt schon.
Sicher, sagt Frank. Das machen wir. Dann musst du mir erzählen, was du die letzten Jahre getrieben hast.
Du auch, sagt Koslik. Ich bin gespannt. Also dann.

Selbst als sich die Glastür hinter Koslik schließt, spürt er noch Franks Augen. Aber als er sich umdreht, hat dieser eine der Zeitschriften genommen, wirft sie wieder zurück auf den Tisch. Wie er dasitzt, erinnert Koslik an damals. Koslik dreht ab und geht den Gang hinunter. Er kommt sich noch behäbiger vor, jetzt, da sein Herz so hastig schlägt. Erst als er die Tür erreicht, wird es langsamer.

Friese liegt im Bett und schaut an die Decke. Der Ständer steht noch immer da, der Beutel noch halb voll mit weißer Brühe. Friese verzieht das Gesicht, als liefe ihm das Zeug durch den Mund statt durch einen Schlauch. Koslik nickt ihm zu, atmet aus. Seine Lunge holpert dabei, so sehr hat er versucht, nicht zu atmen. Als die Tür sich hinter ihm schließt, fühlt er sich merkwürdig glücklich. Sicher.
Schöner Tag heute, sagt er zu Friese.
Friese nickt, das glaubt Koslik, weil sein Bett wieder wackelt und der Schlauch, der aus Friese kommt, zu zittern beginnt.
Man darf aber nicht raus, sagt Koslik. Es gibt bald eine Untersuchung.
Koslik setzt sich aufs Bett und atmet noch einmal aus. Nervenwasser, sagt er. Es kann jeden Moment so weit sein.
Aber Friese hört vermutlich nicht mehr zu. Die Augenlider flattern, und stotternd wie ein Motor hört sich sein Atem an.

3

Als später die Tür ins Schloss fällt, klickt es so laut, dass Koslik aufschrickt. Er hat gar nicht gemerkt, wie er eingenickt ist. Mittlerweile ist es draußen so grellgrau, dass Koslik nicht sagen könnte, welche Tageszeit ist.

Eine junge Frau ist hereingekommen, eine von der Sorte, deren Blicke Koslik sonst immer meidet. Es ist eine, wie man sie in der Volkshochschule nicht trifft, aber im Edeka in Kosliks Straße, hinter ihm an der Kasse, neben ihm im Gang, kein Blick auf ihn, höchstens in seinen Wagen, abfällig geworfen aus sorgsam geschminkten Augen über einer Nase, die aussieht, als hätte man auch sie mit einer Wimpernzange gebogen. Die Art von Frau, deren Verachtung schlimmer ist, weil sie nicht hinschaut.

Hier, fällt Koslik auf, hätte er eine solche Person nicht erwartet. Blond sind ihre Haare und gepflegt, sodass aus dem sorgsam gebundenen Pferdeschwanz nicht ein einziges Haar heraussteht. Ihr Zopf fällt wie lackiert auf den weißen Kittel, der an ihr aussieht wie ein Designerstück.

Die junge Frau schließt die Tür ohne hinzusehen, schaut auch nicht zu Friese, der plötzlich eine Bewegung macht, dass das Bett quietscht wie Plastiksohlen auf frisch geschrubbtem Boden, sondern lässt wahllos den Blick schweifen, vom Tisch in der Ecke zum Schrank, zu Kosliks Bettdecke, die, das wird ihm jetzt bewusst, einen unschönen Knick aufweist.

Sie geht an Friese vorbei, ihr Blick nur ein Huschen, als wäre auch er etwas, das man vergessen hat aufzuräumen. Koslik tut das leid für Friese. Friese aber regt sich jetzt nicht mehr. Diesmal liegt er so, dass Koslik sein Gesicht nicht sehen kann. Nur die Augen, die, man sieht es an den weißen Wimpern, zur Decke blicken, wo Friese vielleicht gerade die Streben zählt.

So, sagt die Blonde und bleibt vor Koslik stehen. Sie sind Herr Koslik, sagt sie, aber es ist keine Frage. Nicht einmal eine Feststellung, so gelangweilt dahingesagt klingt es. Sie schaut zum Fenster.

Sie müssen das hier unterschreiben. Sie hält ihm ein Klemmbrett hin. Ich erkläre Ihnen kurz, worum es geht, sagt sie, sagt aber nichts weiter, sodass Koslik das Klemmbrett nimmt.

Okay, sagt Koslik und steht auf, das Klemmbrett in der Hand.

Sie können ruhig sitzen bleiben, sagt sie und bewegt sich kein Stück von der Stelle.

Jetzt, wo Koslik steht, fühlt er sich noch viel unnützer. Auch wenn er bestimmt einen halben Kopf größer ist als sie und so immerhin nicht mehr wie ein Kind zu ihr hochschauen muss. Neben ihr kommt er sich vor, als würde er krumm stehen.

Koslik fühlt sich unangenehm an seine Unizeit erinnert. An der Uni hatte es auch solche Frauen gegeben, auf dem Hof hatten sie in kleinen Grüppchen gestanden. Ein Freund, der mehr Franks als seiner gewesen war, Karl, hatte einmal so eine als Freundin gehabt. Die Beziehung dauerte nicht lange, aber obwohl Koslik sie nur ein paar Mal gesehen hat, erinnert er sich noch an ihr Gesicht, wie sie die Nase krauszog und wie sie den Körper zur Seite drehte beim Sprechen, als würden ihre Worte jemand anderem gelten.

Koslik geht zum Tisch, der genau zwischen seinem und Frieses Bett steht, und setzt sich auf einen der Stühle. Er nimmt extra den Stuhl, von dem aus er Friese gut sehen kann, während der andere mit dem Rücken zu Friese zeigt. Beinahe hat er das Gefühl, er müsste Friese beschützen.

Friese liegt noch immer starr im Bett, aber Koslik glaubt zu sehen, dass er blinzelt. Wegen seiner Wimpern sieht es aus wie das Schlagen heller Schmetterlingsflügel.

Die Blonde setzt sich ihm gegenüber, nimmt ihm das Klemmbrett aus der Hand und legt es auf den Tisch. Koslik entdeckt jetzt ein Namensschild auf ihrem Kittel. *N. Koch* steht darauf. Bestimmt Nadine, denkt Koslik. Oder Natascha.

Ich muss Sie über die Untersuchungen aufklären, sagt Nadine und zeigt auf das Klemmbrett, darauf Blätter mit Bildern zwischen den winzigen Texten, schwarzweiß und verschwommen.

Es werden mehrere Untersuchungen bei Ihnen durch-

geführt, die Ihre Zustimmung erfordern. Das ist natürlich eine reine Vorsichtsmaßnahme. Es passiert nur ganz selten mal was. Aber Risiken gibt es natürlich immer.
Sie sagt das alles, als würde sie einen Beipackzettel vorlesen. In gewisser Weise tut sie das ja auch, denkt Koslik. Auf dem Blatt ist ein Herz abgebildet, ein Schlauch. Koslik registriert vage, worum es geht.
Die erste ist das Herzecho. Sie werden sediert, sind Sie allergisch gegen irgendein Kontrastmittel, gegen ein Betäubungsmittel?
Koslik will überlegen, aber sie redet schon weiter: Das ist eine kurzzeitige Narkose, die Ihnen über einen Zugang zugeführt wird. Anschließend schlucken Sie diesen Schlauch hier. Das kann zu Halsschmerzen führen, leichter Heiserkeit. Ihr Herz wird dann quasi von innen untersucht, so kann herausgefunden werden, ob es ein Loch in der Wand gibt, ob die Klappen gut schließen. Die Untersuchung dauert keine zwanzig Minuten. Das ist ein Routineeingriff. Unterschreiben Sie bitte hier.
Sie holt jetzt aus dem Nirgendwo einen Stift hervor, während Friese leise zu stöhnen beginnt. Nadine dreht sich kurz um, sodass Koslik noch einmal ihren wippenden Pferdeschwanz sieht. Er stellt sich vor, wie ihre Augen Friese mustern, ihn abschätzen. Sofort hört Friese auf zu stöhnen. Am liebsten wäre Koslik aufgestanden.
Nadine klickt mit dem Stift, legt ihn genauso hin, dass Koslik ihn nur noch greifen muss. Er unterschreibt an-

ders als sonst, wie von einem Kleinkind hingeschmiert sieht es aus. Einfach, weil er ihren Blick nicht ertragen kann.

Sofort zieht sie ihm das Klemmbrett unter dem Stift weg, sodass er einen schwarzen Strich zieht, hingeworfen wie einen dünnen Faden.

Und hier die zweite Seite, sagt sie. Lumbalpunktion. Auch das ist Routine. Wir punktieren dabei den Wirbelkanal im Bereich der Lendenwirbel, um Nervenflüssigkeit zu entnehmen. Es können leichte Kopfschmerzen auftreten, auch Schwindel ist möglich. Bitte unterschreiben Sie hier.

Koslik schaut nicht einmal auf das Bild und die Wörter, die darunter geschrieben stehen. Er hört nur, dass Friese in seinem Bett zu ruckeln beginnt. Das tut er sonst nie. Es klingt, als wälzte sich jemand hin und her. Aber Friese bewegt sich kaum. Nur das Bett zittert.

Das war's auch schon, sagt Nadine und steht auf, eine gerade Bewegung, als hätte sie nie wirklich gesessen. Entweder ich oder eine Kollegin kommt später und macht die Untersuchung bei Ihnen, sagt sie, klemmt das Brett unter den Arm, als wäre es eine Handtasche, und wirft noch einen Blick auf Friese.

Okay, sagt Koslik schnell. Nadine schaut trotzdem weiter zu Friese, macht einen Schritt auf ihn zu, dreht dann aber doch ab und geht zur Tür.

Wann wird es denn die Untersuchung geben?, fragt Koslik. Und das mit dem Herz, passiert das auch heute?

Er ärgert sich, dass er fragt. Eigentlich will er von Na-

dine überhaupt nichts mehr hören. Aber hier zu warten ohne etwas zu wissen erscheint ihm jetzt unerträglich.
Das kommt drauf an, sagt Nadine. Die Lumbalpunktion wird bestimmt heute Nachmittag stattfinden. Das Herzecho ist immer eine Frage der Kapazität, verstehen Sie. Das sehen wir erst kurzfristig.
Aber wenn es heute klappen würde, sagt Koslik, der jetzt nicht mehr anders kann. Dann würde man mich doch entlassen können, oder? Dann könnte ich doch heute schon raus.
Da müssen Sie den Herrn Doktor fragen, sagt Nadine, und beinahe sieht es so aus, als rümpfte sie ihre Nase noch ein Stückchen höher. Das hängt eben mit den Kapazitäten zusammen.
Koslik will fragen, ob man das nicht irgendwann absehen könne, aber Nadine hat die Klinke schon in der Hand.
Schönes Mittagessen, sagt sie. Sie sagt es nur zu Koslik, nicht zu Friese, bei dem noch immer weiß in seinem Schlauch das Essen tropft.

Weil Koslik Frank nicht begegnen will, bleibt er im Zimmer und sieht zu, wie es Nachmittag und das Licht langsam golden wird und im Springbrunnen glitzert, als hätte man etwas hinzugemischt. An Frank versucht Koslik nicht zu denken, es gelingt ihm gut, weil Friese jetzt wieder röchelt wie einer, der erstickt.
Als es an der Tür klopft, denkt Koslik trotzdem zuerst

an Frank. Sein Name steht draußen an der Tür. Es wäre leicht, ihn zu finden.
Aber nicht Frank steht in der Tür, sondern Rolf, den Kopf zwischen die Schultern gezogen, wie er es immer tut, wenn Koslik ihn trifft.
Rolf schaut sich im Zimmer um, nur flüchtig, als wischte er einmal über alles drüber. Friese scheint er gar nicht zu sehen, sein Blick bleibt gleich bei Koslik hängen.
Hallo, sagt er und kommt herein. Ich hab vorne gefragt, wo dein Zimmer ist, sagt er und bleibt mitten im Raum stehen, als wartete er darauf, dass man ihn hereinbittet.
Rolf, sagt Koslik und will aufstehen. Hallo.
Nein, lass nur, sagt Rolf. Bitte.
Rolf hat eine Sporttasche dabei, eine, wie Koslik sie nie besessen hat, von Adidas in Blau. Er stellt die Tasche auf den Stuhl am Tisch, auf dem zuvor noch Nadine gesessen hat. Die Tasche hängt leicht über den Rand, und Rolf muss sie festhalten.
Deine Sachen, sagt er. Die hab ich geholt für dich. Anziehsachen und so.
Danke, sagt Koslik und steht jetzt doch auf.
Nein, bleib doch, sagt Rolf, aber Koslik geht schon zur Tasche, trägt sie vor den Schrank neben seinem Bett, den er noch nicht benutzt hat. Danke, sagt er noch einmal und schaut hinein. Ordentlich gestapelt liegen darin ein paar T-Shirts, genau die, die er nicht so gerne mag, zwei Hemden, eine Hose und ein Haufen Socken, die zerdrückt wirken, als hätte jemand auf ihnen gesessen.
Ich hoffe, es sind die richtigen Sachen.

Rolf steht noch immer neben dem Stuhl.
Ja, danke, sagt Koslik. Das ist sehr nett von dir.
Wie geht es dir denn?, fragt Rolf und schaut auf den Stuhl, beäugt ihn richtig, als könnte man ihm nicht trauen.
Setz dich doch. Koslik zeigt auf den Stuhl. Er selbst lehnt sich gegen die Fensterscheibe.
Okay, sagt Rolf und flüstert plötzlich, blickt sich zu Friese um, als wäre ihm erst jetzt klar geworden, dass sie nicht alleine sind. Ich will nicht stören, sagt Rolf.
Das tust du nicht, sagt Koslik.
Okay, sagt Rolf.
Setz dich doch. Koslik zeigt noch einmal auf den Stuhl.
Okay, sagt Rolf und setzt sich. Er behandelt den Stuhl dabei, als wäre er kostbar, aber der Stuhl macht trotzdem ein quietschendes Geräusch, als er ihn über den Boden zieht.
Das Fenster hinter Koslik ist kalt und fühlt sich irgendwie feucht an.
Wie geht es dir?, fragt Rolf und legt die Hände in den Schoß, wo sie liegen wie müde Hunde. Rolf selbst sieht auch müde aus, unter den Augen schimmert es dunkel, und seine Unterlippe hängt.
In Ordnung, sagt Koslik. Aber es wird einige Untersuchungen geben.
Rolf nickt, als wüsste er, was Koslik meint.
Schöne Grüße von Charlotte. Sie wollte ja selbst kommen, aber ...
Rolf hört auf zu reden und faltet die Hände. Dann

schaut er zur Wand hoch, an der ein Kreuz hängt, und wieder zurück, schaut zu Kosliks Bett. Die Decke liegt dort, wo Koslik aufgestanden ist, wie ein krauses Dach in einem Wellental.
Koslik schweigt und schaut zu, wie Rolfs Daumen umeinanderkreisen.
Grüß Charlotte auch, sagt Koslik. Es ist wirklich lieb von euch, mir was vorbeizubringen.
Sicher, sagt Rolf. Sie wird erleichtert sein, dass alles in Ordnung ist.
Es klopft, und Rolf schaut zur Tür, die Erleichterung lässt seine Lippe noch tiefer hängen.
Zum Glück ist es nicht Nadine, die hereinkommt.
Trotzdem schaut Koslik schnell zu Friese hinüber, der neben Rolf noch weißer aussieht als sonst.
Friese rührt sich nicht. Sein Gesicht ist starr, und die faltige Haut spannt sich unbeweglich über seine Knochen. Wenn er so liegt, denkt Koslik, sieht er nicht einmal tot aus, eher wie eine Steinstatue.
Die junge Frau, die hereinkommt, hat braune Haare, die nachlässig zusammengerafft sind und als Knäuel auf ihrem Kopf liegen. Ihre Augen sind riesig und treten leicht hervor. Sie schaut erst zu Friese, dann zu Koslik, dann wieder zu Friese und schließlich zu Rolf, der sofort aufsteht, die Hände an den Oberschenkeln reibt.
Herr Koslik, sagt die junge Frau und macht einen Schritt ins Zimmer hinein.
Ja, sagt Koslik und drückt sich etwas vom Fenster weg.
Ich bin hier, um bei Ihnen eine Lumbalpunktion, also

Nervenwasseruntersuchung, vorzunehmen, sagt die junge Frau, als hätte sie von einem Callcenter den Auftrag bekommen, ihn zu einer neuen Staubsaugermarke zu befragen. Sie wurden ja bereits informiert oder?, fragt sie und zieht dann einen Wagen ins Zimmer, vorbei an Rolf, der nur dasteht und die Hände ringt.
Setzen Sie sich bitte auf das Bett, sagt die junge Frau, und jetzt macht Rolf einen unsicheren Schritt nach vorne.
Ich werde dann mal, sagt er und räuspert sich.
Oh, ja, sagt die junge Frau. Es wäre gut, wenn Sie vielleicht draußen warten.
Nein, ich muss dann auch.
Geh ruhig, sagt Koslik. Danke, ich komme schon klar.
Okay. Rolf atmet so aus, dass seine Unterlippe dabei bebt.
Gut, dann, sagt er und bleibt in der Nähe der Tür stehen, wo sich sein Blick diesmal doch an Friese verhakt, der in seinem Bett leicht nach links gerückt ist. Die Schläuche auf seiner Brust heben und senken sich.
Bitte hierhin, sagt die junge Frau zu Koslik und zeigt auf sein Bett. Mit dem Gesicht zum Fenster bitte, sagt sie und beginnt dann, in dem Wagen herumzuwühlen.
Tschüss dann, sagt Rolf und hält die Klinke so schwach, dass es aussieht, als würde seine Hand gleich herunterrutschen.
Okay, sagt Koslik. Grüß Charlotte. Bis bald.
Bis bald, sagt Rolf. Gute Besserung.
Und danke noch mal, sagt Koslik und dreht sich zum

Fenster, das Gesicht zum goldenen Licht, das sich jetzt langsam orange färbt.
Kein Problem, hört er noch, mach's gut, dann klickt die Tür wieder und es ist leise, nur das tiefe Atmen von Friese und ein Klappern, weil die junge Frau am Wagen hantiert.

Während sie ein Loch in seinen Rücken bohrt, sitzt Koslik vornübergebeugt und wartet, dass seine Beine zu zucken aufhören.
Es riecht nach Desinfektionsmittel, die Flüssigkeit läuft ihm den Rücken hinab und sammelt sich in seiner Poritze.
Koslik ist das unangenehm, aber er muss warten, darf sich nicht bewegen, während seine Beine jetzt vor und zurück wippen, weil sie einen Nerv getroffen hat.
Die junge Frau atmet zischend ein und aus, manchmal sagt sie: So, genau. Sie sagt es lang gedehnt, als müsste sie sich noch selbst überzeugen. Sie ist Studentin, hat sie gesagt. Koslik versucht, sich nicht zu ärgern, weil sie seine Beine wippen lässt. So ist das eben in einem Lehrkrankenhaus, denkt er sich.
Ihn hatte man damals schließlich auch mit Schülern und Studentengruppen üben lassen. Nicht, dass das vergleichbar gewesen wäre, Grammatikübungen mit jungen Erwachsenen und jemandem eine Nadel in den Rücken zu stoßen, dass die Beine zucken, als wäre man nur eine Marionette.
Koslik hat solche Übungen in der Uni immer gehasst,

die leeren Gesichter der Übungsschüler, dass sie nie zuhörten und kicherten, wenn er lauter wurde. Frank hingegen hatte diese Übungen geliebt, für ihn gab es nichts Schöneres, als vorne zu stehen. Koslik sieht jetzt wieder Franks Gesicht vor sich, kantig und mit seinen grauen Stoppeln, die früher noch schwarz und modern waren, und jetzt zucken seine Beine wieder, und die Studentin sagt: Tschuldigung. Und: So genau, jetzt hab ich's.
Schon gut, sagt Koslik. Machen Sie das zum ersten Mal?
Nein, sagt die Studentin. Na ja, zum dritten Mal. Bei Ihnen geht es bisher am einfachsten.
Aha, sagt Koslik.
Ja, sagt die Studentin, bin gleich fertig. Nicht so wie bei den dicken Leuten, da dauert das immer, bis man die richtige Stelle findet. Wegen des Fetts, verstehen Sie?
Die Studentin lässt Kosliks Beine noch einmal tanzen.
Oh, Entschuldigung, sagt sie. Bin aber wirklich gleich fertig.
Na, wenn's bei mir einfacher geht, ist das ja gut, sagt Koslik und ärgert sich, dass er klingt wie ein miesepetriger Rentner. Das ist sicher mal eine gute Abwechslung, sagt er deswegen noch hinterher und versucht, lustig zu klingen, während das Desinfektionsmittel in seiner Hose langsam zu trocknen beginnt und an seiner Haut zieht.
Ja, sind ja sonst viele dicke Leute auf der Station. Meistens sehr alt, sagt die Studentin. So, jetzt haben wir's geschafft.
Sie zieht die Nadel heraus, aber Koslik spürt es kaum, er

spürt nur, wie sie die Hand von seiner Schulter nimmt. Der Druck ist ihm vorher gar nicht aufgefallen.
Soweit ich das beurteilen kann, sagt die Studentin, sieht Ihr Sekret sehr gut aus.
Danke, sagt Koslik und wartet, bis sie ein Pflaster aufgeklebt hat, dann zieht er das Hemd herunter und schiebt es unauffällig in die Hose, damit es dort den letzten Rest Desinfektionsmittel aufsaugt.
Wenn's entzündet wäre, würde man das gleich sehen, dann wäre es nicht so klar wie bei Ihnen, sehen Sie. Aber Koslik schaut nicht hin.
Gut, sagt er.
Ja, aber Genaueres wird die Analyse dann ergeben, sagt die Studentin und steht jetzt so schnell auf, dass das Bett hüpft.
Und wann erfahre ich das?, fragt Koslik.
Die Auswertung dauert ein bisschen. Morgen bei der Visite können Sie ja den Doktor mal fragen.
Die Studentin sortiert ihren Wagen, schiebt ihn ein Stück.
Das war's dann auch schon, sagt sie und schiebt den Wagen bis zu Friese, lässt ihn kurz stehen, um zu Koslik zu schauen, der noch immer beschäftigt ist mit dem Desinfektionsmittel.
Okay, sagt Koslik.
Okay, sagt die Studentin und ist aus der Tür, bevor Koslik wieder aufgeschaut hat.

Mittlerweile ist es draußen schon etwas dunkler geworden, blaugrau flimmert die Luft um den Springbrunnen, der heute von innen beleuchtet ist. Flackernd tanzen die Lichter über die Gesichter der zwei Menschen, die dort noch sitzen. Koslik glaubt, dass der Springbrunnen sonst immer dunkel ist, irgendwann, wenn es draußen schwarz genug ist, einfach verschwindet oder in der Dunkelheit höchstens mondhell schimmert. Koslik überlegt, ob heute ein besonderer Tag ist. Aber heute ist Freitag, nicht einmal Sonntag.

Koslik hat Hunger. Eine Weile schon versucht er, das Magengrummeln zu überhören, und schaut stattdessen an die Decke, wo hellgraue Streben zu sehen sind, aber langsam wird es unangenehm.
Als Koslik auf den Gang tritt, schlägt sein Herz trotzdem einen unruhigen Takt. Wenn er jetzt Frank trifft, war sein Wegbleiben heute Mittag völlig umsonst.
Beinahe wie ein Einbrecher kommt er sich vor, weil er über den Gang schleicht und seinen Atem nur mühsam zusammenhält, dass er nicht stottert wie der eines ängstlichen Tieres.
Obwohl es ja noch gar nicht spät ist, wirkt hier alles, als wäre es mitten in der Nacht. Hinten schlurft mit hängendem Kopf nur eine junge Pflegerin von einem Zimmer zum nächsten. Das Licht ist kalt und flackert manchmal, huscht über den Boden, der wie immer aussieht wie poliert.
Die Tür zum Speisesaal ist offen, aber auch der ist leer.

Obwohl Koslik Angst hat, Frank zu treffen, kommt ihm das merkwürdig vor.
Ohne die anderen, die dort jeden Morgen sitzen, wirken die Tische ebenso wie der Boden grau und hart. Die Stühle stehen verloren um sie herum.
Koslik geht zur Theke, aber die ist nicht einmal eingeschaltet. Darauf stapeln sich mehrere Packungen Tee, noch geschlossen. Das Holzgerüst, in das sie sonst einsortiert sind, steht knochig daneben.
Auch der Kanister für das heiße Wasser ist leer. Koslik geht zum Fenster. Obwohl dieser Raum nur aus Fenstern zu bestehen scheint, nach draußen, zum Flur, fühlt er sich hier sicher.
Der Gedanke ist völlig lächerlich, und Koslik schaut schnell nach draußen und denkt, dass der Blick von hier viel schöner ist. Gräulich, nicht blau und nicht grün, sieht jetzt der Schwarzwald aus, und dahinter ist irgendwo bereits der Mond versteckt, noch kaum zu sehen im halb hellen Himmel.
Fast friedlich kommt ihm auch das Licht der Lampen vor, die die leeren Kieswege beleuchten.
Koslik sieht sich selbst gespiegelt dazwischen, er wirkt klein, aber so allein wie er hier ist, stört ihn das nicht.
Im Fensterglas sieht Koslik, wie zwei Pfleger hinter ihm vorbeilaufen, ihn anschauen. Jetzt ist es ihm doch unangenehm. Er sollte nicht hier sein.
Koslik dreht um, hat es auf einmal sehr eilig, und sein Herz klopft ihm wieder diesen Takt.

Der Gang ist jetzt nicht mehr ganz so leer. Wie ein Gerippe sieht man hinten ein Bett, die Matratze ist glatt, keine Bettdecke, nur ein Kissen, irgendwie zerbeult. Im flackernden Licht wirkt das unheimlich. Das Bett steht vor seinem Zimmer, es steht dort wie eine Drohung. Koslik läuft schneller.

Im Zimmer schaut er in ein gähnendes Loch, in dem eine Pflegerin kniet und etwas in einen Beutel tut. Frieses Schrank steht offen, in einer Schublade liegt noch eine Socke, ansonsten ist auch der Schrank leer.
Koslik bleibt einen Moment stehen und weiß nicht, was er sagen soll. Dort, wo einst Frieses Bett stand, sieht man nur noch grauen Boden.
Ach, Herr Koslik, sagt die Pflegerin, als sie ihn bemerkt. Gut, dass Sie kommen.
Wo ist denn der Herr Friese? Koslik weiß selbst nicht, wieso seine Stimme so belegt klingt. Er räuspert sich.
Wurde der entlassen?
Ach, entlassen! Die Pflegerin winkt ab. Nee, der hat noch so einiges vor sich, aber entlassen wird der nicht.
Aha, sagt Koslik und kann den Blick nicht von dem Nachttisch abwenden, der so ohne Bett wie ein medizinisches Gerät aussieht.
Es klopft, und jemand kommt herein. Als Koslik hinsieht, merkt er, dass es Nadine ist. Jetzt, wo Friese weg ist, ist sie beinahe noch unerträglicher.
Ihr Transport ist gleich da, sagt sie in den Raum zwi-

schen der Pflegerin und Koslik, und die Pflegerin nickt und schaut Koslik an.
Sie packen jetzt besser auch Ihre Sachen.
Was?, fragt Koslik und schaut zum Fenster, wo man von hier nur den Himmel sieht. Friese hatte den Springbrunnen also gar nicht sehen können, sondern immer nur den grauen, den lila, den blauen, den schwarzen Himmel.
Ja, Sie haben Glück, Sie kommen jetzt wohin, wo's schöner ist, sagt die Pflegerin und lacht, und Nadine geht, lässt aber die Tür offen.
Fünf Minuten, glaubt Koslik zu hören. Dann ist er wieder allein mit der Pflegerin, die jetzt alles, was sie von Friese gesammelt hat, in einem Wagen verstaut und zur Tür schiebt.
Wenn Sie fertig sind mit Packen, holt Sie jemand ab. Sie kommen jetzt auf unsere externe Station. Da kommen die hin, na, ich sag mal, die noch selbst laufen können. Das ist viel schöner für Sie, ist ein ehemaliges Hotel, also ich versprech Ihnen nicht zu viel, ist wirklich hübsch dort.
Aha, sagt Koslik. Ich komme nicht mehr hierher zurück?
Ach wo. Natürlich für die Untersuchungen, da werden Sie immer hierhergefahren. Der Oberarzt dort wird Ihnen alles erklären.
Ist Herr Friese auch dort?, fragt Koslik noch schnell, weil die Pflegerin schon fast aus der Tür ist.
Der Herr Friese, ruft die Pflegerin und lacht. Nee, der ganz gewiss nicht.

Und dann ist sie aus dem Zimmer. Was bleibt, ist ein Klappern, das auf dem Flur immer leiser wird, und Koslik schaut in das leere Zimmer, in dem es nicht einmal etwas zu packen gibt, weil die Tasche von Rolf noch immer vor dem Schrank steht.

Als es fünf Minuten später wieder klopft, steht Koslik bei der Tasche und hat auch seine Jacke angezogen, in der er furchtbar schwitzt.
Zwei Männer in orangen Plastikanzügen kommen herein, zwei mit breiten Stiernacken und kleinen runden Köpfen.
Sie sind Herr Koslik, sagt der eine, während der andere schon irgendetwas auf ein Klemmbrett schreibt.
Ja, sagt Koslik.
Trage brauchen Sie nicht?, fragt der mit den besonders kurzen Haaren und mustert ihn.
Nein, sagt Koslik. Ich kann alleine laufen. Danke.
Super, sagt jetzt der andere, schreibt noch etwas auf sein Klemmbrett. Na dann mal los.
Koslik nimmt die Tasche, schiebt noch die Stühle zurück an den Tisch, schaut zu seinem Bett, das er gemacht hat, trotzdem ist es unordentlich. Er versucht, nicht zu Frieses Seite zu schauen, aber als er an der Tür ist, tut er es doch. Frieses Seite ist so kahl, dass sein Blick automatisch auf dem Boden hängen bleibt.
Als Koslik die Tür schließt, ist er beinahe erleichtert. Es gibt nichts, was er hier vermissen wird.

4

Ein bisschen wie ein Gefangener fühlt er sich, als er flankiert zum Wagen läuft. Koslik muss nichts tun, er steht nur im Fahrstuhl, während die Männer mit den orangen Anzügen den Fahrstuhlknopf drücken. Einer drückt immer wieder, der andere hält sich neben Koslik, als könnte dieser jeden Moment davonlaufen. Koslik fragt sich, was dann geschehen würde. Beide sind stärker als er. Vermutlich hätte er keine Chance.

Draußen ist es so dämmrig, dass der Krankentransporter, der in einer Ecke steht, in der er nicht von den Parklichtern getroffen wird, ganz grau aussieht.

Bitte sehr, sagt der eine Mann und schiebt die Tür zur Rückbank auf.

Danke, sagt Koslik. Aber es fühlt sich nicht an, als hätte er eine Wahl.

Als sie auf der Straße fahren, spürt Koslik, wie etwas von ihm abfällt. Er ist überrascht, dass er so erleichtert ist, den Klinikkomplex zu verlassen.

Die Straße glänzt, als hätte es geregnet, vielleicht ist es aber auch nur das Licht der Straßenlaternen, das sie schimmern lässt.

Koslik stellt sich vor, wie Frank beim Frühstück nach ihm Ausschau hält, den Gang absucht, vielleicht sogar eine Pflegerin anspricht.
Der Herr Koslik? Nein, der ist nicht mehr hier. Ja, verlegt. Nee, darf ich Ihnen nicht sagen.
Koslik sieht durch die vordere Scheibe, wie sie eine kleine Straße entlangfahren und schließlich abbiegen. Der Beifahrer tippt auf seinem Handy, wischt mit den Fingern über den Bildschirm.
Schau, das hat sie mir geschrieben, sagt er und hält dem anderen das Handy hin. Koslik sieht von hinten nur die comichaften Sprechblasen einer SMS-Unterhaltung.
Koslik schaut aus dem Fenster zu seiner Linken, drei rote Autos stehen in einer Reihe, bei dem hintersten ist der Seitenspiegel abgeknickt. Sie biegen in eine Einfahrt, tauchen zwischen zwei Hochhäusern hindurch wie in riesige Wellenberge. Vorne stehen drei Männchen unter einem Dach, die Hände halten Zigaretten wie früher die Kinder Papierflieger.
Sie bleiben genau davor stehen, die drei Männchen müssen jetzt am Auto vorbeistarren. Einer schaut trotzdem weiter geradeaus, die Augen blicklos auf die Frontscheibe gerichtet, während der Finger mechanisch Asche vom Stängel klopft.
Die Tür wird aufgeschoben, die beiden orangen Männer stehen links und rechts davon. Als Koslik hinaustritt, weichen sie keinen Schritt zurück.
Na ja, sagt der eine. Wenn du mich fragst. An deiner Stelle würd ich sie erst mal schmoren lassen.

Hast recht, sagt der andere.
Dann setzen sie sich in Bewegung, Koslik zwischen den beiden, sodass er nichts sieht, nur den Boden vor sich und zwei der Männchen, die zur Seite springen wie Tauben auf einem belebten Platz.
Die Tür des Hauses öffnet sich ganz von alleine, ein leises Sirren, dahinter nur Fahrstühle.
Und dritter Stock, sagt der eine der Männer, er sagt es so schwungvoll, als wäre er der Moderator irgendeiner Show, der andere nickt. Der Aufzug schließt sich, der Mann schreibt etwas auf sein Brett und klemmt es sich unter den Arm. Während der Fahrstuhl fährt, schauen sie alle an die Wand, auf der Flecken sind im Metall.
Sie steigen in einem Treppenhaus aus. Eine breite Glasfront lässt von draußen dunkles Blaugrau herein, gegenüber sieht man zwei andere Gebäude und einen Parkplatz. Unten steht eines der Männchen, die anderen werden vom Vordach verdeckt.
Die orangen Männer sprechen nicht mehr, sie laufen wieder links und rechts von ihm an der Treppe vorbei, an einer Glastür steht: Neurologie.
So, Sie sind da, sagt der eine, als die Glastür sich von alleine öffnet.
Eine junge Pflegerin kommt auf sie zu, sie hat rote geflochtene Haare über die Schulter nach vorne geworfen wie ein Seil. Sie schaut Koslik nicht an, sondern nur die beiden Männer.
Wir bringen Ihnen den Herrn Koslik, sagt der eine.
Ach ja, sagt die Rothaarige, und jetzt schaut sie zum an-

deren, dann erst zu Koslik, der ganz unruhig wird, weil er sich nun wirklich wie ein Gefangener fühlt.
Wir haben schon auf Sie gewartet, Herr Koslik. Die Pflegerin versucht ein Lächeln, aber in ihrem weißen Gesicht sieht ihr Mund aus wie ein blutiger Strich.
Bitte hier entlang, sagt sie und dreht sich um. Koslik bemerkt erst jetzt, dass die orangen Männer schon gegangen sind, gerade schließt sich die Tür des Fahrstuhls.
Okay, sagt Koslik und folgt der Rothaarigen.

Der Gang ist enger als auf der letzten Station, der Boden aber hat dieselbe Farbe. In der Mitte des Ganges ist eine Nische, in der ein Kaffeeautomat steht, daneben Tassen auf einer geblümten Decke. Weiter vorne hängt zwischen zwei Türen, wie ein Muttermal auf einem sonst weißen Körper, ein Bild vom Schwarzwald. Das glaubt Koslik zumindest, sie gehen schnell daran vorbei, er erkennt nur Baumspitzen, die im grellen Orange einer untergehenden Sonne als schattige Finger zu sehen sind.
Und hier bitte, sagt die Pflegerin und zeigt auf ein Zimmer. Sie klopft, wartet aber nicht, sondern macht die Tür auf.
Sie haben Glück, sagt sie. Die Zimmer hier sind sehr schön. Nicht so wie auf der Station drüben.
Aha, sagt Koslik und tritt dann ins Zimmer, weil sie einfach dasteht und die offene Tür zwischen ihnen hängt.
Das Erste, was er sieht, ist das Panoramafenster. Über die ganze Seite des Raumes erstreckt es sich, zeigt Häu-

serköpfe wie eine schlafende Menge. Vorne qualmt Rauch in den Himmel, verschwindet fast in seinem dunklen Blau. Auch die Häuser gegenüber sieht man und einen großen Parkplatz mit nur drei Autos, dazwischen so viel leere Fläche, dass die Autos wie hingeworfen wirken.

Auf dem Bett neben der Tür sitzt ein Mann und schaut auf einen Bildschirm, der an einem Metallarm am Nachttisch festgemacht ist. Er trägt eine Brille, eckig und ohne Rand. Auf seinen Brillengläsern spiegelt sich das blaue Flimmern des Bildschirmes, während auf seinem Kopf, an dessen Seiten Härchen stehen wie die letzten Grasstängel einer ausgedörrten Steppe, das Neonlicht der Apparatur schimmert.

Als er die Pflegerin sieht, nickt er und guckt über seine Brille hinweg zu Koslik, mit gesenktem Kinn wie ein strenger Lehrer in der Schule.

Die Pflegerin schaut einmal von ihm zu Koslik, zuckt dann die Schultern und zeigt auf ein zweites Bett, das genauso akkurat wie schon in der Klinik vorher an der anderen Seite des Raumes steht.

So bitte, sagt sie und zeigt noch einmal zum Bett, ihr Körper dreht sich dabei, und Koslik sieht, dass an ihrer Bluse ein Knopf aufgegangen ist. Ihr BH ist türkis, vorne Spitze am Körbchen. Er schaut schnell wieder weg.

Die Essenszeit ist gerade vorbei, sagt sie. Frühstück ist immer zwischen sieben und acht Uhr dreißig.

Gut, sagt Koslik. Kann man heute Abend noch irgendwo etwas bekommen?

Das weiß ich nicht. Die Rothaarige schüttelt den Kopf.

Der Speisesaal ist ein Stockwerk höher, wenn Sie da noch jemanden erwischen, können Sie ja mal fragen.
Okay, sagt Koslik, danke.
Die Rothaarige dreht sich um, nickt dem anderen zu, der ihre Unterhaltung über die blau glitzernde Brille beobachtet hat, und geht hinaus.
Koslik steht noch immer mitten im Raum, direkt vor dem Bett des anderen. Nun, wo die Rothaarige weg ist, hört man ein leises Quaken und Musik. Erst jetzt sieht er die Kopfhörer, die dem anderen in den Ohren hängen. Der andere schaut wieder auf den Bildschirm.
Koslik geht zu seinem eigenen Bett, setzt sich, weiß nicht, wohin schauen.
Also blickt er wieder aus dem Panoramafenster, das so groß ist, als wäre die Welt draußen ein Aquarium und sie die einzigen Besucher. Hell blinken die Lichter. Nur der Parkplatz ist ganz dunkel, wo eben noch drei Autos standen, steht jetzt nur noch eines.
Der andere räuspert sich, und Koslik schaut hin, ohne nachzudenken. Der andere schaut zurück und knipst den Bildschirm aus. Das blaue Zittern hört auf, zurück bleibt nur das unerschütterliche Weiß der Neonröhre.
Hermann Bude, sagt er und nickt dabei, als hätten Koslik und er sich soeben auf etwas geeinigt.
Bin schon seit drei Tagen hier, hier lässt sich's leben.
Bude nickt, nimmt seine Brille ab, die ihm nun wie ein Medaillon an einer goldenen Kette um den Hals hängt, und guckt Koslik an. Ohne das blaue Funkeln um die Augen sieht sein Gesicht leer und faltig aus. Er hat einen

kleinen Backenbart, vereinzelte Haare, die sich dort kräuseln und im Farbton der Haut so ähnlich sind, dass man nicht mehr weiß, wo Falte und wo Haar ist. Auf seiner Stirn liegen die Falten wie Wellen. Aber er sieht trotzdem nicht alt aus, nicht sehr alt zumindest, eher wie jemand, dem man Falten ins Gesicht gegraben hat.
René Koslik, sagt Koslik, weil Bude ihn weiter anschaut. Ich wurde hierherverlegt.
Ja, weil Sie noch laufen können, sagt Bude und lacht, es ist ein trockenes Lachen und scheint aus seinem Bauch zu kommen, der dabei wackelt.
Die, die noch laufen können, schicken Sie immer her. Ich bin auch noch ganz fit auf den Beinen.
Er wackelt mit seinen Beinen. Seine Füße stecken in zwei schwarzen Socken, unter denen sich die Sehnen abzeichnen wie Muskeln unter dem schwarz glänzenden Fell eines Rennpferdes. Seine Hose ist hochgerutscht und zeigt unter seiner Haut blaue Adern.
Gut, ab und zu kann ich nicht laufen, aber jetzt gerade geht's aufwärts, immer aufwärts, sagt Bude und wackelt mit seinen Beinen hin und her.
Beim letzten Schlaganfall, da sah es natürlich erst mal nicht gut aus, da hat der Herr Doktor auch gesagt: Bude, hat er gesagt, wenn das so weitergeht, da seh ich einiges auf Sie zukommen. Aber wie's kam, ist dann doch alles gut geworden. Entweder es wird gut oder eben nicht, das ist meine Meinung. Immer nach vorne sehen. Habe ich zum Doktor gesagt: Ich bin einer, der immer nach vorne sieht. Und da lieg ich jetzt hier, und ich hab nichts zu

meckern. Das Essen könnte besser sein, klar, aber beschweren tut man sich ja auch nicht auf dem Weg zur Besserung. Der schönste Weg, wo's gibt, oder nicht?
Bude lacht, und sein Bauch wackelt wieder, und er faltet die Hände darüber wie einer, der wartet, und schaut Koslik an, der nicht weiß, was er sagen soll zu diesem Redeschwall.
Also sagt er nichts, sondern nickt, und Bude nickt auch und lächelt so breit, dass ihm sein Bart an den Backen zittert.
Und Sie?, fragt Bude dann, und das Gold der Kette glitzert an seinem Hals wie ein kleines Flüsschen im Tal.
Mh, sagt Koslik und schaut aus dem Fenster. Ich hatte eine Art Anfall, vielleicht auch einen Schlaganfall, man weiß es noch nicht.
Der erste, sagt Bude und nickt. Ja, der erste, das war bei mir auch was. Ist zehn Jahre her. Damals, da dachte ich noch, die Welt gehört mir, dachte, der Körper macht das alles mit. Gut, hat er ja auch, nicht, heiheihei, der hat ja eine ganze Zeit auch alles mitgemacht.
Wieder lacht Bude, und die Brille hüpft auf seiner Brust auf und ab.
Aber so viel Stress, das kann nicht gut sein, da kriegt man früher oder später den Denkzettel. Man muss auf sich achtgeben, ja, das weiß ich jetzt. Man muss sagen: Stopp, das reicht jetzt. Da mach ich jetzt Schluss. Das rächt sich sonst. Das rächt sich immer.
Koslik nickt, weil Bude auch nickt, aber Bude schaut jetzt gar nicht zu ihm, sondern aus dem Fenster.

Das stimmt, sagt Koslik.
Und Bude nickt wieder und sagt: Ja, das hab ich gelernt, hab ich hart lernen müssen, aber ich hab's gelernt. Und darauf kommt es an, oder nicht?
Ich muss mal schauen, ob es noch was zu essen gibt, sagt Koslik und steht auf. Sonst muss ich die Nacht hungern.
Bude nickt und setzt sich seine Brille wieder auf, sodass sein Gesicht endlich nicht mehr wie eine Wüste aussieht.
Na, da wünsch ich viel Glück. Bude schiebt sich das Kissen im Rücken zurecht. Ich guck mal, was es heute im Kasten gibt, sagt er und drückt auf die Taste an seinem Bildschirm.
Als Koslik aus dem Zimmer geht, flackert das Licht wieder auf Budes Brille, und er macht schnell die Tür zu. Erst als sein Zimmer nur noch eine geschlossene Tür und die weiße Wand ist, kann er aufatmen.

Im Speisesaal ist niemand mehr, dunkel liegen die Vitrinen an der Seite. Vorne gibt es einen Tisch, auf dem ein Spender mit heißem Wasser steht, daneben der Ständer mit Tee, der in der Klinik vorher immer leer gewesen ist. Auf einem Tisch vorne steht ein Teller mit Keksen, daneben liegt ein Apfel. Koslik setzt sich, trinkt langsam einen Früchtetee, isst die Kekse und den Apfel und schaut aus dem Fenster, wo auch hier, schwarz und mit schimmernden Lichtern, Freiburg aussieht wie die Vorderseite einer Postkarte.

Ach, noch Hunger?, fragt eine Frau in weißer Schürze, die die Tische abwischt.
Ja, ich hatte kein Abendessen, sagt Koslik.
Na, ich schau mal, sagt die Frau.
Als sie wiederkommt, hat sie eine Schale mit roter Grütze dabei. Was anderes gibt's nicht mehr, sagt sie.
Oben schwimmt Vanillesoße und klebt an der Plastikabdeckung.
Danke, das nehme ich gerne, sagt Koslik.
Er isst langsam und schaut weiter nach draußen, während die Frau den letzten Tisch abwischt und dann verschwindet.
Zum ersten Mal wird Koslik klar, dass er jetzt wirklich hier ist, eingesperrt in diesem neuen Gebäude. Irgendwie ist hier alles noch leerer als in der Klinik vorher. Noch weiter weg.
Er weiß nicht, ob er krank ist. Er hat nie darüber nachgedacht, krank zu sein. Es ist alles wie immer, denkt Koslik, aber kann er deswegen ausschließen, dass etwas mit ihm nicht stimmt? Mit seinem Kopf oder mit seinem Herzen. Was, wenn er etwas Schreckliches hat? Kann es sein, dass so etwas passiert und man es selbst gar nicht merkt?
Er ist nie krank gewesen, seine ganze Familie nicht.
Dann fällt ihm ein, dass sein Vater an einem Herzinfarkt gestorben ist. Das zumindest hat die Freundin seines Vaters gesagt. Koslik war damals siebzehn gewesen, und nach der Schule war er zu seinem Vater gefahren, es war vielleicht das dritte oder vierte Mal, dass er ihn über-

haupt in der Wohnung besucht hatte. Sein Vater hatte noch im Wohnzimmer gelegen, zugedeckt auf der Couch, das Gesicht schon ganz gelblich und irgendwie aufgedunsen. Der Mund war leicht geöffnet, und dahinter konnte man seine Plomben glitzern sehen.
Die Freundin seines Vaters schaute von der Tür aus zu, wie Koslik neben dem Sofa stand. Ich lasse dich mal allein, dann kannst du dich verabschieden, sagte sie. An ihrer Stimme hörte man, dass sie weinte.
Weil Koslik nicht wusste, was er machen sollte, ging er in die Küche und trank ein Glas Saft. Es war Frühling, und durch das Küchenfenster konnte man zwei Eichhörnchen um den Stamm einer Birke kreisen sehen. Die Türklingel hörte er nicht. Aber als er wieder ins Wohnzimmer kam, war sein Vater weg, den Leichenwagen sah er aus den Augenwinkeln noch aus der Einfahrt rollen.
Die Freundin seines Vaters umarmte ihn kurz und trocken. Es ist gut, sagte sie, dass du dich noch verabschieden konntest, René.

Koslik ärgert sich, wie seine Gedanken jetzt hin und her trudeln, wie er seinen Vater vor sich sieht, die wenigen Male, wo sie sich getroffen haben, er immer mit diesen zackigen Körperbewegungen, die Fremdheit dazwischen. Selbst an Frank muss er jetzt wieder denken, an Frank in seinem Hemd, bei dem lässig die Knöpfe offen stehen. Frank und sein Vater. Seine Schwestern, seine Mutter, die er dringend anrufen muss. Alles reiht sich jetzt anei-

nander, und Koslik muss nach draußen starren, damit es zu kreisen aufhört.
Es wird sich alles irgendwie regeln lassen, denkt Koslik. Erst mal abwarten. Und wenn es wirklich schlimm wird, kannst du den Job kündigen, sagt er sich. Wenn es hart auf hart kommt, geht das.
Er stellt sich vor, wie Christine reagiert, Charlotte, wie seine Arbeitskollegen schauen werden. Erst jetzt fühlt er sich wirklich elend. Ich sollte keine Angst haben, denkt er. Wieder erwägt er, Christine anzurufen oder Charlotte. Aber wozu? Immer noch gibt es nichts zu sagen.
Man weiß noch nichts, ja, es gibt noch keine Ergebnisse, ja, aber es wird weitere Untersuchungen geben. Ja, natürlich, ich sage Bescheid.
Es ist besser, denkt Koslik, wenn er das mit sich alleine ausmacht. Und nicht den Teufel an die Wand malt. Alles wird gut. Er ist noch nie krank gewesen, nicht ein einziges Mal.

Koslik bleibt sitzen, bis surrend das Licht über ihm ausgeht. Es muss schon spät sein. Wie im Film fühlt er sich, wenn der Protagonist eine schwere Aufgabe vor sich hat. Aber die Einsamkeit stimmt ihn milde.
Bude scheint schon zu schlafen. Im Zimmer ist es fast schwarz, nur das Neonlicht über Kosliks Bett malt einen hellen Kreis, verdunkelt sich zu einem düsteren Grau bei Budes Bett, wo man Budes Bein zwischen zerwühltem Bettzeug herauslugen sieht.

Die Lichter vom Hochhaus gegenüber sind ausgegangen, und in der Nacht ist es nur noch ein grauer Block unter vielen.

Koslik kann lange nicht schlafen, er hört auf Budes Atem, der laut ist und gleichmäßig. Er merkt nicht, wie er schließlich doch einschläft, aber als er aufwacht, ist es immer noch dunkel, die Augen tun ihm weh, und er weiß einen Moment lang nicht, wo er ist.
Weil er noch blind ist vom Schlaf, tastet Koslik sich an den Fenstern entlang zum Bad. Das Schnarchen von Bude irritiert ihn, es klingt so gleichmäßig, nicht wie Frieses rastloses Stolpern. Und Bude murmelt manchmal. Beinahe vermisst er Frieses wortlosen Schlaf. Friese, der ihm irgendwie vertraut ist in seinem Leiden.
Im Bad macht Koslik das Licht an, aber nicht die Augen auf. Grell zuckt es hinter seinen Lidern.
Koslik stolpert zum Klo, macht sich nicht die Mühe, sich zu setzen. Erst als er das Geräusch seiner Pisse hört, öffnet er die Lider, die zusammenkleben und vor seinen Augen Fäden ziehen, als es langsam heller wird. Dann sieht er die Wand vor sich, den Spülknopf, die Fliesen. Er hat danebengepinkelt, von der Klobrille ein Streifen bis auf den Boden, wo sich kleine gelbe Pfützen sammeln.
Koslik unterdrückt ein Fluchen, er hat die Tür nicht richtig zugeschoben, und dahinter sieht man einen Streifen Schwarz. Auch Budes Schnarchen kann man hier drinnen hören, gleichmäßig und tief.
Koslik zieht die Hose hoch und wischt mit dem Klo-

papier die Pfützen weg. Dann steht er vor dem Spiegel und kann sich selbst erst nicht erkennen. In diesem weißen Licht wirkt er fremd, so blass und gleichzeitig so grau. Seine Haare farblos, seine Augen, seine Haut. Die Stoppeln, die sich auf seinen Wangen und seinem Kinn bilden, sehen aus wie mit Schmirgelpapier verriebener Dreck, und unter seinen Augen sind tiefe Furchen.

Koslik spritzt sich Wasser ins Gesicht und schaltet das Licht aus. Es ist besser, denkt er, wenn man sich selbst nicht zu lange anschaut.

Als Koslik aufwacht, ist es draußen noch so dunkel, dass er sich selbst in der Scheibe sieht. Dahinter liegt verschlafen und hier und da blinkend Freiburg, eine dampfende Anordnung von Puppenhäusern.

Kurz darauf gehen die Lichter über den Betten an, und Bude blinzelt, blinzelt zu Koslik herüber, dreht dann den Kopf.

Die Rothaarige kommt herein, dunkle Schatten unter den Augen. Sie schiebt einen Wagen direkt zwischen die Betten, dann erst sagt sie: Guten Morgen.

Guten Morgen, Schwester Natascha!, sagt Bude in einem Ton, der Koslik an einen gönnerhaften Onkel erinnert.

Die Rothaarige lächelt schwach, hantiert am Wagen und holt das Thermometer, das Koslik schon kennt.

Ich muss mal Ihre Temperatur messen, sagt sie zu Koslik, während Bude geduldig auf seinem Bett sitzt und wartet.

Koslik neigt den Kopf, und die Rothaarige fasst ihm unter das Kinn, wo ihre Hand kühl ist. Es ist eine kleine Hand, Koslik spürt die einzelnen Finger auf seiner Haut, da hat sie schon wieder losgelassen.
Gut, sagt sie, nimmt das Thermometer aus dem Ohr.
Bude rutscht auf dem Bett ein Stückchen nach vorne, legt die Hände auf die Oberschenkel wie ein artiges Kind.
Und bei mir?, fragt er dann, weil die Rothaarige an ihrem Wagen herumhantiert.
Sofort, sagt die Rothaarige.
Herr Koslik, sagt die Rothaarige, hatten Sie heute schon Stuhlgang?
Nein, sagt Koslik.
Mhm, macht die Rothaarige.
Irgendwelche Schmerzen?
Leichte Kopfschmerzen, sagt Koslik und bereut es sofort, denn jetzt mustert sie ihn, und er muss daran denken, dass er nur den alten Schlafanzug anhat, den Rolf ihm mitgebracht hat.
Auf einer Skala von eins bis zehn, sagt die Rothaarige, während Bude geräuschvoll seine Nase putzt und dann mit den Augen blinzelnd an der Rothaarigen hoch- und runterfährt.
Wenn zehn unerträglich ist und eins kaum Schmerzen.
Die Rothaarige tippt etwas in den Computer auf dem Wagen.
Ich weiß nicht, sagt Koslik.
Ich weiß auch nie, was ich sagen soll, sagt Bude. Es ist

schwierig, so was einzuschätzen, so ganz ohne Vergleich. Aber eins sag ich dir, wenn du einmal bei 'ner Zehn warst, dann weißt du, was 'ne Zehn ist. Das weißt du dann, oh ja.
Die Rothaarige schaut zu Bude, der sie angrinst. Sein Backenbart sieht heute aus wie Schmutz im Gesicht eines Bengels.
Die Rothaarige schaut wieder zu Koslik, dann wieder auf den Computer.
Drei, sagt Koslik. Oder zwei, nein, eher drei. In seinem Schädel pocht es immer doller, jetzt, wo er es gesagt hat.
Wollen Sie eine Schmerztablette?, fragt die Rothaarige.
Nein, schon gut, sagt Koslik. Wird bestimmt besser, wenn ich Kaffee trinke.
Ja, das kenn ich, das kenn ich. Bude schlägt sich mit den Händen auf die Knie.
Die Rothaarige nickt, tippt kurz.
In Ordnung, sagt sie, wo möchten Sie Ihre Spritze hinhaben?
Koslik weiß erst nicht, was sie meint, dann sieht er die Spritze in ihrer Hand, und es fällt ihm wieder ein.
Bauch, sagt er. Ich nehme den Bauch.
Nebenan nickt Bude vor sich hin, seine Hände streichen dabei über seinen eigenen Bauch.
Auf Kosliks Haut ist der Stich von gestern bereits zu einem grünblauen Kreis geworden. Die Rothaarige sticht direkt daneben.
Dann schiebt sie den Wagen ein Stück zur Seite, hin zu Bude, der jetzt auf dem Bett auf und ab wippt.

Kaum ist sie da, neigt er den Kopf, damit sie das Thermometer in sein Ohr stecken kann, immer noch ein Grinsen auf dem Gesicht.
Und, Schwester, wie sieht es aus?, fragt er.
Alles gut, Herr Bude, sagt Schwester Natascha, sie sagt es müde, aber Bude grinst noch breiter.
Bin ich sterbenskrank?
Nein, Herr Bude, ich denke, Sie werden es überleben, Ihre Temperatur ist im Normalbereich. Die Rothaarige tritt zurück und tippt in den Computer.
Stuhlgang hatte ich heute Nacht, sagt Bude, und Koslik denkt daran, dass er nicht einmal aufgewacht ist. Was alles um einen herum geschieht, wenn man schläft. Bude hätte sterben können, Koslik hätte es nicht gemerkt.
Jetzt pocht Kosliks Kopf noch stärker, bestimmt eine Vier, denkt er und überlegt, ob er es sagen soll, aber Bude redet schon weiter.
Manchmal, da geht es ja nicht, aber seit ich hier im Krankenhaus bin, Schwester, da ist alles gut. Das ist die gute Betreuung, glaube ich. Da kommt es immer pünktlich, meistens frühmorgens, da kann ich meine Uhr nach stellen.
Die Rothaarige sagt nichts, sondern tippt und sagt dann: Das ist ja schön, Herr Bude. Irgendwelche Schmerzen?
Na, ich sag immer: Wenn man eines Morgens aufwacht und nichts tut weh, dann ist man tot!
Bude lacht, und die Rothaarige lacht kurz mit, aber

selbst das klingt müde, und Koslik ist sich sicher, dass Bude den Spruch irgendwoher geklaut hat.
Aber Bude lacht, als hörte er seinen Einfall zum ersten Mal, und schlägt sich auf die Knie und schaut zur Rothaarigen dabei.
Können Sie auf der Skala eine Zahl nennen?, fragt die Rothaarige, während sie nun auch Budes Spritze aus dem Wagen holt. Sie muss Bude nicht fragen, wohin, er hebt bereits sein Hemd. Der Bauch darunter ist weich und weiß, bis zum Bauchnabel ringeln sich weiße Härchen, darunter die blauen Einstiche wie blutige Sonnen.
Nee, sagt Bude, auf der Skala, das ist kniffelig. Aber ich nehm mal die Zwei. Die Zwei ist 'ne gute Zahl, find ich, egal, was die anderen sagen. Besser Zweiter als Letzter, oder?
Bude lacht schon wieder, und die Rothaarige tritt zurück und schaut zu Koslik, die Schatten unter ihren Augen wie dunkle Vorhänge.
Gut, sagt sie. Vergessen Sie nicht, Bescheid zu geben, wenn es schlimmer wird.
Sie schiebt den Wagen ein Stück zurück.
Einen schönen Tag noch, Schwester, sagt Bude, steht auf und klopft sich die Beine ab.
Ach, Herr Koslik, sagt die Rothaarige dann.
Bleiben Sie heute vorerst nüchtern, eventuell kommt heut das Herzecho.
Okay, sagt Koslik, der gerade aufstehen will.
Werde ich dann abgeholt?

Ich werde mal nachfragen, sagt die Rothaarige und ist schon wieder aus dem Zimmer.
Heiheihei, sagt Bude und läuft zum Bad. Seine Hose hängt so tief, dass man seine Unterhose sehen kann, eingedellt, als läge auch sein Po in Falten.
Heiheihei, das ist ein Leben, das sag ich Ihnen, das ist ein Leben.
Als die Badtür sich schließt, fühlt Koslik sich seltsam allein.

5

Es ist kurz nach elf, und Koslik hat schrecklichen Hunger. Er wartet jetzt schon mindestens vier Stunden, seit die Rothaarige gegangen ist.

Bude ist schon vor langer Zeit verschwunden, mit schlurfendem Gang aus dem Zimmer. Ich geh mal was zwischen die Kiemen kriegen, hat er gesagt, und Koslik war froh, dass er nicht mitmusste. Jetzt rumort es in seinem Bauch, weil er auch gestern schon nichts Richtiges gegessen hat. Draußen ist es nebelig, und dumpf fühlt es sich in seinem Kopf an. Als zöge sein Magen alles aus dem Körper.

Weil er sich ablenken muss von den Geräuschen, die aus seinem Magen in das Zimmer rumpeln, in dem ansonsten alles so verschluckend still ist, holt er sein Arbeitsbuch aus der Tasche, legt es auf den Nachttisch, daneben sein Handy. Er hat schon seit mindestens zwei Tagen nicht mehr daran gedacht, erst jetzt, wo er es herausholt, fällt es ihm wieder ein. Der Akku ist mittlerweile fast leer, rot blinkt das Alarmkästchen, es sieht beinahe aus wie die Kontrollmaschine bei Friese.

Es sind so viele Anrufe eingegangen, dass sein Handy sie nummeriert auflisten muss, ohne Namen anzuzeigen.

Sieben Anrufe, drei Nachrichten. Er klickt auf die Nummern.
Lutz hat angerufen, ein Kollege aus der Volkshochschule, er hat sogar auf die Mailbox gesprochen. Charlotte, seine Mutter.
Jetzt, wo die Namen doch zu sehen sind, bekommt Koslik ein schlechtes Gewissen. Niemandem hat er Bescheid gesagt, dass er immer noch im Krankenhaus ist. Bei der Volkshochschule hat er nur aufs Band gesprochen. Charlottes Kurznachricht klingt wie ihre Stimme:
Lieber René, melde dich mal, wenn du was Neues weißt. Hat Rolf dir alles gebracht, was du brauchst? Habe Mutti gesagt, dass du im Krankenhaus bist. Sie macht sich Sorgen. Ruf sie an.
Keine Abschiedsformel, Charlottes Nachrichten wirken immer, als würde sie vom anderen Ende des Zimmers zu ihm herüberkreischen.
Die Nachricht seiner Mutter lässt er noch ungeöffnet. Charlottes Stimme in seinem Ohr reicht ihm, das Nörgeln seiner Mutter braucht er jetzt nicht auch noch als Refrain dazu.

Koslik steht auf, stellt sich vor die Glasfassade. Der Parkplatz liegt verlassen da, nur ein einziges Auto ist zu sehen. Hinten steht ein Kasten, von hier aus nur in nebeligem Grün zu erkennen, dahinter die Straße ein undeutlicher Strich.
Eine Weile läuft er in dem Zimmer auf und ab, dreht Kreise um sein eigenes Bett, bei denen er Budes Bett, auf

dem sich noch unordentlich die Bettdecke türmt, nicht zu nahe zu kommen versucht. Er fühlt sich wie ein eingesperrtes Tier, so ruhelos, dass es ihm beinahe peinlich ist.

Ein Klirren von draußen schreckt ihn auf. Doch als er hinaustritt, ist der Gang leer. Gerade klackt nebenan eine Tür, irgendwo hört man jemanden lachen, eine Krankenschwester vielleicht, so unbekümmert klingt es.

Koslik läuft den Gang entlang und hat das Gefühl, seine Beine wären geschrumpft, so nah kommt ihm der Boden vor.

Vorne ist ein Raum mit Glasfenster, genau wie in der anderen Station sitzt hier ein Pfleger, die Brille so weit auf der Nase vorgerutscht, dass er beinahe aussieht wie ein Arzt. Er schaut durch das Fenster und nickt, als er Koslik sieht, als wäre er gerade rechtzeitig gekommen.

Herr Koslik, was?, fragt der Pfleger, als er die Tür aufmacht, und streckt Koslik eine Hand hin. Auf seinem Kopf liegen nur wenige Haare wie tote Fische, während sie an der Seite wie strähnige Algen hinunterhängen.

Pfleger Mark, sagt er, wir werden uns jetzt häufiger sehen.

Okay, sagt Koslik. Ich wollte mal fragen wegen dem Herzecho.

Herzecho, haben Sie gesagt? Pfleger Mark schiebt die Brille zurück, dass sie ihm gerade auf dem Nasenrücken sitzt. Jetzt, wo er das Gesicht vor Anstrengung verzieht und den Kopf leicht neigt, sieht er noch hagerer aus, fast

ausgemergelt. Als wäre die Brille schon alles, was an Zusätzlichem an seinem Körper zu finden ist.
Heute?, fragt der Pfleger.
Ja, sagt Koslik.
Also da weiß ich nichts von, da muss ich Sie enttäuschen, sagt der Pfleger.
Aber ich sollte doch nichts essen. Wurde mir vorhin gesagt, sagt Koslik.
Ach, da ist aber was schiefgelaufen. Das wurde Ihnen heute gesagt?
Ja, sagt Koslik. Eine Kollegin von Ihnen hat das gesagt.
Mh, da hat die Kollegin wohl was falsch verstanden. Pfleger Mark blickt sich um, als erwarte er jeden Moment jemanden. Heute ist alles ausgebucht, kein Herzecho möglich. Das war aber klar, das ist am Samstag immer so. Da kommen nur die dringenden Fälle, wissen Sie. Sonst muss man warten. Angemeldet haben wir Sie natürlich, Sie sind vorgemerkt, aber warten muss man da eben trotzdem noch 'nen gutes Stück. Aber wir sagen Ihnen dann schon Bescheid, da machen Sie sich keine Sorgen, wir sagen selbstverständlich Bescheid.
Wann kann ich denn damit rechnen, fragt Koslik und tritt von einem Bein auf das andere, weil er hofft, dass das das Rumoren in seinem Magen übertönt.
Na, also morgen mal auf keinen Fall, ist ja Sonntag, da passiert hier nichts. Dienstag vielleicht, würde ich sagen, oder Mittwoch. Wenn es schlecht läuft, erst Donnerstag, man weiß nie, was los ist.
Und bis dahin muss ich hierbleiben?

Koslik ärgert sich, weil seine Stimme so weinerlich klingt. So hat er vielleicht das letzte Mal als Kind geklungen, und selbst da hat er sich schon angestrengt, dass man es ihm nicht anhört. Das Weinen war immer schon seinen Schwestern vorbehalten gewesen. Wobei es eigentlich jedes Mal Charlotte war, die heulte. Christine war schon als Kind ruhig und nachgiebig gewesen.
Der Gedanke an seine ältere Schwester beruhigt ihn, als stünde sie direkt neben ihm.
Na aber, ist doch schön hier, oder nicht? Der Pfleger wackelt mit dem Kopf, dass seine strähnigen Haare hin und her schwingen. War schließlich früher mal ein Hotel. Und das merkt man doch noch bis heute, die Architektur ist gleich was ganz anderes als in diesem tristen Block drüben, meinen Sie nicht? Jetzt holen Sie sich erst mal was zu essen, dann sieht die Welt gleich anders aus, das sag ich Ihnen. Der Pfleger tritt einen Schritt näher. Fast wirkt es so, als würde er ihm gleich eine Hand auf die Schulter legen.
Wenn Sie jetzt losgehen, kommen Sie gerade rechtzeitig zum Mittagessen, sagt er. Bevor das Beste weg ist. Vanillepudding gibt es heute zum Nachtisch, soweit ich weiß. Der ist immer sehr beliebt.
Gut, sagt Koslik, danke.
Na, aber sicher. Pfleger Mark nickt. Guten Hunger!, ruft er noch, dann schließt sich die Tür, und hinter dem Glasfenster sieht man ihn noch winken.

Zum Speisesaal nimmt Koslik die Treppe in den nächsten Stock. So langsam, wie er dabei gehen muss, fühlt er sich wie ein alter Mann. Auch der Geschmack in seinem Mund ist alt. Vielleicht, denkt er, ist das ein Vorgeschmack auf das, was kommt.
Der Gang hier oben ist nicht so leer gefegt, am Ende ist eine Glastür, durch die man zwei Kantinenfrauen wie weiße Vögel hin und her huschen sieht.
Leises Klirren von Besteck ist zu hören, jemand hustet. Kosliks Schritte hallen dazwischen dumpf wie Trommelschläge.

Bis auf einen Tisch ist alles besetzt. Koslik sieht Bude in einer Ecke, mit der Gabel kratzt er auf dem Teller herum. Wenn er so vorgebeugt sitzt, legt sich sein Hals noch mehr in Falten.
Der Kartoffelbrei, den kann ich empfehlen, der ist immer sehr lecker, ruft Bude herüber, so laut, dass die Frau am Nebentisch zusammenzuckt und nach den Krücken greift, die an der Tischkante lehnen.
Bude grinst und nickt einer Kantinenfrau zu, die mit weißer Schürze vorbeifliegt. Das hören wir gerne, das hören wir gerne, sagt die Kantinenfrau und reicht Koslik einen Teller.
Möchten Sie Kartoffelpüree?, fragt sie. Hinter ihm nickt Bude begeistert, und Koslik sagt: Okay.
Auf seinem Teller liegt nun genau das gleiche Gericht wie schon in der alten Stroke Unit.
Bude grinst und nickt noch einmal, als Koslik vorbeiläuft.

Der freie Tisch steht so, dass Koslik mit dem Rücken zu Bude sitzt. Er ist froh darüber, so braucht er kein schlechtes Gewissen zu haben. Trotzdem glaubt er, Budes Blick im Rücken zu spüren. Aber als er sich zur Seite dreht, ist Bude gerade dabei, zu gehen. Bis später, sagt Bude und nickt wieder.
Okay, sagt Koslik, bis später, und probiert den Kartoffelbrei, der in seinem Mund eine zähe Masse bildet.
Er ist gerade dabei, das Würstchen zu essen, das aus dem restlichen Kartoffelbrei einen fettigen Matsch gemacht hat, als er eine Stimme hört, die er sofort erkennt, auch wenn er eine Sekunde lang gar nicht weiß, woher.
René, sagt sie und steht plötzlich vor ihm, Hände legen sich auf den Stuhl, der Koslik gegenübersteht.
Koslik lässt die Gabel sinken, die mit dem Würstchen noch in der Luft hängt.
Marlies? Er lässt es wie eine Frage klingen, dabei hätte er sie überall erkannt. Wenn schon ihre Stimme ihm durch alles geht, dieses Sonore, das ihn an alles Mögliche erinnert und fast zuletzt ihr Bild erscheinen lässt: braune Haare, immer noch kraus, das Gesicht, das schon damals schmal wirkte, die hohe Stirn, die kleine Nase und die grauen Augen, wegen denen sie einmal für Geschwister gehalten wurden.
Überall hätte er sie erkannt, und doch sieht sie so völlig anders aus. Die Haare hat sie jetzt hochgesteckt, die große Brille ist verschwunden. Ihr Gesicht wirkt dadurch auf eine Art fast schon jünger und trotzdem ausgezehrt.

Vielleicht ist es aber auch nur die Krankenhausluft, die sie so aussehen lässt.
Dass sie anders aussieht, glaubt Koslik zumindest, denn jetzt, wo er sie anschaut, verblasst das Bild von früher, wird verdrängt und verschoben wie die Bilder eines Diaprojektors.
Koslik merkt zu spät, dass er sie anstarrt. Dass sie auf einmal hier ist, saugt alles aus seinem Kopf. Um ihre Augen liegen kleine Falten, sie wirkt müde.
Unglaublich! Marlies hebt ihre Hände von der Stuhllehne, lässt sie dann doch wieder zurücksinken, hebt sie wieder und streicht sich über die Seite. Das hat sie schon damals getan, als müsste sie sich ihrer selbst vergewissern.
Was machst du hier?, fragt Koslik und muss sich räuspern. Er schiebt den Teller etwas von sich, aber sie hat schon den Matsch darauf gesehen, den unansehnlichen Haufen, der hier sein Leben ist.
Was machst du hier, wäre die viel bessere Frage, sagt sie und betont das du, wobei ihr Blick zum Glas Saft huscht, der Saft, der so nach Krankenhaus aussieht, dass es fast aus dem Glas schreit.
Weil er diesen Blick nicht mehr aushält, guckt er schnell woanders hin, erst aus dem Fenster, dann in den Rest des Raumes, in dem alle Plätze besetzt sind. Als wäre das die Antwort, zieht sie unter dem Tisch einen Stuhl hervor und setzt sich.
Jetzt, wo sie noch ein Stück näher gerutscht ist, sieht er auch die kleinen Fältchen um ihren Mund, ihr Mund,

der schmal ist, fast schon zu schmal, den er an ihr aber trotzdem immer schön fand.
Sie schaut zwischen ihm und der Glasfront hin und her, als wüsste sie nicht, was sie machen soll. Koslik bemerkt erst jetzt, dass er nichts mehr gesagt hat, sondern auf seinen Kartoffelbrei schaut, ohne wirklich hinzusehen. Sein Herz klopft ihm bis in den Kopf, sein Mund ist trocken, der Kartoffelbrei darin schmeckt faulig. Er weiß auch nicht, warum er auf einmal so nervös ist.
Du wirkst irgendwie nicht gut, René, sagt Marlies. Ist alles in Ordnung?
Ja, sagt Koslik. Entschuldige, ich war gerade, mir war gerade ein bisschen schwindelig.
Gegenüber wechselt die Besetzung. Ein alter Mann schlurft langsam um den Tisch, in der Hand klappernd sein Geschirr, während eine ältere Frau seinen Platz einnimmt. Ihr Gesicht ist ihnen zugewandt, mit der großen Brille sieht sie aus wie eine Fliege.
Ich hätte nicht gedacht, dass wir uns noch mal wiedersehen, sagt Marlies, und jetzt wirkt auch sie fahrig. Du hast dich ziemlich verändert, ist ja auch schon eine Weile her. Fünfzehn Jahre oder so?
Sie lacht, und es klingt nicht im Mindesten amüsiert.
Ach nein, da war ja noch das Silvester vor zehn oder elf Jahren. Trotzdem eine lange Zeit.
Das stimmt, sagt Koslik. Das ist eine lange Zeit. Da kann viel passieren.
Und du hast dich wirklich verändert, sagt Marlies.
Du dich auch. Koslik zwingt sich, zu ihr hinzusehen.

Aber sie schaut aus dem Fenster, auf ihren Wangen sind rote Flecken. Sie wird immer rot im Gesicht, wenn sie aufgeregt ist. Aber nie komplett, da sind immer nur diese roten Stellen, auf ihren Wangen, auf ihrem Hals, als sammelte sich die ganze Aufregung dort. Dass er sie nervös macht, macht Koslik merkwürdig glücklich und wütend zugleich.
Ich hoffe, du bist nicht krank, sagt er, weil Marlies jetzt mit den Augen unruhig hin und her huscht und dabei so schnell über ihn drüberfliegt, dass ihm schwindelig wird.
Nein, nein, sagt sie hastig. Zum Glück nicht. Ich bin nur zu Besuch hier. Aber im Ernst, René, was machst du hier? Ist dir irgendwas Schlimmes passiert? Geht es dir gut?
Das erste Mal sieht sie ihn jetzt ganz direkt an, und er schaut zurück. Ihre Augen sind wirklich noch genauso wie damals, selbst die Art, wie sie sie dabei ein kleines bisschen zu weit aufreißt. Sie schaut nach unten auf den Tisch. Ihre Hände liegen weich nebeneinander.
Es ist nichts Schlimmes, sagt Koslik. Es werden Kontrolluntersuchungen gemacht, aber es ist nichts Schlimmes. Man muss nur eben sichergehen.
Marlies nickt, sie schiebt eine Hand zu ihm herüber und legt sie auf seinen Arm.
Ich bin froh, sagt sie, dass wir uns getroffen haben. Irgendwie wollte ich dich immer treffen in all den Jahren. Aber dann habe ich es wieder aus den Augen verloren, weißt du, was ich meine?

Mensch Koslik, sagt eine Stimme, und Marlies zieht ihre Hand zurück.
Frank steht neben dem Tisch, die obersten Knöpfe seines Hemdes wie immer offen. Seine Haare stehen wirr in alle Richtungen ab. Man sieht, dass sie dünner sind als früher, an den Schläfen sind sie grau, aber die alte Lässigkeit ist ihnen trotzdem noch nicht ganz abhandengekommen.
Na, Koslik, so sieht man sich wieder, sagt er und lacht, klopft ihm auf den Rücken.
Marlies steht auf.
Koslik schaut zur Seite, als die beiden sich umarmen, aber aus den Augenwinkeln sieht er trotzdem, wie Frank über Marlies' Arme streicht und sie ihm kurz einen Kuss auf die Wange gibt.
Auf einmal fühlt er sich nur noch unwohl.
Ich hol mir schnell was zu essen, sagt Frank. Dann bin ich wieder da. Und diesmal kannst du mir nicht so schnell entkommen, alter Freund, diesmal nicht, sagt Frank und lacht.
Das ist typisch, sagt Marlies, während Frank zu den Vitrinen geht. Er ist wirklich nicht sehr feinfühlig, aber na ja, du kennst das ja, sagt sie und lacht, mehr ein Auflachen ist es, nervös schiebt sie dabei ihr Haar zurück.
Ihre Ohren hat er auch immer gemocht, sie sind eigentlich viel zu klein für ihren Kopf, etwas, das jetzt, wo sie eine Hochsteckfrisur trägt, noch deutlicher ist.
Sie schweigen. Marlies streicht sich noch einmal das Haar zurück, dann kramt sie in ihrer Handtasche, aber

Koslik ist sich ziemlich sicher, dass sie nicht wirklich etwas sucht. Er selbst schaut aus dem Fenster, wo gegenüber ein Aldi ist, dessen Türen sich öffnen und schließen.

Ich seh schon, das Essen hier ist nicht so besonders, sagt Frank und stellt seinen Teller neben Kosliks. Du hast ja auch nicht aufgegessen, Koslik. Er nickt zu Kosliks Teller.

Nein, aber so schlimm ist es auch nicht, sagt Koslik.

Er rutscht auf seinem Stuhl nach vorne und schiebt den Teller noch ein Stückchen von sich. Wie kommt er hier nur schnell wieder weg, fragt er sich. Aber Frank baut ihn ein, indem er sich an die letzte freie Seite des Tisches setzt. Wenn Koslik jetzt aufstehen will, muss erst Frank zurückrutschen.

Kosliks Handflächen sind mittlerweile schweißnass.

Also, Koslik, jetzt musst du mir aber doch genauer erzählen, was du hier machst. Frank beginnt mit dem Messer sein Würstchen zu schneiden. Es sei denn, es ist was ganz Unappetitliches, dann erzähl es lieber erst später.

Er lacht. Marlies lacht auch, sie sieht Frank dabei mit einem Blick an, der Koslik sofort einen Stich versetzt.

Ihr beide habt also noch Kontakt, fragt er und ärgert sich im nächsten Moment.

Ja, ja, sagt Marlies und nickt. Wieder streicht sie das Haar zurück, aber jetzt lächelt sie, das erste Mal, dass sie lächelt, wenn auch nur vage.

Letztes Jahr waren wir zusammen im Urlaub, Indonesien,

drei Wochen, allerdings war das für mich schöner als für Frank, der hatte nämlich in der ersten Woche eine Lebensmittelvergiftung.
Ich esse nie wieder Krabben von einem Markt!, wirft Frank ein, grinst und zeigt dabei seine Zähne, schiebt dann ein Wurststück dazwischen. Er kaut rhythmisch, das selbstzufriedene Grinsen klebt ihm an den Wangen fest.
Wirklich, ab jetzt bin ich auf der Hut.
Hättest du auf mich gehört, sagt Marlies und lächelt jetzt richtig. Hättest du auf mich gehört, dann wäre es nicht so weit gekommen.
Jaja, komm, hört auf. Frank lacht, schneidet wieder das Würstchen.
Wie du siehst, sie hat sich nicht verändert, sagt er zu Koslik. Immer noch eine Klugscheißerin.
Koslik will widersprechen, lässt es dann aber doch. Marlies war noch nie eine Klugscheißerin. Sie war vielleicht manchmal eigensinnig, aber in allem dabei irgendwie sanft. Koslik ärgert es, wie Frank über sie spricht. Ihn ärgert, wie Marlies lächelt und ihn dann über den Tisch hinweg anstupst, als wären sie wieder Teenager. Ihn ärgert, dass diese neue Marlies wirklich alles von der alten verdeckt. Wer weiß, vielleicht ist sie mittlerweile doch eine Klugscheißerin. Am meisten ärgert er sich, weil er so unruhig ist, weil er Frank am liebsten eine reinhauen würde, weil er auf einmal so eine Wut in sich spürt, die er selbst nicht erklären kann. Er will einfach nur weg hier.

Er merkt erst, dass er den Stuhl zurückgeschoben hat, als er das unangenehme Geräusch wahrnimmt, das Schrammen des Stuhls über den Boden.
Jetzt mal im Ernst, Koslik, sagt Frank und pickt mit der Gabel ein paar Bohnen auf. Was machst du hier?
Es sind nur Kontrolluntersuchungen, sagt Koslik. Nichts Ernstes. Es wird nur abgecheckt, ob alles in Ordnung ist.
Gut, gut, sagt Frank und nickt. Und warum in Freiburg? Warte! Frank legt die Gabel beiseite, dass es klackt, und sieht ihn an. Du wohnst doch nicht etwa hier?
Ja, doch, sagt Koslik. Er schaut wieder zum Aldi hinüber, dann zur Frau am Tisch gegenüber. Sie rollt gerade mit dem Mund ein Bonbon aus der Verpackung. Es sieht mühselig aus.
Na, das ist ja ein Ding. Frank grinst sein wölfisches Grinsen. Dann wohnen wir ja alle wieder in Freiburg, was?
Du etwa auch?, fragt Koslik. Es klingt hohl.
Ja, das ist doch ein Ding, was!, sagt Frank. Dass wir alle wieder hier landen. Unglaublich! Na gut, du noch nicht, sagt er und schaut zu Marlies, schon wieder dieses Grinsen im Gesicht.
Marlies wohnt ja in Heitersheim, sagt Frank dann zu Koslik. Aber nicht mehr lange, die wird sich schon noch umsehen und dann auch rüberwechseln. So ganz weg aus der Stadt, längerfristig ist das nichts.
Ach Frank, sagt Marlies nur und lächelt dabei, zwischendurch huschen ihre Augen zu Koslik, als prüfe sie seine Reaktion.

Koslik senkt den Blick auf die Tischdecke, sie ist weiß und durchwirkt von kleinen Streifen. Jetzt, wo Koslik so genau hinschaut, fällt ihm auf, dass sie ganz genauso aussieht wie die Bettwäsche hier.
Doch, doch, ruft Frank aus und schneidet dabei auf seinem Teller herum, dass es knirscht und die alte Frau gegenüber beim Lutschen ihres Bonbons, das immer noch zäh am Papier haftet, innehält. Jetzt greift sie in ihren Mund hinein und pult mit den Fingern nach dem Plastik, zieht es heraus, während das Bonbon ihr zwischen den Zähnen klemmt. Das noch verklebte Papier streicht sie glatt und legt es auf den Tisch, während sich ihre Lippen über das Bonbon wälzen.
Koslik schaut weg, von diesem Kampf will er nicht das Ende kennen.
Aller Widerstand zwecklos, meine Liebe, sagt Frank gerade, und seine Hand hat sich über Marlies' Arm gelegt. Du wirst sehen, irgendwann wird es so weit sein.
Jaja, gut doch, sagt Marlies. Wir werden sehen, komm du erst mal wieder auf die Beine und häng nicht immer im Krankenhaus rum, da kriegt man ja Angst bei.
Quatsch, sagt Frank und nimmt seine Hand wieder weg. Dort, wo er sie berührt hat, verdeckt kein Ärmel ihre Haut. Koslik erkennt Marlies' Haut, sie ist glatt, und darauf verteilt wie Regentropfen auf einer Asphaltfläche sprenkeln sich kleine Muttermale. Die Haut sieht jetzt weicher aus, ihr Arm ist ein wenig fülliger, ansonsten aber ist das so sehr Marlies, dass Koslik schnell wieder

wegschaut. Genau solche Bilder, denkt er, vergisst man, bis man wieder an sie erinnert wird.
Wie lange musst du denn hierbleiben?, fragt er Frank und zwingt sich, ihm ins Gesicht zu sehen.
Frank kaut mit zusammengepressten Lippen und nickt dabei. Beim Schlucken hebt sich sein Adamsapfel, der an seinem dünnen Hals mit der Hühnerhaut im Gegensatz zu früher riesig wirkt.
Eine Woche, schätze ich, sagt Frank. Vielleicht etwas weniger. Aber mir macht das nichts aus, zumindest wenn ich Besuch bekomme. Er zwinkert Marlies zu.
Aber jetzt, wo du da bist, Koslik, ist ja sowieso alles anders. Das ist doch super, dann haben wir ordentlich Zeit, alles nachzuholen. Noch mal in alten Zeiten zu schwelgen, du weißt schon.
Ich glaube nicht, dass ich lange hierbleibe, sagt Koslik schnell. Vielleicht zwei Tage, etwas mehr oder weniger, es sind ja nicht viele Untersuchungen.
Ach, das dauert, sagt Frank. Das dauert, kannst du mir glauben, ich kenn das ja schon.
Ja, mal sehen, sagt Koslik und schaut wieder hinüber zur alten Frau. Rhythmisch wölbt sich ihr Mund, der faltig ist wie Krepppapier beim Lutschen, als klemmte das Bonbon ihr direkt unter den Lippen.
Ich muss mal wieder zurück, der Pfleger meinte, ich werde gleich abgeholt, sagt er. Dann fällt ihm ein, dass er das schon in der alten Stroke Unit behauptet hatte.
Frank schaut ihn jetzt prüfend an, so von unten, als wüsste er genau, wie sehr Kosliks Herz schlägt, wie leer

sich sein Kopf anfühlt. Marlies schaut auch ganz komisch, ihre Mundwinkel hängen ein wenig, als wären sie schlaff, wenn sie nicht darauf achtet.
Na gut, Koslik, sagt Frank dann und legt das Besteck beiseite. Ich seh schon, bist noch immer ein harter Brocken, aber wir werden doch ein bisschen Zeit zum Quatschen haben, oder? Jetzt, wo wir uns so lange nicht gesehen haben.
Natürlich, sagt Koslik und bemüht sich, zwischen den beiden hin- und herzuschauen. Werden wir, auf jeden Fall. Es tut mir leid, ist echt Pech, dass wir uns immer dann treffen, wenn ich gerade zu Untersuchungen muss.
Na, morgen ist Sonntag, da passiert hier nichts, sagt Frank. Wie wär's, nachmittags 'ne Runde Karten spielen oder so? Wir können uns ja hier treffen.
Ja, okay, gern, sagt Koslik, er muss es geradezu herausdrücken, weil sein Hals so trocken ist.
Das machen wir.
Na fein, sagt Frank und wischt sich den Mund mit einer Serviette ab. Marlies nickt vor sich hin.
Gut, also dann, sagt Koslik und rückt mit seinem Stuhl nach hinten. Frank macht ihm Platz, klopft ihm aber noch einmal auf die Schulter.
Keine Sorge, Koslik, sagt er. Ich merke ja, wie fahrig du bist, ich kenne das, ist blöd beim ersten Mal in der Stroke Unit, aber das wird, sagt er und klopft ihm noch mal auf die Schulter.
Marlies nickt wieder, ihre Augen schauen so ernst, dass Koslik ganz mulmig wird.

Das wird, du wirst sehen, sagt Frank und tritt zur Seite. Koslik nickt noch einmal. Danke, sagt er, er sagt es leiser als beabsichtigt und schaut dann zur Vitrine, wo einer der Küchenvögel schon die Theke wischt.
Der Raum ist mittlerweile so leer, dass er Marlies und Frank hinten murmeln hört, während er sein Geschirr in die Ablage stellt. Er glaubt ihre Blicke zu spüren, zwingt sich aber, sich nicht umzudrehen, selbst dann nicht, als er die Essensreste mit einem Ploppen in den Mülleimer fallen lässt und es zwischen seinen Schulterblättern kribbelt.
Als er zur Tür läuft, guckt er dann doch hin. Frank sitzt vorgebeugt, Marlies redet leise auf ihn ein, ihr Arm liegt zwischen den beiden auf dem Tisch. Koslik sieht Frank nicken, immer wieder zu Marlies hin, während er sich noch näher zu ihr lehnt.
Das Letzte, was er wahrnimmt, ist die alte Frau am Nebentisch, die mit beiden Händen nach dem Bonbon in ihrem Mund pult, vorgebeugt wie eine Fliege, die ihre Beine zwirbelt.
Koslik beneidet sie, sie ist hier ganz alleine.

6

Bude liest im Zimmer Zeitung, die Brille wieder auf der Nase, und nickt Koslik zu, als er hereinkommt. Das Rascheln der Zeitung gibt den Rhythmus vor, in dem Koslik die Seiten seines Arbeitsbuchs umblättert. Als er genauer hinschaut, sieht er, dass es die BILD ist, die Bude liest. Die Überschriften wirken in diesem Raum irgendwie schmutzig, so weiß, wie alles um sie herum ist, und so grauweiß, wie auch Bude wirkt mit seinem hellen T-Shirt, das sich um seinen Bauch spannt und das an seinem Hals wieder das Goldkettchen zeigt.
Heiheihei, sagt Bude und blättert erneut um.
Koslik kann sich nicht konzentrieren, zu sehr schwirrt es ihm im Kopf herum. Er will nicht an Frank denken und schon gar nicht an Marlies, aber wie Irrlichter tauchen ihre Gesichter immer wieder vor seinen Augen auf. Immer wieder sieht er Frank, der Marlies zuzwinkert. Marlies' Haare, die jetzt hochgesteckt sind, und lauter andere Nebensächlichkeiten kommen ihm in den Sinn, die ihn, je mehr sie auf ihn einstürmen, nur noch wütender machen. Es ist eine Wut, die er schon wieder ganz vergessen hatte. Aber irgendwo in ihm muss sie geschlummert haben, denn jetzt drängt sie nach oben.

Dieses saure Gefühl in seiner Magengegend, das ihm die Lunge zusammenpresst.
Heiheihei, sagt Bude wieder und kratzt sich an der Brust, dass es nicht nur raschelt, sondern dazu noch ein ratschendes Geräusch gibt.
Auch draußen ist es jetzt nicht mehr leise, Regen prasselt gegen die Scheibe, läuft in Strömen daran herunter. Durch das Unwetter ist es so dunkel geworden, dass Koslik sich selbst in der Scheibe sehen kann, um ihn herum die Schlieren des Wassers. Er sieht alt aus, findet er. Wie er wohl vorhin auf Marlies und Frank gewirkt hat? Wieder tauchen ihre Gesichter vor ihm auf, und Koslik muss fast stöhnen, so sehr frustriert es ihn, dass seine Gedanken ihm nicht gehorchen wollen.
Er schlägt die dritte Lektion auf und zwingt sich, die Worte wahrzunehmen.
Er ist gerade beim zweiten Absatz, als es klopft.

Pfleger Mark kommt herein, seine ausgefransten Haare diesmal zu einem kläglichen Zopf gebunden, der an seinem Hinterkopf hin und her schlackert wie ein kleiner Pimmel.
Herr Koslik, sagt er fröhlich und steht schon neben Kosliks Bett.
Sie haben heute Morgen angegeben, dass Sie Kopfschmerzen haben, wie geht es Ihnen denn jetzt?
Es geht schon, sagt Koslik.
Ich habe hier eine Paracetamol für Sie, sagt Pfleger Mark.
Ist es denn schlimmer geworden?

Nein, nein, sagt Koslik, es ist schon besser.
Na, wenn es wieder schlechter wird, können Sie die ja nehmen. Pfleger Mark legt ein Plastikviereck auf Kosliks Nachttisch.
Danke, sagt Koslik, und Pfleger Mark nickt, sein Pferdeschwanz wackelt dabei ganz traurig hin und her.
Na, Herr Bude, sagt Pfleger Mark dann und dreht sich halb zu Bude um, der ihn unter seiner Brille angrinst. Was gibt es Neues in der Welt?
Ach, ach, sagt Bude, das will man doch lieber nicht allzu genau wissen.
Er faltet die Zeitung zusammen, einmal in der Mitte, und dann knickt er sie noch einmal um, sodass sie direkt auf der Wölbung seines Bauches liegt, oben ist nur noch die schemenhafte Gestalt eines aufgerissenen Mundes zu sehen, daneben in Schwarz und Rot die Überschrift.
Man erfährt ja jeden Tag immer so schreckliche Sachen, da weiß man auch nicht, ob man das überhaupt wissen will, sagt Bude.
Pfleger Mark nickt und wischt sich die Hände an seinem Hemd ab. Dabei, denkt Koslik, hat er doch gar nichts angefasst.
Recht haben Sie, recht haben Sie, sagt Pfleger Mark und nickt und schaut dabei nach draußen, wo der Regen langsam nachlässt und das Wasser jetzt wie gefroren an der Scheibe klebt.
Die Griechen, sagt Bude, da geht es immer noch bergab. Gott, was bin ich froh, dass ich mein Leben lang das Geld beieinandergehalten habe.

Ja, das ist wahr, da muss man aufpassen. Pfleger Mark schiebt die Brille nach oben. Was da abgeht, das will man nun wirklich nicht erleben.
Schuld sind die natürlich auch selbst, sagt Bude, Man ist ja immer selber schuld, aber das mit den Banken, da müssen wir uns alle vorsehen. Das könnte uns allen passieren.
Ja, die machen mit dem Geld, was sie wollen, sagt Pfleger Mark und seufzt. Ich denk ja manchmal: Am besten alles abholen von der Bank und ab in 'nen Sparstrumpf. So wie früher, ist wahrscheinlich immer noch sicherer.
Ja, das wär was, das wär was. Bude schlägt sich mit der Hand auf den Bauch. In den Sparstrumpf und dann übern Kamin hängen, was?
Pfleger Mark lacht kurz auf und geht dann zu seinem Wagen, der noch wie ein Imbissstand neben der Tür steht.
Nicht unterkriegen lassen, Herr Bude, was?, sagt er. Und Sie auch nicht, Herr Koslik, ja? Wenn Sie Schmerzen haben, Sie wissen ja, wo Sie mich finden, fügt er noch hinzu.
Ja, danke, sagt Koslik und sieht aus den Augenwinkeln, wie Bude die Zeitung wieder aufklappt und dann doch wieder faltet.
Na, für heute ist's genug mit der Welt, sagt er dann und lacht, und ein Klacken zeigt an, dass Pfleger Mark verschwunden ist.
Koslik schaut nach vorne, wo der Regen ein wenig am Fenster bibbert, vielleicht stürmt es. Er hofft, dass Bude

nicht weiter über die Griechen reden will, aber Bude seufzt nur tief und lehnt sich dann zurück, die Augen geschlossen.

Koslik legt das Handy auf seinen Schoß und drückt darauf herum. Er weiß, dass er seine Mutter anrufen muss, kann sich aber noch nicht dazu aufraffen. Heute, denkt er, habe ich bereits genug aushalten müssen. Erst dann fällt ihm ein, dass das eine nichts mit dem anderen zu tun hat. Als hätte die Begegnung mit Frank und Marlies seine Kapazitäten heute für alles andere erschöpft.
Kurz schließt er die Augen. Als er sie wieder aufmacht, ist es bereits drei. Bude schläft mit offenem Mund und gleichmäßigem Atem, seine Brille wirft eckige Schatten auf seine Wangen.
Der Himmel draußen sieht aus, als hätte man Zement darübergeschmiert. Von dem Regen, der vorhin noch an den Fenstern klebte, ist nichts mehr zu sehen. Auf dem Tisch liegt eine Banane, Koslik hat keine Ahnung, ob sie vorhin auch schon da war.
Koslik setzt sich auf, das Handy ist ihm zwischen die Beine gerutscht. Irgendwie muss es ausgegangen sein. Er legt es zurück auf den Nachttisch, schaut wieder nach draußen.
Er weiß nicht, wieso, aber zum ersten Mal an diesem Tag fühlt er sich auf eine merkwürdige Art sicher. Als lullten das Grau von draußen und Budes gleichmäßiger Atem ihn ein, als wäre er allein auf der Welt. Kein Frank, keine Marlies, rein gar nichts, was ihn hier erreichen könnte.

Koslik fragt sich, wann er sich das letzte Mal so sicher gefühlt hat. Das Gefühl erinnert ihn an das erste Mal, als er an der Volkshochschule einen Kurs gegeben hat. Zehn-Finger-Schreiben, damit hatte er angefangen. Eigentlich wollte er lieber Deutsch als Fremdsprache unterrichten, aber in Freiburg wurde niemand gesucht, und in Karlsruhe war der Kursleiter für Zehn-Finger-Schreiben überraschend verstorben. Sie waren bereit, ihm eine Chance zu geben.

Im Kurs waren außer zwei Teenagermädchen, die permanent tuschelten und nach dem dritten Kurstermin auch nicht mehr erschienen, nur ältere Menschen gewesen, allerdings nicht alt genug, dass er sich an ihre Gesichter erinnern könnte. Koslik weiß noch, wie aufgeregt er war, bevor der erste Kurstag begann. Wie aufgeregt er war, als er seine neue Wohnung in Karlsruhe – ein kleines Loch unweit des Bahnhofs – bezog und wie beinahe ehrfürchtig er das erste Mal den Weg zur Volkshochschule fuhr.

Vor seinem ersten Tag dort schlief er kaum, trank am Morgen viel zu viel Kaffee und stotterte bei der Begrüßung. Doch die Teilnehmer nahmen alles mit solch stoischer Gelassenheit hin, dass er nach wenigen Minuten das Gefühl hatte, nie etwas anderes getan zu haben. Nach dem ersten Kursblock hatte er alle in die Pause geschickt.

Danach hatte Koslik vorne an der Tafel gestanden, um ihn herum summten die alten Computer ein sonores, sanftes Lied. Die großen Fenster gaben den Blick auf ein Autohaus mit Dachterrasse frei, bis auf im Winterlicht glänzende Autos und hier und da Schneetupfen, die auf den Dachzinnen lagen, war nichts zu sehen. Da hatte Koslik eine ähnliche Sicherheit gefühlt, irgendwo ganz tief unten. Er hatte daran gedacht, dass er all das hinter sich gelassen hatte, das Studium, seine Kommilitonen. Ja, vermutlich hatte er auch damals an Frank und Marlies gedacht. Marlies hatte sich erst einige Monate zuvor von ihm getrennt, und vielleicht war die Sicherheit von damals auch nur das erstmalige Wegbleiben des Trennungsschmerzes. Denn als er dort stand und nach draußen schaute, zufrieden mit den ersten zwei Stunden seines ersten Kurses, hatte er an die Zukunft denken können, ohne dabei ihr schmales Gesicht mit diesen Augen vor sich zu sehen, ohne überhaupt irgendetwas zu sehen. Nur das Autohaus gegenüber, das im Rauschen der zwölf Computer im Raum still und einsam in der Welt stand.

Das Gefühl hatte aber nur so lange angehalten, bis die Teilnehmer zurückkehrten, und es war seitdem nie wieder so intensiv gewesen.

Koslik schrickt auf, weil es an der Tür erst laut klopft und sie dann aufgestoßen wird. Einen Moment setzt sein Herz aus, und er vergisst fast zu atmen. Als er Pfleger Mark sieht, beruhigt er sich.

Bude blinzelt, er reißt dabei die Augen auf, sodass er noch älter aussieht, als seine Flusenhaare und die tiefen Gräben auf seiner Stirn vermuten lassen. Nanu, sagt er, bin ich wohl eingeschlafen.

War die Lektüre wohl doch zu ermüdend, wie?, sagt Pfleger Mark.
Haha! Oh ja!, ruft Bude und lacht, und in ihm scheint es zu poltern.
Pfleger Mark nickt, und sein Entenschwänzchen schlackert hin und her dabei.
Herr Koslik. Pfleger Mark schaut so abrupt zu Koslik, dass Koslik wieder fast das Herz stehen bleibt, auch wenn es Pfleger Mark ist und nicht Frank, der zu ihm herüberstarrt und dessen Blick einmal seinen Körper rauf- und runterwandert.
Koslik setzt sich auf.
Es gibt jetzt doch noch eine Untersuchung für Sie, sagt Pfleger Mark, also muss ich Sie wohl aus den Federn scheuchen.
Was denn?, fragt Koslik und hebt die Beine übers Bett. Alles an ihm fühlt sich träge an.
Sie werden gleich abgeholt, also ziehen Sie am besten schon mal die Schuhe an. Und einen Anorak, es pieselt heute immer mal wieder, und da kann es einem schon mal kalt werden bei diesem Wind.
Pfleger Mark schaut aus den großen Fenstern. Da kann man den Ausblick, den Sie hier haben, gar nicht so recht genießen, was?, sagt er. Wenn immer alles grau ist und regnet. Ist ja sonst nicht so in Freiburg, da muss man schon Pech haben, wo man doch einmal so ein Panoramafenster hat.
Ach was. Bude klopft sich auf die Beine. So ein Tag ist gerade gut für ein Schläfchen, da kommt man ja sonst

nicht so recht zu, aber hier schlaf ich wie ein Murmeltier, da ist es mir auch egal, ob wir ein Panoramafenster haben oder, ach was, sogar einen Swimmingpool. Da würd ich trotzdem lieber schlafen! Einfach mal ausspannen, die Seele baumeln lassen.

Aber, aber, Herr Bude, sagt Pfleger Mark und lacht. Da könnt man ja glatt meinen, Sie genießen es im Krankenhaus!

Na genießen nicht, nein, genießen würd ich jetzt nicht sagen, sagt Bude und schüttelt dabei den Kopf, als könnte er das alles selbst nicht glauben. So kann man das nicht ausdrücken. Aber das Beste draus machen, ja, so würd ich das sagen. Wenn man im Leben wo landet, dann mach ich das Beste draus, aus jeder Situation, das ist wichtig. Und seit meiner Krankheit, da weiß ich eben, dass man immer gucken muss, wo man bleibt, und wenn es halt so ist, mit dem Krankenhaus, dann denk ich mir: Komm, Bude, da machste jetzt was draus. Das bringt ja nichts, da jetzt Trübsal zu blasen. Damals, als wir aus dem Ruhrpott gekommen sind, mit dem alten Käfer war das noch, da hab ich mir auch gesagt: Komm, das machen wir, hab ich auch zu der Gerda, meiner damaligen Frau, gesagt, und wir haben es uns schön gemacht, das muss man sagen.

Pfleger Mark kommt aus dem Nicken nicht mehr heraus, und sein Entenschwanz wippt wie ferngesteuert.

Koslik schnürt sich seine Schuhe zu, er hört nur mit halbem Ohr hin, sieht, wie Bude jetzt auch nickt. Die beiden lächeln sich an.

Na ja, sagt Bude, gab natürlich auch schlechte Zeiten, die gibt es immer. Na ja, sagt Bude noch einmal, und Koslik sieht aus den Augenwinkeln, dass er jetzt ganz traurig guckt, sein Blick geht an Pfleger Mark vorbei auf den Boden. Irgendwie muss ich ja auch hierhergekommen sein, das ist klar, sagt Bude. Das weiß man, wenn man in der Klinik ist: Da ist was schiefgelaufen. Seit die Gerda weg ist, da ging so einiges schief. Hat mich kaum gewundert, als da der erste Anfall kam. Man muss irgendwann immer mal bezahlen im Leben, und jetzt bin ich hier. Aber ich denke, man kann aus allem was machen, auch jetzt noch, ja, das denke ich, sonst brächt's ja alles nichts, was? Jetzt lächelt Bude wieder, und Pfleger Mark lächelt mit, die Augenbrauen leicht nach oben gezogen.

Gut, ich bin so weit, sagt Koslik. Können Sie mir noch sagen, was das für eine Untersuchung ist?

Ach ja, richtig, sagt Pfleger Mark. Entschuldigen Sie, jetzt hab ich mich doch glatt mal wieder ablenken lassen.

Entschuldigung, Entschuldigung. Bude lacht. Da sind wir jetzt ordentlich ins Grübeln gekommen, was? Na, das passiert manchmal.

Ja, das passiert, gerade wenn man älter wird, sagt Pfleger Mark. Manchmal, da weiß ich auch nicht, wo mir der Kopf steht, herrje. Na, wie auch immer, Herr Koslik, bei Ihnen wird jetzt die Halsschlagader untersucht, Ultraschall, ist nicht unangenehm und dauert nicht lange, die Ärztin wird Ihnen das dann schon noch genau erklären.

Aha, sagt Koslik. Findet das hier statt?
Nein, nein, genau, das findet eben wieder drüben statt, da werden Sie gleich abgeholt, die Herren vom Krankentransport sind bestimmt gleich da.
Wie in einer dieser Seifenopern, die Christine und Charlotte früher geschaut haben, klopft es genau in diesem Moment. Zwei Männer in orangen Anzügen kommen herein, die genauso aussehen wie die, die Koslik hierhergebracht haben. Aber in ihren Gesichtern ist kein Erkennen zu sehen, als sie erst zu Bude schauen, dann zu Pfleger Mark, hin zu Koslik und wieder zu Pfleger Mark, beinahe gleichzeitig, wobei der eine aber blinzelt, als hätte er etwas im Auge.
Der Herr Koslik, sagt Pfleger Mark und zeigt auf Koslik, der sich vorkommt wie ein Paket, das abgeholt werden soll.
Die beiden nicken, ebenfalls gleichzeitig.
Kommen Sie mit, Herr Koslik, wir bringen Sie, sagt dann der eine, während der andere sich mit der Hand über die Augen wischt und mit den Fingern darin herumpult.
Okay, sagt Koslik, nimmt seine Jacke und geht zur Tür, die Pfleger Mark ihm aufhält und ihm dabei zuzwinkert, als hätten sie gemeinsam einen Streich geplant.
Die beiden orangen Männer laufen vor, der eine wischt noch immer in seinen Augen herum, während der andere auf das Brett in seiner Hand schaut.
Na dann, schönen Nachmittag, sagt Pfleger Mark und ist plötzlich im Gang verschwunden. Koslik sieht durch

die Türöffnung noch, wie Bude auf seinem Bett zur Seite in den Raum blickt, die Augen glasig. Auf seiner Brust bebt die Brille leicht auf und ab. Im leeren Zimmer wirkt er auf einmal ganz verlassen.

Auch der Krankentransporter sieht genauso aus wie beim letzten Mal. Sogar die rote Decke liegt noch dort, unordentlich gefaltet und halb vom Sitz heruntergerutscht. Koslik schiebt sie wieder zurück, während der mit dem Brett die Tür hinter ihm zuschlägt.
Sie fahren durch die Häuserschluchten, die jetzt vor dem hellen Himmel fast unwirklich erscheinen. Beinahe, als verschwämme alles, was draußen liegt, zu einem großen, grauen Gemälde, in dem nur das Glitzern der Pfützen und die wenigen bunten Autos, die am Straßenrand stehen, noch Akzente setzen. Eine Autowerbung, denkt Koslik, genauso könnte eine Autowerbung aussehen. Aber bis auf die roten Fahrzeuge wirken selbst die Autos blass, als färbte der Himmel, der sich in den Scheiben als graues Nichts spiegelt, auf alles ab.
Schau mal, du kannst ihr nicht immer hinterherrennen, Mann, nichts für ungut, sagt der eine Orange, während der andere das Lenkrad umklammert hält. Du musst ihr langsam mal klarmachen, dass sie nicht alle naselang ihre Meinung ändern kann.
Du verstehst das nicht, sagt der Fahrer. Guck mal, was sie gestern geschrieben hat, auf so was kann man nicht anders reagieren. Er reicht sein Handy hinüber, der andere lacht auf.

Nicht ihr Ernst, sagt er. Mann, Mann, Mann, die hat dich echt bei den Eiern.
Ach Klappe, sagt der Fahrer und kurbelt am Steuer, doch Koslik glaubt, dass er lächelt.
Und, was ist mit Ihnen, sagt der auf dem Beifahrersitz, und erst als er durch den Spiegel zu Koslik schaut, merkt Koslik, dass er gemeint ist.
Glauben Sie an die wahre Liebe? So richtig und so.
Koslik sieht zu, wie sie in eine Einfahrt biegen, Ärzte mit wehenden weißen Kitteln laufen hinter dem Tor in einer seltsamen Choreografie.
Koslik zuckt die Schultern, weil der Beifahrer ihn immer noch anguckt.
Na, Sie sind wohl auch nicht der Gesprächigste, was, sagt der Mann vorne und gibt dem anderen das Handy zurück.
Wenn du meine Meinung hören willst, sagt er leise, lass das, Alter, das bringt nur Stress.
Sie parken zwischen den anderen Krankentransportern.
Du hast gut reden, sagt der Fahrer. Du hast ja deine Sabine schon.

Sie führen Koslik durch eine Flügeltür in das Krankenhaus. Obwohl die Gänge lang sind, ist niemand zu sehen. Ihre Schritte hallen auf dem Boden, die Türen öffnen sich von alleine. In einem Gang sind die Türen grün, in einem anderen rostrot, ansonsten sieht hier alles gleich aus.
Weil sie mehrmals abbiegen, verliert Koslik völlig die Orientierung.

Dann tauchen doch noch Menschen auf. Mitten im Gang ist eine Sitzgruppe aufgebaut, dahinter zeigen drei große Fenster eine mit Efeu bewachsene Wand. Drei alte Frauen sitzen in ihren Rollstühlen im Kreis, zwei schauen auf den Efeu, eine andere auf ihre Hände, die in ihrem Schoß gefaltet liegen und doch so aussehen, als berührten sie sich gar nicht.

So, hier warten Sie, sagt einer der Männer.

Die beiden nicken Koslik einmal kurz zu, aber bevor Koslik zurücknicken kann, haben sie sich schon wieder umgedreht und verschwinden im Gang. Das Geräusch ihrer Schritte wird schon nach wenigen Metern verschluckt. Zurück bleibt nur das laute Atmen der drei alten Frauen, beinahe synchron, während einer von ihnen die Augen auf- und zuflattern.

Koslik setzt sich auf einen der Stühle, die gemeinsam mit den Rollstühlen einen Kreis bilden. Neben ihm steht ein Ständer, in dem zerfledderte Zeitschriften hängen.

Koslik schaut auf seine Hände und versucht, nicht auf das Atmen zu hören, aber es hallt hier laut, kommt ihm sogar lauter vor als vorhin seine eigenen Schritte im Korridor, fast, als wären die Gänge riesige Resonanzräume nur für diesen langsamen, faserigen Atem, den die Alten ausstoßen. Jeder Zug von tief unten klingt, als wäre es ihr letzter.

Als Koslik aufschaut, sieht er, dass eine von ihnen ihn anschaut. Es ist die, die auf ihre Hände geblickt hat, die weiterhin wie schwebend daliegen. Ihre Augen sind von

einem stechenden Blau. Sie macht sich nicht die Mühe, wegzusehen.
Koslik schaut wieder in den Gang, in dem die Türen wie immer nur kalte Rücken sind. Nur der Efeu vor den Fenstern lässt es hier bewohnt aussehen.
Schon wieder glaubt Koslik sich weit entfernt von Freiburg. Dieses Gebäude hat nichts mit Freiburg zu tun, mit dieser Stadt, die so alles andere als ausgestorben ist. Trotzdem schlägt dieser Raum, dieses Leere, irgendetwas in ihm an. Als hätte er das alles schon einmal gesehen.
Dann fällt ihm ein, dass ihn das alles an das Amtsgericht erinnert. Auch so ein Ort in Freiburg, der da ist, ohne wirklich da zu sein. Nur einmal hat er es von innen gesehen.
Zu spät erinnert er sich daran, dass er überhaupt nur wegen Marlies dort gewesen ist. Dass das ganze Gebäude in seiner Erinnerung überhaupt nur so präsent ist, weil er mit ihr dort war und weil sie an diesem Tag so abwesend wirkte, das erste Mal von vielen Malen. Dass es jetzt gar nicht das Gebäude ist, das er vor sich sieht, sondern Marlies als Gespenst der Vergangenheit, eingefangen in dieser Szene im Amtsgericht.
Er sieht Marlies vor sich, wie sie auf einer der Bänke vor dem Gerichtssaal sitzt und hin und her rutscht, umgeben von den hohen kalten Wänden des Gebäudes. Ihre Mitbewohnerin saß neben ihr und machte einen schläfrigen Eindruck. Die Szene wirkte auf Koslik völlig verkehrt, schließlich war Marlies' Mitbewohnerin, Sonja

oder Susanne, wie sie genau hieß, weiß er nicht mehr, eine von den Frauen, die allem stets mit einer gewissen Grundaufregung gegenübertreten. Koslik hatte sie noch nie so entspannt gesehen. Marlies aber hatte an diesem Tag eine Art von Fahrigkeit, die eigentlich völlig ungewöhnlich für sie war. Sie redete hastig, sprang manchmal über Worte. Sie und ihre Mitbewohnerin waren nachts bereits mehrmals von einem Nachbarn aus dem angrenzenden Studentenhaus belästigt worden, ein älterer Student mit verlotterten Haaren und einem Bart, der stets so aussah, als würden kleine Bröckchen darin hängen. Im Gerichtssaal wirkte er völlig deplatziert. Ständig schaute er auf sein Notizbuch, die restliche Zeit hatte er ein mildes Lächeln auf den Lippen, als dächte er an eine schöne Kindheitserinnerung oder beruhigte sich durch das Geräusch eines sanften Wasserfalls, während um ihn die Stühle der Beamten knarrten und Marlies sich auf ihrem Zeugenplatz unruhig über die Oberschenkel rieb.
Koslik saß im Zuschauerraum und sah von dort aus nur Marlies' Rücken, der zuckte, während sie sprach. Der Angeklagte schaute nicht auf, und wenn, dann schien er Marlies gar nicht wirklich zu sehen. Er tat Koslik ungeheuer leid.
Der ganze Tag spult sich jetzt vor Kosliks Augen ab, als hätte er nur darauf gewartet, dass man ihn einmal hervorholt und betrachtet. Warum, weiß Koslik auch nicht, aber jetzt, wo er einmal damit angefangen hat, laufen die Bilder wie aufgereiht. Vielleicht, weil Marlies jetzt

wieder genauso abwesend wirkt wie damals, abwesend und auf eine unentschlossene Art hektisch.
Sie saßen damals nach dem Prozess vor dem Unigebäude auf der Treppe, und Frank brachte Marlies einen Kaffee. Sie schenkte ihm ein Lächeln, das Koslik sofort eifersüchtig machte. Einfach, weil sie auf einmal viel ruhiger wirkte, wie sie da mit dem Kaffee saß und Frank zuhörte, der von seinen Recherchen sprach, als gäbe es nichts Wichtigeres.
Vielleicht, sagte Marlies, als Frank gegangen war und sie nur noch zu dritt dort saßen, die Stufen waren unerträglich kalt, aber Koslik mochte die Aussicht, das Treiben auf dem Platz, die Grüppchen, die beieinanderstanden.
Vielleicht, sagte Marlies, sollte er uns leidtun, der Nachbar. Aber sie sagte es völlig ausdruckslos, als wären ihr die Worte nur so entschlüpft.
Ja, sagte Koslik, ja, das war traurig, genau das dachte ich auch.
Unsinn! Marlies' Mitbewohnerin schlug auf die Steinstufe, auf der sie saß, fegte ein paar Blätter beiseite. Der hätte uns nicht dumm kommen sollen. So was macht man nicht mit Frauen. Das ist ja wieder typisch, dass man mit so was durchkommen soll. War klar, dass du die Partei der Männer ergreifst, Koslik.
Marlies hatte nicht widersprochen, sondern ihm nur einen Blick zugeworfen, den Koslik nicht deuten konnte.
Später saßen sie lange schweigend auf Marlies' Bett. Als

es draußen langsam dunkel wurde, seufzte Marlies resigniert, als hätte er etwas gesagt.
Die Situation war doch wirklich unheimlich, sagte sie dann, und Koslik war froh, weil sie endlich wieder sprach. In dieser riesigen Halle, irgendwie hatte das alles was von einem Film, aber einem völlig kalten, als hätte man aus dieser Situation alles Menschliche herausgesogen.
Marlies fing zu weinen an, so plötzlich, als hätte jemand eine undichte Stelle wieder aufgerissen. Koslik strich ihr über den Rücken, aber sie bewegte sich nicht, kam weder näher noch stieß sie ihn weg. Koslik starrte auf ihren PVC-Boden, in dem vor dem Bett Schrammen waren, wahrscheinlich weil ihr Vorgänger ein größeres Bett gehabt hatte.
Es macht mich irgendwie fertig, sagte Marlies. Das Ganze macht mich fertig.
Lass uns einen Film schauen, okay, sagte Koslik. Dann kommst du auf andere Gedanken.
Aber eigentlich hatte er selber keine Lust mehr, weiter darüber nachzudenken. Er hatte nicht vor, jemals wieder zu so einem Verfahren zu gehen, und ärgerte sich, dass er Marlies überhaupt begleitet hatte.
Als Marlies aufhörte zu weinen, hatte er schon einen Film ausgesucht und in ihren alten Videorekorder eingelegt.
Während des Filmes saß Marlies ganz steif da, aber Koslik schaute immer wieder zu ihr hinüber, und schließlich lehnte sie sich doch an ihn. Sie sprachen nie wieder über das Gerichtsverfahren.

Hier aber erinnert ihn wieder alles an das Amtsgericht. Wie im Gericht sitzen sie hier, nur ohne Marlies, und diesmal ist er der Zeuge, der gleich hereingerufen wird, wo hinter diesen Türen, die alle an der Wand kleben wie aufgemalt, irgendwelche Prozesse stattfinden und über irgendetwas gerichtet wird.

Eigentlich, denkt Koslik, bin ich hier aber eher der Angeklagte, derjenige, der auf sein Urteil wartet. Aber er verwirft den Gedanken wieder, das kommt ihm zu melodramatisch vor, und außerdem klingt der Satz nach Marlies.

Koslik ärgert, dass er immer noch an sie denkt, dass sie sich in ihm festgesetzt hat und dass dabei vor allem ihr neues Gesicht vor seinen Augen herumgeistert und alles überdeckt, was er von damals kennt.

Er versucht, sich Marlies in ihrem Zimmer im Studentenwohnheim vorzustellen. Das Zimmer war quadratisch, und sie hatte das Bett direkt unter das Fenster geschoben. Als Koslik sie danach fragte, sagte sie, sie möge es, morgens den Himmel zu sehen. Koslik fand das kitschig und sagte nichts dazu, aber er mochte es, dass man so einen Luftzug spürte, wenn das Fenster offen war und sie auf dem Bett miteinander schliefen.

Jetzt sieht er doch wieder Marlies' früheres Gesicht vor sich, genauso, wie er sie kennengelernt hat: ihre Haare, ihre sanften Bewegungen, mit denen sie alles ohne Hast und mit einer Beiläufigkeit tat, die Koslik immer bewundert hatte, auch wenn er später feststellen musste, dass sie häufig weniger entspannt war, als er dachte. In ihren wenigen Wutanfällen zum Beispiel, wenn sie ihm wie aus dem Nichts Vorhaltungen machte, die wegen ihrer Plötzlichkeit manchmal so komisch wirkten, dass Koslik sich anstrengen musste, um überhaupt zuzuhören.

Koslik schrickt auf, weil eine der alten Damen die Nase schnäuzt, aber es sieht eher so aus, als würde sie weinen. Das Stofftaschentuch bibbert in ihrer Hand, die beiden anderen schauen zu, ohne sich zu regen.
Irgendwo geht eine Tür auf, und Koslik hört Schritte.
Herr Koslik, sagt eine Stimme.
Vor ihm im Gang steht, wie eine Geistererscheinung ganz in Weiß, eine plumpe, mittelalte Frau mit dunkelrot gefärbten Haaren, die ein Brett in der Hand hält.
Sie können jetzt herein, sagt sie. Sie sagt es ohne jede Betonung, und schon wieder fühlt sich Koslik an den Gerichtssaal erinnert. Man hatte Marlies über Lautsprecher hereingebeten. Ihr Name klang blechern und unheimlich, und Koslik hatte ihn auch beim zweiten Mal Ausrufen nicht verstanden. Dann aber war Marlies aufgesprungen und ohne einen Blick auf Koslik zur Tür gerannt, vor der sie noch einmal ihre Bluse glatt gestrichen hatte. Sie hatte gar nicht gemerkt, wie Koslik hinter ihr in den Saal getreten war und sich in den Zuschauerraum gesetzt hatte.
Koslik steht auf, weil die mit den rot gefärbten Haaren ihn anschaut. Hier herein, sagt sie und führt ihn ein paar Schritte weiter zu einer Tür. Von hier aus sehen die

drei alten Frauen noch viel verlassener aus, wie jede auf ihr eigenes Stück Boden starrt.

So, setzen Sie sich bitte. Sie zeigt auf einen Untersuchungsstuhl, der mitten im Raum steht und so von technischen Geräten eingebaut ist, dass er an einen großen, mit blauem Überzug verkleideten Roboterarm erinnert.

Setzen Sie sich bitte, sagt sie noch einmal und setzt sich selbst auf einen Hocker, der danebensteht. Mit einem unangenehmen Geräusch zieht sie zwei blaue Handschuhe über.

Koslik fühlt sich wie beim Zahnarzt, wie er da auf dem Stuhl liegt. Die Rothaarige hat lauter Leberflecken am Hals, sie liegen in den weichen Falten wie aufgemalt, manche heller, manche dunkler, einige erhaben wie kleines schwarzes Ungeziefer. Koslik schließt die Augen und wartet.

Das wird jetzt kalt, sagt die Rothaarige, bitte still halten. Koslik spürt etwas Nasses, das seinen Hals entlangfährt. Was ist das?, fragt er und ärgert sich, weil es so ängstlich klingt. Die Rothaarige antwortet erst nicht, man hört nur ein Klackern, als tippte sie auf einer Tastatur. Dann beginnt es um Koslik herum merkwürdig zu fiepen und zu grollen, ein Geräusch, als hätte jemand furchtbare Blähungen, und Koslik muss doch die Augen aufmachen.

Der Bildschirm vor ihm zeigt ein Ultraschallbild, darauf zu sehen in Schwarz und Blau dunkle Muster, kreisförmige Erhebungen.

Das ist nur das Gleitgel, sagt die Rothaarige und fährt

nun mit etwas Hartem auf der glitschigen Masse seinen Hals entlang. Irgendwas von dem Glitschigen läuft ihm in den Ausschnitt, und die Rothaarige stopft schnell eine Serviette nach.

Was genau wird denn gerade untersucht?, fragt Koslik und schaut zu, wie sich auf dem Bildschirm die Kreise verengen und weiten.

Wir untersuchen, ob bei Ihnen eine Karotisstenose vorliegt. Die Rothaarige schiebt seinen Kopf zur Seite.

Jetzt läuft Koslik etwas von der wabbeligen Flüssigkeit in den Nacken. Diesmal wischt sie nicht nach.

Weil sie weiter nichts sagt, fragt Koslik schließlich: Was genau ist das?

Wir untersuchen eine Verengung der Arteria carotis communis.

Sie macht eine Pause. Vielleicht wartet sie, ob er etwas sagt.

Koslik schweigt.

Umgangssprachlich Halsschlagader, sagt sie. Da kann sich zum Beispiel Kalk absetzen, Sie verstehen, dann verstopft sie, der Blutfluss wird gebremst. Ich schaue mit dem Ultraschall nach, ob das bei Ihnen der Fall ist.

Aha, sagt Koslik.

Er hat das Gefühl, dass das Fiepen immer lauter wird. Er fragt sich, wie sie das den ganzen Tag aushält. Es hört sich an, als fräße sich etwas in sein Trommelfell.

Und?, fragt Koslik, weil er lieber seine eigene Stimme hört und ihm der Glibber schon wieder in den Ausschnitt läuft. Wie sieht es aus?

Einmal den Kopf drehen, bitte.
Sie läuft um den Stuhl herum und setzt sich auf die andere Seite. Jetzt fühlt es sich an, als hätte jemand seinen gesamten Hals mit einem Eimer voll Glibber übergossen.
Bisher nichts zu sehen, sagt die Rothaarige, es klingt ein wenig vorwurfsvoll, findet Koslik. Diesmal hält sie seinen Kopf fest, während sie das harte Plastik in seinen Hals drückt, dass Koslik kurz Angst bekommt, die Haut könnte reißen. Die Halsschlagader, über die er sich nie Gedanken gemacht hat, muss genau darunter liegen. Auf dem Bildschirm sind nur Kreise und schwarze Flecken zu sehen, aber sie sticht immer wieder an dieselbe Stelle. Der Schmerz ist auf einmal fast unerträglich, und Koslik zuckt zurück.
Die Rothaarige scheint nichts zu merken, noch einmal drückt sie das Ding an seinen Hals.
Koslik schließt die Augen und versucht, den Schmerz nicht zu spüren, nicht an das Fiepen zu denken. Aber um das Geräusch kommt er nicht herum, auch nicht um den Glibber und ihre Hände, die ebenfalls kalt sind, das Plastik, das ihn daran erinnert, dass unter seiner Haut nur Blut, Muskeln und Sehnen sind, nichts Stabiles, nichts, was nicht zerreißen könnte.
Als sie endlich fertig ist, fühlt Koslik sich wie gerädert und vollkommen leer gesaugt.
Wortlos schiebt sie ihren Hocker zurück und wischt den Ultraschallfühler ab, als säuberte sie ein Skalpell.
Als Koslik in die Stille horcht, die übrig bleibt, nach-

dem das Gerät ausgeschaltet ist, sagt sie: Sieht gut aus, also von mir aus gibt es da keinen weiteren Handlungsbedarf.
Okay, sagt Koslik und wartet, aber sie sagt nichts mehr, sondern steht neben der Tür und schaut an ihm vorbei auf den Boden. Koslik fällt auf, dass auch ihre Hände und Unterarme voller Leberflecken sind, genau wie bei Marlies. Alles andere wird von ihrem Kittel verdeckt, der neben der Wand sogar noch weißer wirkt.
Okay, sagt Koslik noch einmal und geht umständlich zum Ausgang.
Also dann, sagt sie und schließt ohne ein weiteres Wort die Tür hinter ihm.

Der Gang ist noch immer fast leer, nur eine der alten Damen sitzt weiterhin in ihrem Rollstuhl, daneben ein junger Mann, der nachlässig in einer der Zeitschriften blättert. Koslik fällt ein, dass er gar nicht weiß, wie er wieder zurückkommen soll.
Er zögert, schließlich klopft er aber doch. Es kommt keine Antwort, trotzdem öffnet er die Tür.
Die Rothaarige steht noch an derselben Stelle wie eben, sie schaut Koslik nicht unfreundlich an, aber ihren Körper dreht sie ihm nicht zu, die Arme hat sie verschränkt.
Ja?, sagt sie.
Ich weiß nicht, sagt Koslik, ob die Fahrer noch mal kommen wollten. Weil ich doch eigentlich in dieser externen neurologischen Abteilung untergebracht bin.
Davon weiß ich nichts, sagt die Rothaarige. Da steht

nichts zu in Ihren Unterlagen. Aber sie schaut nicht noch einmal nach, seine Akte liegt hinten auf einem Stapel.
Aber Sie können doch noch gehen, oder? Die Rothaarige schaut einmal an ihm hoch und runter.
Ja, sagt Koslik. Natürlich, ich wollte nur fragen.
Der Weg ist nicht schwer zu finden, sagt die Rothaarige. Fragen Sie einfach einen Pfleger.
Okay, sagt Koslik, auch wenn sein Hals so trocken ist, dass er das Wort mehr würgt als spricht.

Der Gang ist noch immer leer, selbst der junge Mann ist jetzt verschwunden. So allein wirkt die übrig gebliebene alte Frau so verloren wie der einzige Mensch auf einem Landschaftsbild.
Koslik läuft den Gang entlang, bis er die Toilette findet. Dort muss er sich Wasser ins Gesicht spritzen, bis er wieder klar denken kann. Der Glibber klebt ihm noch immer am Hals, selbst wenn er wischt, hat er das Gefühl, liegt er wie ein dünner Film auf seiner Haut. Unter dem Papiertuch meint er seine Halsschlagader pulsieren zu spüren wie ein unruhiges Tier.
Über ihm flackert das Badlicht, sein Gesicht sieht aus wie eine Grimasse.
Auf einmal ist die Angst da wie etwas, das in diesem kalten, kleinen Raum auf ihn gewartet hat, und drückt ihm den Magen zusammen. Er muss sich auf dem Waschbeckenrand abstützen. Das Schlucken fällt ihm schwer, sein Hals ist geschwollen.

Beruhige dich, denkt er und schaut sich selbst in die Augen, die hier drinnen im grellen Licht schwarz sind. Fast spürt er jetzt wieder, wie alles um ihn schwankt, wie das Waschbecken unter seinen Fingern wegbröselt wie poröser Stein. Und dazu dieses Kribbeln in seinen Beinen, das ihn taub macht, das ihm umso mehr das Herz quetscht.

Koslik muss sich auf den Klodeckel setzen, weil er so zittert.

Jetzt reiß dich zusammen, sagt er sich. Es klingt, als spräche er mit einem Kind, als wären die Worte nicht für ihn gedacht. Jetzt reiß dich zusammen, sagt er sich wieder. Sein Atem klingt so laut wie sonst nur bei Friese.

Der Gedanke an Friese beruhigt ihn seltsamerweise. Als gäbe es doch noch irgendwo einen ruhigen Ort.

Wenn ich nur nicht wieder zurückmüsste, denkt er.

Einen Moment lang überlegt er, einfach abzuhauen, zurück in seine Wohnung. Er sieht seinen Kleiderschrank vor sich, die Schubladen aufgerissen, weil Rolf darin herumgewühlt hat, seine Küche, in der über der Schale mit den Aprikosen wahrscheinlich schon die Fruchtfliegen kreisen.

Aber dann fühlt er wieder seine Halsschlagader und sein Herz, das so merkwürdig in ihm pulsiert. Ich muss da jetzt durch, denkt er. Ich darf jetzt nicht kneifen.

Koslik reibt sich die Beine und wiederholt den Satz ein paar Mal. Ihm ist jetzt egal, wie das klingt. Ihm ist jetzt alles egal, solange er diese Zeit nur übersteht.

Jetzt hinausgehen, den Weg finden, einfach ins Bett gehen, denkt Koslik. Vielleicht kann ich unterwegs etwas zu essen kaufen, sodass ich nicht zum Abendessen gehen muss.

Der Gedanke beruhigt ihn, er kommt ihm vor wie ein Ausweg.

Am Spiegel spritzt er sich noch einmal Wasser ins Gesicht. Das Licht flackert noch immer, aber sein Gesicht sieht wieder konturierter aus, findet er. Es wird gut, sagt er sich. Er sagt es nicht laut, und sein Spiegelbild bewegt sich nicht, starrt nur zurück. Aber an seinem Hals, glaubt er, hebt und senkt es sich, als läge, verdeckt nur von einer dünnen Schicht Haut, direkt darunter sein pochendes Herz.

7

Der Weg zurück führt über eine lange Straße. Koslik erkennt sie wieder, als hätte er sie bisher nur im Traum gesehen und nicht durch die Fenster eines Krankentransporters. Vage erinnert er sich an ein Auto mit eingebeultem Schutzblech, kurz bevor man abbiegen muss. Aber als er das Auto erreicht, läuft er fast daran vorbei, so seltsam anders sieht es hier auf der Straße aus und so anders fühlt sich sein Körper an.

In der Luft liegt eine merkwürdige Wärme, beinahe so, als hätte den ganzen Tag über die Sonne geschienen, aber der Himmel ist noch immer grau. Zwischen zwei Wolken, glaubt er, kann man auch schon den Mond erkennen.

Von hier aus gelangt man zum Parkplatz, auf dem heute wieder nur drei Autos parken. Zwischen den Ritzen der Pflastersteine sprießt Unkraut, hier und da liegen als gelbe Pünktchen die zerdrückten Blüten von Löwenzahn.

Um den Parkplatz ragen riesenhaft die Hochhäuser auf. Daneben steht kleiner das Krankenhausgebäude. Seine Beine haben ihn ganz von alleine dorthin getragen.

Jetzt erst fällt ihm wieder ein, dass er etwas zu essen

suchen wollte. Zwischen all den leeren Straßen, umrahmt von abgestellten Autos und Häusern, ist ihm nicht einmal der Gedanke gekommen. Hier sieht nichts bewohnt aus, hier gibt es keine Geschäfte.
Koslik erinnert sich an den Aldi, der auf der anderen Seite des Gebäudes liegt. Es ist noch nicht spät, vielleicht gerade einmal sechs oder sieben, er muss noch offen sein.
Aber vor dem Gebäude steht Bude und winkt ihm zu, als er näher kommt. Neben Bude erkennt Koslik eine Frau, die ihm irgendwie bekannt vorkommt. Um den Kopf hat sie einen orange gemusterten Turban gewickelt. Sie sieht aus wie eine exotische Blume neben all dem Grau und vor allem neben Bude, der ein paar Schritte weiter steht, beiläufig, als stünden sie da nur zufällig, aber sein Körper ist ihr zugewandt.
Wieder winkt er Koslik zu.
Koslik nickt zurück, seine Hand zuckt beim Gehen.
Herr Koslik, ruft Bude. Was für ein Wetter heute, was? Erst pisst es den ganzen Tag, und jetzt diese Hitze, da fragt man sich wirklich, was da los ist.
Bude trägt eine Art Unterhemd, unter dem seine Arme labberig und weiß aussehen. Oben kräuseln sich aus dem Ausschnitt weiße Haare, darüber hängt seine goldene Kette. Die Brille ist ihm heute ganz nach vorn auf die Nase gerutscht.
Die Frau mit dem Turban nickt und schaut in den Himmel. Koslik fällt ein, dass er sie aus der anderen Station kennt. Er erinnert sich wieder an den Turban und an ihr zuckendes Auge, die hängenden Wangen.

Unter dem Turban sind ihre Haare hellgrau und rieseln ihr auf die Stirn. Ihre Augen sehen heute wach aus, aber als sie ihn anschaut, sieht er, dass das eine Lid noch immer etwas nach unten hängt.
Koslik will weiterlaufen, vorbei am Haus zum Aldi, aber da spricht die Frau mit dem Turban und schaut ihn an dabei.
Wir beide kennen uns ja auch schon vom Sehen, sagt sie. Sybille Klemm mein Name. Sie streckt ihm die Hand hin. Koslik ist nah genug, dass er sie nehmen muss. Sie fühlt sich weich und schlaff an, hängt sich beim Schütteln ganz in die seine hinein. Sie hält seine Hand viel zu lange.
Schön, Sie kennenzulernen, sagt sie, wir Leidensgenossen müssen ja zusammenhalten, finde ich.
Bude nickt eifrig. Das stimmt, sagt er, so ist es.
Na ja, so sind wir jetzt alle auf dieser Station gelandet, sagt Frau Klemm und lächelt, irgendwie sieht es viel zu herzlich aus. Überhaupt klingt sie fröhlich, fast so, als freue sie sich wirklich, ihn zu sehen, als handelte es sich hier um ein Treffen zwischen alten, verloren geglaubten Bekannten.
Ja, die, die noch laufen können, schicken sie irgendwann alle hierhin, wenn sie Glück haben, sagt Bude und nickt wieder. Ist ein schönes Fleckchen hier, sagt er, und Frau Klemm nickt begeistert.
Koslik denkt an den Parkplatz, an die grauen Riesen, die ihn hier umkreisen, an die tristen Gänge, aber er sagt nichts.

Da hinten gibt es einen Supermarkt, oder?, fragt er und zeigt am Gebäude vorbei. Da wollte ich mal kurz vorbeischauen.
Ja, da ist ein Aldimarkt, sagt Bude.
Aber das ist außerhalb vom Klinikkomplex, sagt Frau Klemm. Da mach ich mir nicht die Mühe, hinzugehen. Soll man ja eh nicht, außerhalb herumstromern, meine ich. Hier gibt es schließlich genug Essen, da müssen wir uns zum Glück nicht selbst bemühen.
Das wär ja noch besser. Bude klopft sich zweimal auf die Oberschenkel, als hätte er einen Witz gemacht. Wenn wir jetzt auch noch für unser Essen sorgen müssten. Krank ist krank, sag ich immer. Es gibt eine Zeit, da muss man einfach mal fünfe gerade sein lassen. Da können die Krankenkassen uns ausnehmen, wie sie wollen, da lass ich mir nichts drauf kommen.
Das stimmt, sagt Frau Klemm. Wenn man krank ist, muss man aufpassen, dass man sich nicht überanstrengt. Wenn etwas schädlich ist, dann Stress. Das hab ich oft genug am eigenen Körper erfahren. Das frisst sich durch, das macht den Körper kaputt, kaputt und krank.
Ich werde trotzdem mal, sagt Koslik. Zahnpasta, fügt er dann hinzu, weil Frau Klemm und Bude ihn beide so merkwürdig anschauen.
Na dann, bis gleich, sagt Bude. Passen Sie auf, dass Sie nicht überfahren werden. Sie wissen ja, das zahlt die Versicherung nicht, diese Halsabschneider.
Koslik nickt und versucht ein Lächeln, weil Frau Klemm ihn schon wieder so anstrahlt. Ihm fällt ein, dass er sei-

nen eigenen Namen gar nicht genannt hat, aber jetzt ist es auch zu spät dafür.
Bis später, sagt Koslik.
Die beiden schauen ihm nach, das weiß er, aber er schaut nicht zurück.

Der Laden ist nicht besonders gut besucht. Zwischen all den geschichteten Kartons krauchen nur wenige Menschen umher, vorne wühlt einer zwischen den Packungen herum, eine Frau holt mit der bloßen Hand Brötchen aus der Auslage.
Niemand beachtet Koslik, obwohl er sich fühlt, als müsste man ihn anstarren. Als müsste man ihm ansehen, dass er jetzt in einer anderen Welt wohnt, nicht mehr in Freiburg, sondern in einem verborgenen Paralleluniversum, von dem die meisten Menschen nicht einmal etwas ahnen. Könnten sie sonst so unbefangen zwischen den Packungen herumwühlen, den Gang entlangschlurfen und mit einer Beiläufigkeit bezahlen, die fast aufreizend ist?
Selbst die Verkäuferin schaut kaum auf, als Koslik sein Tütenbrot und die Zahnpasta auf das Band legt.
Koslik ist froh, als er wieder aus dem Laden raus ist.
An der Straße schaut er besonders gründlich nach links und rechts, Budes Worte klingen noch in ihm nach.
Zum Krankenhaus muss man an einem Autohaus vorbei. Auf den Frontscheiben schimmert der Himmel. Als Koslik nach oben schaut, kommt er sich vor wie in dem Bild von Wolfgang Herrndorf, das ihm Christine einmal

geschickt hat. Zu sehen ist darauf ein Gartentor, darüber der Himmel, hinter dem die Sonne nur diffus schimmert, man weiß nicht recht, wo genau sie eigentlich steht, welche Form sie hat, weil das Grau wie eine Decke darüberliegt.

Als Koslik beim Gebäude angekommen ist, ist er durchgeschwitzt.

Die Station wirkt wie ausgestorben, selbst in dem Führerhäuschen vorne ist niemand.

Auch das Zimmer ist leer. Beinahe, als wäre Koslik nicht nur zwei Stunden weg gewesen, sondern als wäre ein neuer Tag angebrochen. Oder, wie Koslik eine Sekunde lang denkt, weil er doch nie hier war, sich alles nur eingebildet hat. Als würde er auch den Raum nur aus einem Traum kennen, an den er sich jetzt in der Realität zwar vage erinnert, der sich aber doch nicht wahr anfühlt. Der sich jetzt, wo er all das wirklich vor sich hat, als Trugbild entpuppt.

Dann sieht Koslik sein Handy mit dem Aufladekabel auf dem Bett, sein Arbeitsbuch, das nachlässig auf dem Nachttisch liegt, als könnte es jeden Moment herunterfallen. Budes Bett ist ungemacht, die Kopfhörer sind quer darübergeworfen worden, und unter dem Bettgestell liegt zusammengeknäult wie ein Insekt im Todeskampf eine Socke.

Koslik geht zu seinem Bett und setzt sich auf die Kante. Sein Handy zeigt mehrere unbeantwortete Anrufe. Einmal seine Mutter, zweimal Charlotte, dann noch Melinda Krause, die Leiterin der Volkshochschule. Koslik

wundert sich, dass sie an einem Samstag anruft. Als er zurückruft, nimmt niemand ab.
Koslik steht auf und geht zur Glasfront. Hinten zeigt ein Streifen rotoranger Himmel an, dass es nun wirklich Abend wird. Das Handy in seiner Hand fühlt sich schwer an. Er klickt sich durch Charlottes Nachrichten. Seine Mutter hat keine mehr geschickt, auch wenn sie mittlerweile schon ein paar Mal angerufen hat.
Er will das Handy gerade auf den Tisch in der Mitte des Raumes legen, auf dem einsam noch Budes Banane wartet, überlegt es sich aber anders. Ohne lange darüber nachzudenken, klickt er sich wieder durch das Menü.
Charlotte geht erst nach dem fünften Klingeln ran.
René, sagt sie, aber es ist kaum zu verstehen, weil im Hintergrund Stimmengewirr ist. Koslik glaubt, Rolf zu hören. Von weiter weg quäken die Kinder. Jemand sagt Apfelsine. Aus irgendeinem Grund wird Koslik schlecht, als erinnerte ihn das Wort an etwas.
René, hörst du mich, hallo, hallo, sagt Charlotte, und schon das zweite Hallo klingt unwirsch.
Ja, sagt Koslik, ich bin dran. Rufe aus dem Krankenhaus an.
Ach je, du Armer, sagt Charlotte. Hat Rolf dir alles gebracht, was du brauchst?
Ja, sagt Koslik und schaut an sich herunter. Rolf hat ihm genau die Anziehsachen gebracht, in denen er sich am ältesten fühlt. Ironischerweise sind es auch seine ältesten Sachen, die, die er in der Schublade nach hinten ge-

räumt hat. Die braune Hose hat etwas Altbackenes, das Hemd ist am Kragen schon zerschlissen.
Ich wollte nur mal durchklingeln.
Ist denn etwas Neues herausgekommen? Oh Gott, es ist doch nichts Schlimmes!, sagt Charlotte, obwohl Koslik gerade erst eingeatmet hat, um noch etwas zu sagen.
Wenn du irgendetwas brauchst, du weißt, ich komme, sagt Charlotte dann, sie sagt es ganz hastig. Auf die Kinder kann ja auch Rolf aufpassen, wenn nur gerade nicht so viel zu tun wäre im Büro, aber ich kann es bestimmt hinbekommen.
Nein, es ist nichts, sagt Koslik, keine Sorge.
Gott sei Dank! Charlotte stößt den Atem so laut aus, dass es im Telefon knistert. Wenn du trotzdem irgendwas brauchst.
Vielleicht noch mal neue Sachen, sagt Koslik. Ich weiß ja nicht, wie lange es noch dauert.
Natürlich, natürlich, sagt Charlotte. Das können wir einrichten. Hast du eigentlich mal mit Mutti geredet?
Charlotte und Christine nennen ihre Mutter Mutti. Koslik versteht das bis heute nicht, es klingt wie ein schlechter Witz, wie der Name, den man einem behäbigen Walross von Frau gibt, einer weichen, dehnbaren Person, die sanft lächelt und Saft aus großen Krügen nachschenkt. Ihre Nachbarin Nadia ist so eine Frau gewesen. Nadia wohnte alleine – zumindest erinnert Koslik sich nicht daran, jemals jemanden bei ihr gesehen zu haben – in dem Haus nebenan, und oft waren sie bei ihr, wenn

ihre Mutter abends arbeiten musste. Manchmal gingen sie am Wochenende auch einfach nur zum Limonadetrinken nach drüben. Wenn jemand einen Namen wie Mutti verdient hätte, dann wäre es Nadia, mit ihren langsamen Bewegungen, ihrer Gutmütigkeit, der Art, wie sie Christine und Charlotte immer die Hände auf die Schultern legte.

Trotzdem hatte Koslik Nadia nicht allzu gerne gemocht. Ihr Haus mit seinen vielen weichen Teppichen war ihm unheimlich gewesen. Koslik erinnert sich daran, dass sie oft in Nadias Garten waren. Dann saßen die beiden Frauen, seine Mutter und Nadia, nebeneinander in der Hollywoodschaukel, während Christine und Charlotte im Garten spielten und Koslik unschlüssig auf dem Rasen stand und die Maden zählte, die aus halb verfaulten Äpfeln hervorlugten oder die in die Rasenfläche krochen, sich windend wie auf der Suche nach einem Ausgang.

Seine Mutter und Nadia saßen dann schweigend nebeneinander, aber manchmal, wie von Zauberhand und ohne dass man sie hätte reden hören, lachten beide, Nadia ganz weich und sanft und seine Mutter mit diesem wiehernden und kurz aufstoßenden Lachen, das nicht langsam verebbte, sondern sofort wieder verstummte, als hätte man es einfach abgestellt. Nadia hatte die Hände gefaltet, und manchmal waren sie noch verschmiert von Beeren. Und seine Mutter saß, dünn wie sie war und mit ihren geblümten Hemden, ruhig und kantig daneben, die Beine da schon hager übereinandergeschlagen, dass man die Adern sogar vom anderen Ende des Tisches aus pochen sehen konnte.

Mutti hat versucht dich anzurufen, mehrmals, hat sie gesagt. Wieso rufst du sie denn nicht zurück, René? Jetzt klingt Charlotte vorwurfsvoll. Nein, Carolin, nicht jetzt, das gibt es später, sagt sie dann, laut und schneidend. Ich musste ihr alles erzählen, sagt sie dann wieder in den Hörer. Ich fände es echt nett, wenn du das selbst machen würdest, sie macht sich auch so schon genug Sorgen. Sie denkt sich ja noch sonst was. Du kennst sie doch.
Ja, ist ja gut, sagt Koslik und presst die Hand platt an das Fensterglas, damit er nicht zu gereizt klingt. Die Haut an die kalte Glätte zu drücken beruhigt ihn. Sie macht sich keine Sorgen, will er sagen. Wieso sollte sie? Du, Charlotte, bist die Einzige, die das glaubt. Aber er sagt es nicht laut.
Ich ruf sie an, beruhige dich, sagt er. Versprochen.
Na gut, sagt Charlotte. Rolf sagt etwas im Hintergrund, und Charlotte flüstert etwas, sie hält wohl den Hörer zu, denn auf einmal klingt es, als wäre sie in weiter Ferne, und dazu rauscht es so laut, dass Koslik das Telefon vom Ohr nehmen muss.
Ich muss leider, hört er Charlotte. Ich ruf dich morgen noch mal an, ja? Halt durch, René. Du weißt, wir sind in Gedanken alle bei dir.
Ich weiß, sagt Koslik, die Worte sind ihm so fade auf der Zunge, dass er sie kaum aussprechen kann. Aber er hört förmlich, wie Charlotte nickt.

Dann ist ja gut. Also dann, bis morgen.
Grüß die Kinder, sagt Koslik, einem Impuls folgend, den er selbst nicht versteht, aber Charlotte hat schon aufgelegt.
Koslik lässt das Handy sinken, schließlich auch die Hand am Glas. Sie fühlt sich jetzt kalt an, als hätte der dunkle Himmel sich direkt darauf übertragen. Schemenhaft klebt sie noch als Fettfleck auf der Scheibe.

Als Bude kommt, stellt er sich schlafend. Er kann heute nicht noch mehr Gerede ertragen. Erst als er hört, wie von Bude leise Musik herüberschwillt und dann das wabernde Geschrei eines Kampfes, öffnet er die Augen, rekelt sich zur Seite.
Er kommt sich albern vor, aber als er sieht, wie dunkel es im Raum ist, ist es ihm nicht mehr peinlich. Bude schaut ohnehin nicht zu ihm herüber. Die Hände hat er über dem Bauch gefaltet, das Gesicht zum Bildschirm gerichtet. Er sieht versunken aus, und wie das blaue Licht auf seinem Gesicht tanzt, kann man auch nicht wirklich sagen, ob seine Augen offen oder geschlossen sind.
Koslik holt sein Handy heraus und stöpselt die Kopfhörer ein, die ihm jemand auf den Nachttisch gelegt haben muss, noch in Plastikfolie eingewickelt. Er hat fast noch nie die Musik auf seinem Handy gehört, Musik, die sich schon seit Ewigkeiten auf seinem Computer befindet und die er nur auf sein Handy überspielt hat, um irgendetwas damit zu tun.

Das Ganze langweilt ihn, aber so muss er sich wenigstens nicht bewegen, nicht schlafen, aber auch sonst nichts tun. Die Klangqualität ist grauenvoll, und Koslik weiß nicht einmal, was er da hört, aber auf eine Art, findet er, passt es sehr gut zu seinem Gefühl. Die Dämmrigkeit des Zimmers lullt ihn ein. Und für einen Moment fühlt er sich ganz fern von allem. Keine Marlies, kein Frank, keine Charlotte, nicht seine Mutter, alles Figuren aus einer längst erzählten Geschichte, die ihn nicht mehr interessieren muss. Um ihn herum nur die Dunkelheit, durchsetzt mit kleinen Lichtern, während es blau von Bude herüberflimmert, wie im Schwimmbad, wie in einem fernen Universum. Vielleicht, denkt Koslik, kann man es hier doch aushalten.

Der nächste Morgen ist erschreckend klar. Der Himmel ist so blau, als hätte man ihn blank geputzt. Nur an einer Stelle liegt Kosliks Handabdruck an der Scheibe noch darüber.
Bude liest heute in einem Buch. Koslik kann das Cover nicht erkennen, aber da Bude die Seiten nie umblättert, weiß er auch nicht, ob Bude wirklich liest. Koslik ist furchtbar müde, dabei schläft er hier so viel wie sonst nie.
Er überlegt, was für ein Tag heute ist, aber es will ihm nicht einfallen, so oft er auch die letzten Tage durchgeht. Draußen stehen jetzt heiter zwei Wolken um die Sonne, die Straßen sind leer. Kosliks Handy ist ausgegangen, er hat keine Ahnung, welche Uhrzeit es sein könnte.

Wissen Sie, wie spät es ist?, fragt er Bude, der blinzelnd zu ihm herüberschaut. Wahrscheinlich ist er überrascht, dass Koslik ihn etwas fragt, ganz ungläubig schaut er, als hätte er tatsächlich gelesen und würde erst jetzt daran erinnert, dass er gar nicht alleine hier ist.
Neun, sagt Bude. Er sieht aus, als würde er gleich noch etwas sagen, den Finger zwischen die Seiten des Buches geklemmt, aber er nickt nur und schaut dann wieder weg.
Neun, denkt Koslik. Dass er nicht aufgewacht ist. Dann weiß er plötzlich, dass Sonntag ist, und irgendwie fühlt sich das gleich beklemmend an.

Weil er das Frühstück für heute ohnehin verpasst hat, isst Koslik nur sein Tütenbrot und versucht, nicht so viele Kaugeräusche zu machen. Dass er es einfach so isst, am Tisch vor dem Fenster, direkt aus der Tüte, die knistert, und dass das trockene Brot ihm die Zähne so gummiartig zusammenklebt, ist ihm peinlich vor Bude. Aber Bude schaut nur einmal kurz hoch und lächelt auf eine Art, die fast etwas milde aussieht. Außer Kosliks Kauen ist kein Geräusch zu hören, weil Bude die Seiten immer noch nicht umschlägt.
Ich mach mal das Fenster auf, sagt Koslik, und Bude sagt nichts, sondern nickt nur, das Kinn auf der Brust, und als Koslik das Fenster kippt, blättert Bude doch eine Seite.
Jetzt hört man leises Rauschen, doch anstatt eines kalten Luftzugs wird es nur wärmer im Zimmer.

Eine Pflegerin kommt herein, die aussieht wie eine nettere Version von Schwester Inge, alles weich und faltig.

Sofort muss Koslik wieder an die Nachbarin Nadia denken. Die Pflegerin hier hat die gleichen blond gefärbten Haare, die ganz fransig abstehen, die gleichen goldenen Ohrringe, die sich in die faltige Ohrhaut drücken wie in frischen Teig. Trotzdem fragt sich Koslik, wieso er sich genau jetzt an Nadia erinnert. Frauen wie diese gibt es wie Sand am Meer, und seit Jahren hat er Nadia nicht mehr gesehen.

Guten Morgen, sagt die Pflegerin. Ist heute etwas später geworden. Aber ich seh schon, Ihnen wird nicht langweilig. Der Herr Bude, schon am Lesen?, sagt sie zu Bude, und Bude legt wieder einen Finger in das Buch und nickt.

Und Sie sind Herr Koslik, nicht wahr, sagt sie und schaut so freundlich in seine Richtung, dass Koslik sich fast ducken will.

Ich muss Ihren Puls und die Temperatur, Sie wissen schon, wie immer, sagt die neue Schwester Inge.

Während Koslik sich wieder auf sein Bett setzt, versucht er unauffällig das letzte Brot zu schlucken, das ihm noch im Mund festklebt.

Die Pflegerin ist wesentlich schneller als die anderen. Bude hält still, während sie den Puls misst und ihm seine Spritze gibt.

Koslik fragt sich, was aus Nadia geworden ist. Als er auszog, lebte sie noch nebenan. In seiner Erinnerung ist sie

auch nie gealtert, hat sich überhaupt nicht verändert. Diese freundliche Weichheit, so völlig anders als bei seiner Mutter. Irgendwann muss sie ausgezogen sein, aber Koslik kann sich nicht erinnern, wann, so sehr er sich auch anstrengt. Jetzt wohnt dort eine Familie mit zwei Kindern und dem Großvater, bullige Menschen, sogar der Alte, mit denen seine Mutter kaum ein Wort wechselt.
Er hat seine Mutter nie nach Nadia gefragt, vielleicht, denkt Koslik, treffen sie sich sogar noch immer, sitzen jetzt im Garten der Mutter. Koslik ist froh, dass er schon länger nicht mehr dort war.
Als die Pflegerin sich zu Koslik dreht, hat er kaum die frischen Socken angezogen.
Was für ein Schwitzwetter heute, sagt die Pflegerin. Da spürt man seinen eigenen Körper noch mal ganz anders, was? In den Bauch bestimmt?, fragt sie dann Koslik, der schon sein T-Shirt hochgeschoben hat.

Koslik geht pünktlich und noch vor Bude zum Mittagessen. In dem Zimmer ist es jetzt genauso warm wie draußen, eine Schwüle, die einem auf die Lunge sinkt, und Bude liegt träge auf seinem Bett, das Buch umgeklappt auf dem Bauch, darüber die Hände, als wäre er ein Priester.
Koslik setzt sich so, dass er den Speiseraum im Blick hat, die Fensterscheibe im Rücken. Er will vorbereitet sein, wenn Frank kommt, will nicht wieder so überrumpelt werden. Wenn er ihn hier schon sehen muss, dann soll

Frank zumindest nicht merken, dass es ihm etwas ausmacht.
Koslik weiß gar nicht, woher diese plötzliche Entschlossenheit kommt, er hat nicht darüber nachgedacht, hat gar nicht gemerkt, dass in ihm etwas sicherer geworden ist, aber jetzt, wo er hier sitzt und darauf wartet, dass das Büfett eröffnet wird, fühlt er sich auf einmal ganz gelassen. Er wird fast fertig sein, wenn Frank kommt, wird ihn höflich zu sich bitten, ein wenig Konversation betreiben, ganz genau so, wie er es mit einem Arbeitskollegen tun würde. Wie er es mit Lutz tut zum Beispiel, Lutz, der nur ab und zu mal an der Volkshochschule Kurse gibt und ihn jedes Mal dazu nötigt, mit ihm einen Kaffee trinken zu gehen. Ein Treffen, das nie länger als eine Stunde dauert und meist von Lutz ganz allein bestritten wird. Koslik mag solche Treffen nicht, aber sie machen ihm auch nichts aus. Er vergisst sie wieder. Je länger er darüber nachdenkt, desto sicherer ist er sich.
Trotzdem schaut er jedes Mal hoch, wenn die Tür zum Speisesaal zuknallt.
Als Frank endlich hereinkommt, hat Koslik tatsächlich fast aufgegessen. Nur noch wenige Nudeln liegen da, umrahmt von roter Soße. Koslik fällt jetzt doch das Schlucken schwer, egal, was er sich eben noch gesagt hat.
Aus den Augenwinkeln sieht er, wie Frank zu ihm herüberschaut. Weil Koslik nicht länger weggucken kann, lässt er seinen Blick wie beiläufig hinüberwandern, als flöge er nur zufällig vorbei.
Frank hat heute einen Bademantel an, er sieht furchtbar

lächerlich aus zwischen all den Rentnern, die gebückt um ihn herumstehen.
Koslik schluckt und nickt, und Frank winkt zu ihm herüber, sodass die Ärmel hochrutschen und seine straff gespannte Haut zeigen. Kurz darauf kommt er zu ihm an den Tisch, mit großen Schritten, die seinen Bademantel aufklaffen lassen. Darunter trägt er eine weiße Hose mit Schnürbund. Wie ein Sektenführer oder ein Ernährungsguru – hatte ihm nicht Charlotte mal von einem vorgeschwärmt? –, denkt Koslik, da ist Frank schon bei ihm, wartet nicht einmal auf eine Einladung, sondern sitzt, kaum dass Koslik den Kopf gehoben hat.
Heute mal ganz klassisch Nudeln mit Tomatensoße, sagt Frank. Na, das Fleisch fehlt mir schon etwas, aber solange sie die Nudeln nicht verkocht haben, bin ich zufrieden.
Die Nudeln sind schon okay, sagt Koslik und schiebt die Reste auf seinem Teller zusammen.
Da fragt man sich immer, wieso das in solchen Einrichtungen so schwer zu sein scheint, die Nudeln richtig zu kochen, sagt Frank. Klar, die Töpfe sind groß, aber da stellt man die Uhr mal dreißig Sekunden vor, dann werden sie auch nicht so matschig.
Die Nudeln sind wirklich in Ordnung. Koslik muss sich räuspern, weil seine Stimme so klingt, als steckte etwas in seinem Hals fest.
Aber jetzt sag doch mal, Koslik, sagt Frank, schön übrigens, dass ich dich beim Essen treffe, wie geht's dir denn heute?

Gut, sagt Koslik und nickt und fühlt sich irgendwie ein bisschen, als wäre er Bude. Wo Bude wohl bleibt?, fragt er sich und schaut sich um, aber der ist nirgendwo zu sehen. Dann sieht er ihn doch, ganz klein in der Ecke, allein an einem Zweiertisch, wo ihm gerade etwas Soße auf sein weißes Unterhemd spritzt.
Mhm, sagt Frank und schiebt sich eine große Gabel in den Mund, eine Spaghetti zischt über sein Kinn, das heute sogar rasiert ist.
Die sind ja immerhin nicht verkocht, sagt er dann. Nudeln kochen können sie also doch.
Frank nimmt ein paar weitere Gabeln voll Nudeln, während Koslik nach draußen schaut und über ein unverfängliches Gesprächsthema nachdenkt.
Also, Koslik, erzähl mal. Frank wischt sich mit einer Serviette über den Mund.
Was hast du die Jahre so getrieben? Musste oft an dich denken. Klar, war ja auch noch lange an der Uni. Wusstest du, dass unser ehemaliges Büro jetzt ein Sekretariat ist? Kaum zu glauben, oder, aber der alte Gruber hat auf die späten Jahre jetzt doch noch eine eigene Sekretärin bekommen. Der alte Halunke, weißt du noch, wie der immer die jungen Dinger auf dem Gang angestarrt hat? Na, manche Sachen will man vermutlich lieber vergessen, richtig?, sagt er, als er sieht, wie Koslik guckt.
Frank lacht und kaut bedächtig, und Koslik sagt: Stimmt, ja, Gruber, und nickt, weil ihm sonst nichts Besseres einfällt.
Wenn er an Gruber denkt, ist es nicht seine Vorliebe für

Studentinnen, an die er sich erinnert. Er sieht den Professor eher an seinem Schreibtisch, das dicke Kinn auf der Hand abgestützt, wie er gemächlich die Aufgaben an sie verteilt, alles mit dieser melodischen Stimme, die auf Koslik irgendwie freundschaftlich wirkte. Auf den Gängen nickte er Koslik zu, ein kurzes Nicken, bei dem seine Wangen und sein Kinn bebten, und ganz oft sagte er dabei seinen Namen – Herr Koslik – als wären sie zwei Kriminalbeamte, die sich im Revier auf den Gängen grüßten.

Also, nachdem du nach Karlsruhe bist, war ja irgendwie Funkstille, oder? Weiß gar nicht, was du seitdem getrieben hast, erzähl doch mal, sagt Frank und beugt sich jetzt zu seinem Salat vor. Sein Bademantel, der so weiß ist wie Budes Feinrippunterhemd, hat noch keinen einzigen Fleck abbekommen. Nur am Ärmel unten hängt ein Fussel, vielleicht ist es aber auch eine tote Fliege.

Hat es dich wieder an die Uni verschlagen, oder was machst du jetzt?

Du weißt ja, sagt Koslik, dass ich damals das Angebot aus Karlsruhe bekommen habe.

Noch während er es ausspricht, merkt er, wie das klingt. Ganz anders als die Realität. Dass er das aus Karlsruhe erfahren hat, war bloßer Zufall gewesen, Glück, weil seine Mutter einen Bekannten hatte, der den Leiter der Volkshochschule kannte.

Da hatte ich meinen ersten Auftrag. Eigentlich wollte ich das ja nur vorübergehend machen, sagt Koslik, weil er viel zu selbstgefällig klingt, viel zu sehr nach Frank.

Frank nickt immer wieder und stochert in seinem Salat herum.
Aber das hat mir gefallen, und seitdem nehme ich regelmäßig Aufträge an. Hauptsächlich hier in Freiburg, ich gehöre seit fünf Jahren zum festen Bestand der Volkshochschule.
Schön, schön, sagt Frank, aber er sagt es geistesabwesend, trinkt einen Schluck von seinem Tee und klopft Koslik dann auf den Rücken.
Mensch, ich bin froh, dass du mir das damals nicht übel genommen hast mit dem Job. Und Gruber war ja auch echt 'nen Guter, da hat man arbeiten können, war echt 'ne schöne Zeit.
Und jetzt, bist du noch dort?, fragt Koslik, und seine Stimme wirkt dünn, auch wenn er versucht, ganz beiläufig zu klingen. Er dreht sich zu Bude um, aber der Tisch ist jetzt leer, am Fenster liegt, schräg hingeworfen, noch seine Gabel.
Frank isst sehr langsam, wieder stochert er nur in seinem Salat, krempelt ab und zu seinen Bademantel hoch, auf dem noch immer keine Flecken sind.
Ach was, sagt Frank und legt die Gabel beiseite. Ach was, natürlich nicht! Weißt du, das ist ja kein Job für lange. Das sind ja keine Arbeitsbedingungen, mit denen man auf Dauer glücklich wird. Ich dachte mir, ich hab den Job ein, zwei Jahre, aber eine akademische Karriere, na, du kennst mich ja, dafür bin ich viel zu unruhig, wollte ja eben doch wissen, was es da sonst noch gibt in der Welt.

Jetzt greift Frank wieder seine Gabel und spießt den letzten Bissen von seinem Teller, während Koslik angestrengt nach draußen guckt. Er weiß nicht, wieso, aber seit Frank das gesagt hat, hat sich in ihm irgendwas verstellt, als wäre hier drinnen auf einmal alles zu eng, sogar sein eigenes Herz. Jetzt quetschen ihn die Zimmerwände zwischen sich zusammen, während Frank seelenruhig seinen Teller leer kratzt.
Und dann, dann hab ich mich selbstständig gemacht, sagt Frank und leckt seine Gabel ab, sodass ein komisches Schmatzen zu hören ist. Ich mach jetzt Firmenberatung, Präsentationstraining, konzeptionelle Beratung, Firmenkommunikation, du weißt schon, all dieses Zeug. Läuft gut, das Geschäft, kann mich nicht beklagen, habe ein paar große Fische dabei, die Auftragslage ist wirklich gut, man könnte meinen, die finden sonst keinen, der's gut genug macht. Na.
Frank lacht und legt dann das Besteck auf den Teller.
Du weißt ja, welche Dumpfbacken mit uns studiert haben, ist jetzt nicht wirklich ein Wunder, dass da der Markt blüht. Erinnerst du dich noch an den Sebastian, der in unserem Jahrgang war? So ein langer Lulatsch mit roten Haaren, der in den Seminaren herumgestottert hat, wenn der Prof ihn drannahm? Der ist zum Beispiel auch im Business, selbst bei dem könnt's schlechter laufen, und der ist jetzt ja nun wirklich nicht der Charismatischste. Weißt du noch, einmal ...
Frank blickt ihn an, und da bemerkt Koslik, dass er aufgehört hat, zuzuhören. Noch immer schlägt sein Herz

so merkwürdig, und in seinem Gehirn ist eine klopfende Leere.
Ja, sagt er schnell, natürlich erinnere ich mich.
Tatsächlich sieht er Sebastian vor sich, vage zwar, aber da ist er, rothaarig und groß und stets eine Spur zu verlegen, als hätte er etwas angestellt, als wäre er ganz fehl am Platz. Koslik verspürt kein Bedürfnis, über ihn zu lachen.
Na, und die Isabell, erinnerst du dich noch an die? In Franks Augen ist wieder dieses Funkeln.
Sag mal, hattest du nicht mal was mit der? Auf dieser einen Fete?, fragt Frank, und Koslik schüttelt den Kopf. Nein, du verwechselst da was.
An Isabell erinnert er sich nur schemenhaft, sie war hübsch, hellblonde Haare, ein bisschen mollig, aber mit niedlichen Grübchen in den Wangen.
Du glaubst es nicht, neulich hab ich sie getroffen, bei Volkswagen, hatte da ein Führungskräfteseminar, vier Tage, war ein super Ding. Na, auf jeden Fall ist die da jetzt Personalerin, klasse, was? Konnte mich natürlich gleich weiterempfehlen, bin da jetzt fest eingeplant. Die hat übrigens noch Kontakt zu einigen aus dem Jahrgang. Was die alles erzählt hat, da dachte ich echt manchmal, ich spinne. Zum Beispiel, ein richtiger Knaller: Sie hat mir erzählt, dass die Bea jetzt lesbisch ist. Hat erst den Bernd geheiratet, diesen Trottel, und dann mit dem Kind sitzen gelassen. Wussten wir damals schon, dass das so kommen wird, weißt du noch? Dass sie auf Marlies scharf war, hat jeder gesehen, der Augen im Kopf hatte.

Koslik wirft schnell einen Blick auf Franks Teller, dann in den Rest des Raumes. Jetzt, wo sie hier fast alleine sind, klingt Franks Stimme noch lauter.
Kommt Marlies eigentlich noch mal zu Besuch?, fragt Koslik, bevor er zu Ende gedacht hat.
Frank lehnt sich zurück, verschränkt die Arme hinter dem Kopf. Kurz sieht er fast wieder jung aus.
Sicher, sagt er, bestimmt macht die das, bin ja noch 'ne Woche hier. Heute aber nicht mehr, die ist bei ihrem Mann, Stippvisite in Karlsruhe. Musste auch mal wieder sein, sagt Frank, er klingt jetzt gönnerhaft, und Koslik versucht, noch irgendwas anderes herauszulesen, aber da ist nichts, was nicht wie Frank klingen würde, selbstzufrieden und gelassen.
Jetzt blickt Frank sich auch um. Hinten hat einer der Cafeteriavögel angefangen, die Vitrine leer zu räumen, ab und zu scheppert es, die Luft wirkt warm und fettig.
Komm, Koslik, sagt Frank. Ich hab Lust, mir mal die Beine zu vertreten, da wird man ja verrückt hier drin.
Koslik will ihn darauf hinweisen, dass sie nicht rausdürfen, aber Frank weiß sowieso, was er denkt.
Jetzt hab dich doch nicht so, nur kurz vor die Tür, da stirbt man nicht von, sagt er und schiebt seinen Stuhl zurück. Vielleicht rauch ich auch eine, das beruhigt die Nerven, das brauch ich, wenn ich sonst den ganzen Tag eingesperrt bin.

Als sie den Gang entlanglaufen, sieht Koslik aus den Augenwinkeln zu, wie ihre Füße nebeneinander über den Boden ziehen. Frank macht viel größere Schritte. Zu seinem Bademantel trägt er schwarze Lederschuhe, erst nach einer Weile merkt Koslik, wie unpassend das ist.
Im Fahrstuhl schweigen sie. Frank fischt in seiner Bademanteltasche und steckt sich eine Zigarette in den Mundwinkel. Koslik ist froh, dass es in diesem Fahrstuhl keinen Spiegel gibt.
Als sich der Fahrstuhl öffnet, hat Koslik im Kopf schon alle Fluchtmöglichkeiten gesammelt. Aber da Sonntag ist, fallen Untersuchungen als Ausrede aus. Kurz zieht er in Erwägung, einen Besuch von Charlotte vorzutäuschen. Aber Frank und Charlotte haben sich immer gut verstanden, und käme sie doch einmal vorbei, würde seine Lüge sofort auffliegen. Koslik muss daran denken, wie die beiden immer herumgealbert haben auf den wenigen Geburtstagsfeiern, die Koslik in seiner Studentenwohnung gegeben hatte. Zwei Mal hatte er das gemacht, und gefallen hatte es ihm nie. Er wohnte damals in einer kleinen Dachgeschosswohnung in Haslach, zu mehreren konnte man nur auf dem Boden im Kreis sitzen. Charlotte saß am liebsten neben Frank, die kleine Schwester, kicherte über seine Witze, und Frank beugte sich extra nah zu ihr, wenn er sprach. Frank konnte Geschichten erzählen, bei denen alle an seinen Lippen hingen.
Er könnte jetzt die Wahrheit sagen, wenn er selbst wüsste, was die Wahrheit ist. Dass er Frank nicht erträgt, dass

dieses Gönnerhafte ihn in den Wahnsinn treibt, dass er bei der Erwähnung von Gruber zusammenzuckt, ohne dass er hätte sagen können, wieso.
Draußen steht heute nur ein alter Mann, den Koslik noch nie gesehen hat, aber die meisten alten Männer, die auf dieser Station sind, sehen ohnehin gleich aus, dickbäuchig mit weißen Haaren, die sich in der Mitte schon lichten, und halb geschlossenen Augen. Er blinzelt in die Sonne, die hinter den Häusern hervorschaut wie ein Reptil im Mittagsschlaf.
Frank kramt wieder in seiner Tasche, die Zigarette noch im Mundwinkel, zündet sie mit einem Klicken an und lässt das Feuerzeug lässig zurückgleiten.
Weißt du, Koslik, sagt Frank, schaut auch in die Sonne und dann zu Koslik. Ich sag das nicht nur so, ich bin wirklich froh, dich zu treffen. Ich finde es schade, dass wir uns so aus den Augen verloren haben in den Jahren. Ich hab oft an die Studienzeit zurückgedacht, Marlies auch, wir reden häufig darüber. Und da kommst irgendwie immer du in mein Gedächtnis, man kommt um dich quasi nicht herum. Die Studienzeit und Koslik, hab ich erst neulich zu Marlies gesagt, das ist wie miteinander verwachsen.
Koslik nickt, aber nicht, weil er sich freut, dass Frank das sagt, sondern weil es für ihn genauso ist. Er kommt an Frank auch nicht vorbei, wenn er daran zurückdenkt. Egal, welchen Ort an der Uni er sich vorzustellen versucht, immer ist es Frank, der dort schon zuerst sitzt. Im Studentencafé, im Fachschaftsraum, bei Gruber. Dann

fällt Koslik auf, dass er zumindest in der Fachschaft zuerst gewesen ist. Dort, wo er Marlies kennengelernt hat.

Er will jetzt nicht an Marlies denken und schaut schnell zwischen die Büsche neben den Hochhäusern, um ihr Gesicht durch irgendetwas anderes zu ersetzen.

In Franks Bademanteltasche fängt es zu piepen an, und Frank bläst den Rauch aus dem Mundwinkel und gräbt nach seinem Handy.

Oh, sagt er, als er auf das Display schaut, die Zigarette schnippend in der anderen Hand. Entschuldige, Koslik, das ist Miriam, meine, ich sag mal: Freundin, na, die Geschichte erzähl ich dir wann anders, auf jeden Fall muss ich rangehen, die kriegt sonst immer Zustände, wenn ich sie wegdrücke.

Koslik nickt und fühlt sich, als Frank ein paar Schritte weitergeht, plötzlich wie einer, der ganz alleine auf einer Party steht, ohne etwas zu trinken, ohne Freunde.

Na du, sagt Frank, und er klingt jetzt ganz anders als vorher. Dann geht Frank noch ein paar Schritte, und seine nächsten Sätze versteht man nicht mehr, auch wenn Koslik von hinten sieht, wie er gestikuliert, die Zigarette austritt und die Hand in die Tasche schiebt. Sein Bademantel bauscht sich, und darunter kommt seine weiße Hose zum Vorschein.

Koslik steht noch einen Moment da, dann bemerkt er, dass außer ihm niemand mehr da ist. Selbst der alte Mann ist verschwunden, Frank kurz vorm Autohaus nur noch eine weiße Gestalt.

Er überlegt, zurückzugehen, aber hier draußen fühlt sich alles besser an.
Koslik atmet einmal tief durch und versucht, die Enge zu vertreiben, die da noch immer ist. Er probiert es ein paar Mal, aber weil es nichts hilft, geht er schließlich ein Stück, unschlüssig erst, dann läuft er zu den Büschen.
Dahinter steht eines der Hochhäuser und daneben im Halbkreis aneinandergereiht mehrere Gebäude, eines davon ist die Augenklinik. Davor befindet sich eine kleine Grünanlage mit zwei Bänken, gut verdeckt von den Büschen.
Koslik umrundet einmal die Blumenbeete, dann setzt er sich auf die Bank, die angenehm kühl ist.
Kurz ist er noch unruhig, dass Frank zurückkommen, ihn hier finden könnte, aber die Büsche verdecken die Sicht auf das Haus, in dem die neurologische Abteilung ist. Man erkennt nur die obersten Fenster. Vielleicht, denkt Koslik, ist Franks Zimmer hinter einem davon, und er sieht ihn hier alleine sitzen, wenn er zurückgeht. Sieht, wie Koslik in die Gegend schaut, als wüsste er sonst nicht, wohin.
Sofort wird Koslik ganz anders, er blickt auf seine Beine und auf die Blumenbeete.
Irgendwo raschelt es, und kurz bekommt Koslik einen Schreck, aber es ist nur Bude, der zwischen den Büschen hervortritt, noch immer mit dem roten Fleck auf dem Unterhemd.
Bude nickt ihm zu, stellt sich neben die andere Bank und schaut genauso in die Sonne wie der alte Mann zuvor.

Schweigend stehen sie da, und Kosliks Herz klopft zwar noch, aber auf eine andere Art, beinahe beruhigend. Er sieht kurz zu Bude hin, der ihm noch einmal zunickt.
Ein schönes Fleckchen, sagt Bude. So idyllisch. Da vergisst man beinahe seine Sorgen.
Das stimmt. Koslik muss fast lächeln, weil Bude so selig wirkt.
Eigentlich mag ich Sonntage nicht, sagt Bude. Dabei mag jeder Sonntage, das weiß ich, aber ich nicht. Die meisten haben ja was gegen Montage, aber ich sag immer: Da weiß man wenigstens, was man hat da dran.
Koslik erwidert erst nichts, aber weil Bude jetzt doch nicht mehr so glücklich aussieht, sagt er: Ich mag Sonntage auch nicht besonders. Allerdings habe ich montags auch meistens frei, deswegen gibt es bei mir da nicht so einen großen Unterschied.
So, wo arbeiten Sie denn?, fragt Bude, und zum ersten Mal klingt er nicht wie ein Schuljunge.
An einer Volkshochschule, sagt Koslik. Gebe dort Kurse. An den Montagen finden selten Kurse statt.
Volkshochschule, aha. Bude nickt. Na, in meinem Lehrbetrieb lief am Montag immer alles auf Hochtouren. Aber ich mochte das, den Trubel, da fühlt man, dass man lebt. Wenn die Maschinen so richtig arbeiten, das hatte ich immer am liebsten. Aber seit der Frührente, tja, na ja, ist wie ein ewiger Sonntag, oder? Bude lacht, aber es klingt ganz und gar nicht fröhlich und kommt auch nicht von so tief unten wie sonst.
Mhm, sagt Koslik und schaut jetzt auch in die Sonne,

Bude schweigt, und Koslik fragt sich, wie sie wohl von Franks Zimmer aus betrachtet aussehen: zwei Männchen, wie hingeworfen.
Bude setzt sich auf die Bank, und Koslik lehnt sich zurück. Die Sonne fühlt sich warm an, und weil er sicher ist, dass Bude nicht herüberschaut, schließt er die Augen.

8

In der Nacht wirft Koslik sich hin und her. Franks Stimme hallt in seinen Ohren nach, immer und immer wieder, und jetzt, wo sonst alles um ihn herum dunkel ist, kommen dazu noch die Bilder. Frank in diesem lächerlichen Bademantel, Gruber, der sich stets auf dieselbe Art über seinen Schreibtisch lehnt, bei seinem Einstellungsgespräch damals und jedes Mal, wenn er ihnen Aufgaben zu übermitteln hatte. Frank und er, wie sie in ihrem Hilfskraftbüro sitzen, Frank rechts und Koslik links, die Gesichter einander zugewandt. Frank, der beim Arbeiten manchmal vor sich hin pfeift, was Koslik beinahe um den Verstand bringt. Gesagt hat er ihm das natürlich nie. Und dann sieht er, wie in einer viel zu schnellen Bilderpräsentation, die Gesichter seiner Kommilitonen. Einige Namen weiß er nicht einmal mehr, aber jetzt, wo die ersten von ihnen vor seinen Augen auftauchen, reihen sie sich gnadenlos aneinander. Und immer wieder ist Marlies darunter. Marlies, die er tagsüber zur Seite schiebt, deren Bild aber nachts andauernd vor seinen Augen aufblitzt.

Koslik wirft sich herum, wenn er die Augen öffnet, sieht er draußen ein paar Lichter und im dunkelgrauen Däm-

mern Budes Gestalt, auf dem Rücken, die Hände ganz merkwürdig auf dem Bauch gefaltet wie aufgebahrt.
Weil er irgendwann Budes gleichmäßigen Atem nicht mehr erträgt, steckt er sich zwei der wächsernen Stöpsel in die Ohren, so tief, dass ihm sein Puls wie eine Uhr in den Ohren tickt.
Das muss ein Ende haben, denkt er. Dass ihm hier alles entgleitet, dass ihm nachts alles vor den Augen tanzt, nur weil Frank ihn nicht in Ruhe lässt. Eigentlich fällt ihm das sonst nicht so schwer. Eigentlich trägt er sein Leben immer gut verschnürt mit sich herum. Ein Paket von Ereignissen, aus dem er von Zeit zu Zeit einzelne herauszieht und betrachtet, ohne dass sie sich verändern oder ihre Ordnung verlieren. Hier aber weiß er nicht mehr, wo oben und wo unten ist.
Weil seine Gedanken schon wieder trudeln, reißt Koslik die Augen auf, schaut an die Decke, die ihm, überklebt von der Dunkelheit, noch nie so nah vorgekommen ist. Es ist gut, denkt er und fragt sich im nächsten Moment, wann er endlich aufhören kann, mit sich zu reden, als wäre er ein Kind. Es ist gut, denkt er noch einmal und schließt wieder die Augen.
Ganz langsam nur kommt die Müdigkeit.

Am nächsten Morgen fühlt Koslik sich wie gerädert, aber Bude ist wieder ganz der Alte, als hätte man einen Schalter umgelegt. Schon beim Wachwerden summt es Koslik aus dem Bad entgegen. Mit den nassen Haaren,

die ihm auf der Kopfhaut kleben, sieht Bude so seltsam aus, dass Koslik beinahe lächeln muss.
Draußen ist es heute bewölkt. Von seinem Bett aus kann man nur die grauen Köpfe der Hochhäuser erkennen, dazwischen Wolkenfetzen am Himmel.
Bude läuft summend im Zimmer herum, verschwindet wieder im Bad, hustet so laut, dass Koslik zusammenzuckt.
Heute hat sich etwas verändert, und er muss erst darüber nachdenken, bis es ihm einfällt.
Heute ist Montag, sagt er, fast mehr zu sich selbst, und Bude kommt aus dem Bad und nickt eifrig.
Wie gesagt, Montag, da fühl ich die alte Energie zurückkehren, sagt Bude und zieht an seiner Hose, die ihm faltig in den Knien hängt.
Das weckt neue Lebensgeister, sagt Bude zufrieden und spritzt sich irgendetwas in den Mund. Es riecht nach Minze, mischt sich mit dem Desinfektionsgeruch, der hier unter allem liegt wie ein Teppich. Koslik wird schlecht.
Was stehen denn bei Ihnen heut für Untersuchungen an?, fragt Bude.
Ich weiß es nicht, sagt Koslik. Das Herzecho steht noch aus.
Wenn heute Montag ist, denkt Koslik, dann geht es endlich voran. Vielleicht ist das dann mein letzter Tag hier.
Hoffnung keimt in ihm auf, auch wenn er so müde ist, dass er sie kaum greifen kann.

Als die Tür aufgeht, hat er gerade gedöst, so träge hat ihn das Frühstück gemacht. Dabei hat er Frank gar nicht getroffen. Aber diese ständige Angst, diese Wachsamkeit, die er hier lernen muss, zermürbt ihn. Und dazu dieses triste Etwas, in das sich seine Gedanken verwandelt haben.

Zuerst denkt Koslik, ein Student kommt herein, so jung ist der Mann, der plötzlich im Zimmer steht, den Kittel lässig oben aufgeschlagen, die Haare zurückgekämmt, kein weißes Haar ist darunter. Aber er tritt zu schnell ins Zimmer, bleibt entschlossen in der Mitte stehen. Hinter ihm huschen weitere Studenten herein, aber an der Art, wie sie wie ein Chor hinter ihm verharren, erkennt Koslik, dass das der Arzt sein muss. Er hat auch ein Namensschild an seinem Kittel, aber die Buchstaben verschwimmen vor Kosliks Augen.

Sofort fühlt Koslik sich unwohl. Er glaubt, dass der andere ihn kritisch mustert.

Hastig setzt er sich auf. Am liebsten würde er nach seinem Arbeitsbuch greifen, darin blättern, geschäftig tun, aber kaum dass er sitzt, steht der Arzt schon bei ihm.

Die Studenten reihen sich neben Bude auf. Das Ganze, findet Koslik, wirkt wie die Vorbereitung zu einem Zweikampf.

Herr Koslik, sagt der Arzt und spricht sehr schnell dabei. Es klingt nicht einmal unwirsch, nur gelangweilt, als stolperte er über die Worte, weil er sie selbst kaum wahrnimmt.

Wir haben jetzt ja schon einiges ausgeschlossen bei

Ihnen, aber um sicherzugehen, müssen wir noch weitere Untersuchungen machen.
Der Arzt wedelt mit der Hand in Richtung der Studenten, die eilig näher kommen, einer fällt fast über Budes Bett.
Sie wissen ja, dass das Herzecho noch ansteht, außerdem habe ich ein Vierundzwanzig-Stunden-EKG angeordnet, das Sie heute bekommen werden. Gut, sagt der Arzt dann, als wäre er mit Kosliks Reaktion zufrieden. Dabei schaut er gar nicht zu Koslik, sondern über seinen Kopf hinweg an die Wand.
Haben Sie noch Fragen?
Nein, sagt Koslik und will sich gerade verbessern, da hat sich der Arzt schon umgedreht. Von hinten, findet Koslik, sieht er doch etwas älter aus, die Schultern hängen. Schön, schön, wegen dem EKG kommt dann ein Pfleger, sagt der Arzt über die Schulter. Also dann, bis morgen.

Koslik hört nicht mehr, was er zu Bude sagt, weil sein Handy blinkt. Zum Glück hat er es lautlos gestellt, aber das Blinken kann er nicht ignorieren. Es ist Melinda Krause, die Leiterin der Volkshochschule, und Kosliks schießt das schlechte Gewissen in den Magen.
Fast schon zu hastig meldet er sich. Während Melindas Stimme bereits aus dem Telefon kommt, stolpert er noch an den Studenten vorbei in den Flur, in dem sonst niemand ist. Am Gangende steht am Glasfenster ein Tisch mit zwei Stühlen, wieder mit Blick auf den Aldi. Koslik schaut nach draußen und presst das Telefon ans Ohr.

Ein Glück, dass ich Sie erreiche, Koslik, sagt Melinda. Sie hat eine angenehme Stimme, die viel jünger klingt, als sie ist. Beinahe attraktiv. Ich habe es schon mal versucht, das tut mir ja so furchtbar leid mit dem Krankenhaus. Können Sie denn mittlerweile absehen, wann Sie wiederkommen? Nicht, dass ich Sie da unter Druck setzen möchte. Natürlich habe ich Ihren Kurs für die Woche schon an Gunnar Schönhaar übergeben. Sie sollen ja in Ruhe gesund werden können.
Ich werde nicht mehr lange hier sein, sagt Koslik hastig. Es ist auch nichts Ernstes, nur Kontrolluntersuchungen.
Ach, Gott sei Dank, sagt Melinda. Ich habe mich ja gar nicht getraut zu fragen. Mensch, Koslik, Sie haben mir vielleicht einen Schreck eingejagt. Als mir die Frau Kirchacker gesagt hat, dass Sie im Krankenhaus sind, da dachte ich schon: oje, oje. Na, wie auch immer, da bin ich natürlich sehr froh, dass es Ihnen gut geht. Wann kommen Sie denn wieder?
Ganz bald, sagt Koslik, ich freue mich schon darauf, hier wieder rauszukommen, schiebt er nach. Er sagt es etwas zu schnell, aber sie lacht.
Wir freuen uns auch. Sie lässt es extra herzlich klingen. Wir auch, sagt sie noch mal. Sagen Sie einfach Bescheid, bis dahin übernimmt Gunnar Ihren Kurs. Ist zwar nicht sein Metier, aber du kennst den ja, der fuchst sich gut in Sachen rein.
Dass sie ihn jetzt geduzt hat, scheint ihr selbst aufzufallen, denn jetzt wird sie hastig.
Also dann, Herr Koslik, gute Besserung wünsche ich im

Namen der ganzen Volkshochschule, und melden Sie sich.
Alles klar, vielen Dank, ich melde mich, sagt Koslik und schaut nach draußen. Dann legt er das Telefon beiseite.

Gunnar, schnaubt es in seinem Kopf, aber er zwingt sich, den Gedanken nicht zu Ende zu denken. Diese Eifersucht ist lächerlich. Er wird seine Kurse wiederbekommen. Und wenn schon, der derzeitige Deutschkurs ist ohnehin keine Freude. Wie wohl die Teilnehmer mittlerweile von ihm denken? Haben sie gehört, weswegen er hier ist? Sind sie enttäuscht? Mögen sie Gunnar lieber als ihn?
Unsinn, das ist keine Frage von Mögen, denkt Koslik. Niemand mag diesen Kurs, darum geht es überhaupt nicht. Die Menschen, die in diesem Kurs sind, haben einen Grund dazu. Mit Koslik war noch nie jemand unzufrieden, er macht seine Sache gut.
Trotzdem fühlt er sich merkwürdig angreifbar. Vielleicht wegen Frank, wegen damals, denkt er, der Gedanke schießt ihm einfach so durch den Kopf. Aber er ärgert sich, dass er überhaupt diese Parallele zieht, dass er das ganz automatisch tut. Nichts ist wie damals, denkt Koslik. Alles ist gut so, wie es ist.

Koslik setzt sich auf den Stuhl und schiebt sein Handy hin und her. Jetzt, wo er ohnehin hier draußen ist und es in seinem Magen so unangenehm zieht, denkt er, könnte er auch gleich seine Mutter anrufen. Alles in einem Abwasch, dann hat er den restlichen Tag Ruhe davon.

Die Lethargie, die ihn befallen hat, seitdem er hier ist, ist für einen Moment wie weggewischt. Er hat seit Ewigkeiten nicht mehr mit seiner Mutter telefoniert, wenn er es jetzt tut, denkt er, hat er es auch für später hinter sich.
Trotzdem überlegt er es sich fast noch mal anders, als das Freizeichen ertönt.
Marina Koslik, scheppert es aus dem Anrufbeantworter. Sie können gerne eine Nachricht hinterlassen, ich melde mich dann bei Ihnen.
Es klingt distanziert, genau so, wie seine Mutter stets wirkt, so verbindlich sie auch zu sein versucht.
Bevor das Piepen des Anrufbeantworters ertönt, will er auflegen, aber plötzlich knackt es, und dann ist da wirklich die Stimme seiner Mutter.
Marina Koslik, hallo?
Man erkennt, dass es ihre Stimme in Echtzeit ist, weil sie barscher klingt und gleichzeitig unsicher, so empfindet es Koslik zumindest, weil sie die Wörter am Ende immer so in die Länge zieht.
Hallo?, sagt sie noch mal.
Hallo, hier ist René, sagt Koslik. Er hat seinen Namen schon so lange nicht mehr ausgesprochen, dass seine Stimme dabei ganz schwer wird.
René, ach, du bist's!, sagt seine Mutter und schweigt dann, und Koslik ärgert sich sofort, dass er angerufen hat.
Ich rufe aus dem Krankenhaus an.
Er wartet, und wieder kommt nichts.

Charlotte hat dir vermutlich schon alles erzählt, sagt er dann.
Ja, das hat sie. Seine Mutter seufzt. Da dachte ich auch: Das ist wieder typisch, dass du keinem was sagst und das einfach so durchziehst, René. Wenn du angerufen hättest, ich wär doch sofort gekommen.
Ich wollte kein großes Aufhebens darum machen. Er hätte fast Mama hinzugefügt. Ihre Stimme klingt nörgelig und zugleich trocken, so wie immer, wenn sie unzufrieden ist.
Weißt du übrigens, dass die Christine jetzt auch ins Krankenhaus muss?
Was?, fragt Koslik, das Wort rutscht ihm einfach heraus, so erschrocken ist er. Mit Christine hat er schon seit Ewigkeiten nicht mehr geredet, einfach, weil er weiß, dass es in Ordnung ist, wenn er sie nicht anruft, dass sie ihm nichts übel nimmt.
Das wüsstest du, wenn du ab und zu mal anriefst. Seine Mutter versucht jetzt nicht einmal mehr, nicht nörgelig zu klingen. Früher hat er das mit Mut verwechselt, denkt Koslik, aber je älter sie wird, desto jünger wirkt sie in ihrem Trotz.
Was hat sie denn?, fragt Koslik und hat wirklich Angst, am liebsten würde er auflegen, nur das hält ihn noch am Telefon.
Ach, wieder ein Polyp an der Darminnenwand, Dickdarm glaube ich, ein kleiner Eingriff, sie geht heute ins Krankenhaus und kommt dann in ein paar Tagen wieder raus. Ich wünschte nur, sie hätte den Klaus noch, da

wüsste ich, dass sie in guten Händen ist, aber so bleibt sie wohl mein Sorgenkind. Wie du, René, dass du jetzt auch noch anfängst und irgendwelche komischen Sachen kriegst. Sieh bloß zu, dass die das wieder hinkriegen.
Da gibt es nichts hinzukriegen, sagt Koslik. Ich bin ja gesund.
Ja, das will ich hoffen. Seine Mutter klingt beinahe wütend.
Mach dir keine Sorgen, sagt Koslik. Er sagt es wie automatisch.
Na gut, wenn du das so sagst. Aber tu mir einen Gefallen und warn mich das nächste Mal vor, wenn du mich so erschrecken willst. Und ruf ruhig mal an, ich muss ja nicht immer alles über deine Schwestern erfahren.
Ja, sagt Koslik, das mache ich, versprochen.
Hach, sagt seine Mutter, da seh ich wieder den Nachbarn. Mensch, der schleppt ja heute wieder bergeweise Kisten. Du, neulich hat der sogar fast einen Autounfall gebaut, weil der so viel geschleppt hat. Nicht nach links und rechts gucken beim Straßeüberqueren, das ist mir ja was.
Da kommt grad der Arzt, ich muss dann wohl, sagt Koslik und glaubt, aus den Augenwinkeln tatsächlich etwas Weißes blitzen zu sehen.
Oh, ja, da kann man nichts machen, sagt seine Mutter. Na sage mal, jetzt ist dem Nachbarn fast was weggerutscht. Mensch, in dem Alter, da muss man doch wirklich ...

Ich muss dann, sagt Koslik.
Ja, schon gut doch. Seine Mutter klingt wieder unwirsch. Meld dich bald wieder, René.
Okay, sagt Koslik, mach's gut. Wieder sagt er fast Mama, aber stattdessen legt er auf und blickt sich um.
Zum Glück muss er sich geirrt haben, der Gang ist leer. Nur der Automat in der Mitte blinkt, als hätte ihn jemand bedient.

Den Rest des Tages verbringt Koslik in einer seltsamen Starre. Er müsste froh sein, dass er das mit seiner Mutter erledigt hat, aber immer, wenn er mit ihr redet, fühlt er sich danach wie ausgelaugt. Als hätte er in dem einen Telefonat schon viel zu viel gegeben. Früher war da nur Gleichgültigkeit. Wann hat sich das geändert?
Koslik erinnert sich daran, wie er am Anfang noch pflichtschuldig angerufen hat, damals, als er ausgezogen war. Er besaß ein kleines Telefon mit Wählscheibe, und wenn er am Sonntagabend an seinem winzigen Küchentisch saß, der so stand, dass man durchs Fenster die Spitzen des Schwarzwaldes sehen konnte, fühlte es sich so an, als erbrächte er eine weitere wichtige Leistung. Als gehörte das genauso zu seinem Studium wie das Besuchen der Vorlesungen oder der Übungen.
Sie redeten nie über sein Studium, sie stellte nicht eine Frage. Irgendwann hörte Koslik selbst auf, davon zu reden. Sie sprachen vom Wetter. Sie sprachen immer seltener, und irgendwann rief nur noch sie ihn an. Koslik erinnert sich nicht an konkrete Vorwürfe, erinnert sich

nicht an die Streite, es ist mehr ein Summen im Hintergrund, ein stetiges Rauschen des Vorwurfs.

Koslik starrt noch immer vor sich hin, als Pfleger Mark hereinkommt. Bude ist nirgendwo zu sehen, deswegen ist zwischen ihnen hauptsächlich Schweigen, während Pfleger Mark ihm die Saugnäpfe des EKGs auf die Brust klebt. Koslik ist froh, dass er es ist und nicht die Rothaarige.

Pfleger Mark summt freundlich vor sich hin, versucht aber nicht, eine Unterhaltung zu beginnen. Nur zum Schluss schaut er einmal nach draußen und seufzt. Schon wieder kein so tolles Wetter, Mensch, Mensch, sagt er und lächelt dann plötzlich so milde zu Koslik hin, als wüsste er, wie es in ihm aussieht.

Koslik lächelt zurück. Auf seinen Wangen fühlt es sich komisch an, aber als Pfleger Mark weg ist, kann er plötzlich wieder freier atmen. Es ist, als verdrängte das EKG-Gerät die Starrheit in ihm. So, wie es um seinen Hals hängt, wie es ihm in die Haut schneidet, macht es ihn auf eine seltsame Art glücklich.

Es geht voran, denkt er. Bald bin ich hier wieder weg, dann kann endlich alles wieder normal weitergehen. Keine Grübeleien mehr, keine Angst.

Koslik erhebt sich träge und geht ins Bad. Der Spiegel dort ist so groß, dass man um sich selbst nicht herumkommt.

Eine Weile starrt er sich einfach nur an, seine Haare, die

ihm heute platt am Kopf liegen, seinen Bartschatten. Im Spiegel sieht er jetzt wahrhaft wie ein Kranker aus. Vielleicht hätte er nicht das weiße T-Shirt anziehen sollen, darunter sieht man das schwarze Gerät, und weiß lugt am Ausschnitt auch einer der Saugnäpfe hervor.
Dann fällt ihm auf, dass er schon länger nicht mehr darüber nachgedacht hat, wie es wäre, wenn er wirklich krank wäre. Er hat es tatsächlich verdrängt, seinen Aufenthalt in der Klinik einfach so hingenommen, als wäre er zufällig hier, als hätte das alles nichts mit ihm zu tun, als wäre das alles nicht so bedrohlich. Seitdem er hier ist, laufen die Gedanken in seinem Kopf permanent um Dinge herum, die keine Rolle für ihn spielen.
Ich verliere das Wichtige aus den Augen, denkt Koslik. Das, weswegen ich eigentlich hier bin.
Dann erinnert er sich an die Angst, die ihn bei jeder Untersuchung überkommt. Die er immer wieder hinunterschluckt. Die nachts da ist, wenn er nicht schlafen kann, und wegen der er sogar die schreckliche Musik hört, die sich auf seinem Handy befindet.
Die Schwere des Gerätes, das um seinen Hals hängt, kommt ihm auf einmal nur noch bedrohlich vor.
Er reißt seinen Blick vom Spiegel los, schaltet das Licht im Bad aus. Im Zimmer wirkt jetzt alles viel heller. Er geht zum Fenster, schaut nach draußen in den Himmel, wo Vögel über die blassgraue Fläche ziehen.
Ihn ärgert, dass seine Gedanken um Dinge kreisen, die er unmöglich wissen kann. Bisher haben die Untersuchungen nichts ergeben. Wahrscheinlich ist doch,

denkt Koslik, dass ich hier wieder herauskomme und nichts geschehen ist. Dass ich Gunnar ablöse, dass ich in meine Wohnung zurückkehre, dass ich einfach weitermache, die Fruchtfliegen vertreibe, meine Kleidung sortiere und vielleicht endlich mal meinen Computer aufräume, die alten Bücher ordne. Lauter Dinge fallen ihm jetzt ein, die er dann tun wird, in einem normalen Leben, in dem all das hier vergessen sein wird.
Aber wenn er ehrlich ist, fühlen sich diese Gedanken aufgesetzt hat. Als wolle er sie nur denken, während in seinem Gehirn, wie in einem Fernseher im Hintergrund, ganz etwas anderes läuft.
Mit mir stimmt was nicht, denkt Koslik. Sobald er es gedacht hat, geht er unruhig einen Schritt beiseite. Nein, denkt Koslik, so ist es nicht. Noch nicht, nicht die Nerven verlieren. Aber in ihm ist es ganz ruhig, beinahe so, als hätte sich diese Erkenntnis angeschlichen und wäre nun schon viel zu lange da, um ihn überhaupt noch erschrecken zu können.

Eine Weile steht Koslik da und versucht einfach nichts zu denken, versucht nur nach draußen zu schauen, wo man auf dem Parkplatz heute vier Autos sieht und am Ende diesen grünen Kasten, der Koslik schon öfter aufgefallen ist, von dem er aber nicht weiß, was es ist.
Ein kleiner Spaziergang, denkt Koslik, das wird mir guttun. Hier drinnen dreht sich immer alles im Kreis.

Doch draußen ändert sich nichts daran. Auch hier hängen die Gedanken noch genauso trüb in ihm wie der Himmel, der grau an den Hochhäusern klebt.
Koslik tritt beim Laufen auf den Löwenzahn in den Ritzen des Asphalts. Er kommt auch bei den Bänken vorbei, auf denen heute keiner sitzt. Aber er hat keine Lust zu bleiben, will sich nicht setzen. Er lässt sich stattdessen das bisschen Wind, das heute weht, beim Gehen unter die Jacke kriechen.
Er ist seiner eigenen Melancholie so überdrüssig. Dieses große Unbehagen, das er in sich spürt, das fast schon wieder Freude ist, das er hinter jedem angekratzten Autoreifen, hinter jedem zerdrückten Pflanzenstängel vermutet. Er hasst dieses suppige Gefühl, das in seinem Herzen nistet, diese Trägheit des Untergangs.

Unruhig läuft er umher, bis er schließlich wieder auf dem Parkplatz steht. Seine Beine halten die Gedanken davon ab, sich weiterzudrehen, und doch kann er nicht leugnen, dass er erschöpft ist. Die Füße kann er nur langsam heben, und immer wieder läuft er dieselben Kreise.
Schließlich ist er am Rand des Parkplatzes, hinter dem man nur noch die Straße sieht. Daneben steht wie ein Grenzposten der grüne Kasten.
Koslik durchquert das Tor, um auf die andere Seite des Kastens zu schauen, aber dort sind nur geschlossene Rollläden, ebenfalls grün, dieser Kasten sieht von allen Seiten gleich aus. Vielleicht war es mal ein Kiosk, denkt Koslik. Aber jetzt ist selbst hier nichts mehr.

Koslik muss sich regelrecht über den Parkplatz zurückschleppen. Ein Auto fährt um ihn herum, aber Koslik hebt nicht den Kopf.

Doch in sein Zimmer will er trotzdem nicht, kann er nicht. Er spürt, dass es ihn dort nur wieder überkommt. Also läuft Koslik im Treppenhaus noch ein wenig weiter, hält erst inne, als seine Beine so schmerzen, dass die Dumpfheit weicht.
Jetzt erst merkt er, dass er vor dem Speisesaal steht. Es ist noch keine Essenszeit, es muss Nachmittag sein, trotzdem brennt hinter der Glastür Licht. Beinahe gemütlich sieht es aus, wie es von dort herüberblinkt.
Mit merkwürdiger Sicherheit geht Koslik darauf zu. Es fühlt sich richtig an, er will nicht länger allein sein.

Bude sitzt an einem Tisch am Fenster, gegenüber Sybille Klemm, deren Turban von hinten genauso lächerlich aussieht wie von vorne, die Haare wellen sich im Nacken hellgrau, verschwinden dann im Kragen einer Bluse, die so gar nicht zu dem Turban passt. Bude winkt Koslik zu, und Koslik nickt zurück.
Dann erst sieht er Frank, der in der anderen Ecke sitzt und liest. Auch heute hat er seinen Bademantel an, die Arme sind auf dem Tisch über der Zeitung abgestützt. Der Bademantel ist hochgerutscht und zeigt wieder seine sehnigen Arme.
In der Mitte des Raumes sitzt eine Gruppe von alten Männern, umschwebt von leisem Gemurmel, aus dem

dann und wann ein Lachen birst. Anscheinend haben auch sie heute ein Langzeit-EKG bekommen, die Geräte hängen ihnen um den Hals wie früher den Kindern die Brustbeutel.
Aus den Augenwinkeln sieht er, wie Bude ihm wieder zuwinkt. Diesmal hat sich auch Frau Klemm umgedreht. Ihr strahlendes Lächeln schreckt ihn instinktiv ab.
Herr Koslik, ruft Bude, Lust auf ein Spielchen?
Koslik sieht, wie Frank kurz hochschaut, und ohne dass Koslik darüber nachdenken kann, nickt er.
Gern, sagt er, und Bude zieht ihm einen Stuhl an die dritte Seite des Tisches.
Wir spielen Mau-Mau, sagt Bude. Hier gibt es leider nichts anderes. Die Karten haben wir im Regal gefunden, und da dachten wir: Heute ist es wieder so nebelig, warum nicht ein Spielchen wagen. Sybille Klemm nickt dazu, als hätten Budes Worte einen Rhythmus.
Koslik schaut zu Frank hinüber, der seinen Blick erwidert, und winkt kurz, als sähe er ihn hier zum ersten Mal. Frank versucht ein Lächeln, aber heute sieht sogar er müde aus.
Koslik überlegt, etwas zu sagen, aber Frank wendet sich schon ab und liest weiter, und kurz spürt Koslik wieder so etwas wie Wut in sich aufkeimen. Wut, weil Frank ihm nicht einmal diesen Triumpf lässt und selbst jetzt als Erster wegschaut.
Im nächsten Moment kommt er sich lächerlich vor.
Bude mischt die Karten, ganz mit sich im Reinen wirkt er heute wieder.

Sie spielen schweigend, nur ab und zu redet Bude leise vor sich hin oder pfeift durch die Zähne. Er ist ein grauenhafter Spieler, legt viel zu schnell die Karten auf den Stapel und erwischt dabei manchmal eine zu viel. Sybille Klemm amüsiert sich köstlich. Immer wenn Bude aufstöhnt, kichert sie beinahe wie ein Schulmädchen. Koslik bekommt Kopfschmerzen davon, aber aufstehen hieße, mit Frank reden zu müssen, der nach wie vor aufgestützt über der Zeitung sitzt mit einem Gesicht, als lastete ein großes Gewicht auf ihm.
Hei, eine kurze Pause, sagt Bude, als er wieder verloren hat und Frau Klemm zufrieden die Karten einräumt. Zum zweiten Mal hat sie schon gewonnen. Koslik, der nur halb bei der Sache ist, gibt immer zu schnell seine guten Karten aus der Hand.
Ja, ein Teechen wär jetzt gut, sagt Frau Klemm. Wollen Sie auch?
Nein danke, sagt Koslik und überlegt, ob es unhöflich wäre, jetzt schnell zu gehen, aber da sitzt Bude schon wieder neben ihm, stellt dampfende Tassen für sich und Frau Klemm ab.
Wieder schweigen sie, und Frau Klemm legt ihre Hände um die Tasse, als wäre es kalt, dabei schwitzt Koslik schon den ganzen Tag. Sie schaut immer wieder aus dem Fenster, wo man von hier wieder nur den Parkplatz sieht, der grüne Kasten darin der einzige Farbfleck.
Vorhin war ich spazieren, sagt Frau Klemm in die Stille hinein. Sehen Sie das grüne Ding da hinten?

Sie zeigt auf den Kasten, und Bude beugt sich vor, als gäbe es dort tatsächlich etwas zu sehen.
Ich dachte doch wirklich, dass es ein Kiosk ist. Aber es ist nur ein grüner Kasten.
Bude nickt tiefsinnig. So ist das manchmal, sagt er.
Ich war auch dort. Koslik wundert sich selbst, dass er spricht.
Es ist enttäuschend, wenn man so oft hingeschaut hat, und dann ist da gar nichts.
Sie schweigen weiter, und Bude seufzt, als seufzte die Welt.
Hach, das tut gut, sagt Bude dann und nimmt einen tiefen Schluck. Finden Sie auch, dass die Krankenhausluft einem einen ganz trockenen Mund macht?
Frau Klemm nickt und nimmt ebenfalls einen Schluck. Das ist, weil die so viel heizen, da wird die Luft richtig dick, sagt sie. In der Reha ist das anders, da fühlt sich alles gleich viel natürlicher an. Ach, was freu ich mich auf die Reha.
War ich auch schon einmal, sagt Bude. Da ist es sogar noch netter als hier, man kümmert sich gut, und das Essen, ach, was hab ich geschmaust. Aber Spaß beiseite, die Betreuung ist auch gut. Damals konnte ich mein linkes Bein kaum noch bewegen, aber die haben mir wieder gut auf die Sprünge geholfen. Dachte schon, ich müsste im Rollstuhl bleiben. Wie war das bei Ihnen?
Frau Klemm hat noch immer beide Hände um die Tasse gelegt und seufzt. Ja, das mit dem Rollstuhl, das kenn ich. Dachte auch erst: Das war's jetzt, von nun an, Sy-

bille, bist du gezwungen, alles zwei Nummern kleiner zu machen. Habe ein ganzes Jahr lang meine Beine kaum noch gespürt. Das ist unheimlich, wenn einen der eigene Körper so verlässt.

Kosliks Herz schlägt gleich schneller, weil er wieder an den Anfall denken muss. Er weiß genau, was sie meint. Es fühlt sich an, als kippte die Welt aus den Fugen und man stünde ganz alleine da, ohne Arme, ohne Beine. Nur mit einem Herzen, das einem in den Ohren dröhnt.

Er ist so sehr in Gedanken, dass er gar nicht hört, wie Frau Klemm weiterredet.

Was sind denn Sie eigentlich von Beruf?, fragt sie Koslik unvermittelt. Wo Sie doch noch so jung sind. Ich will Ihnen jetzt nicht zu nahe treten, aber Sie wirken ja recht jung. Da ist es schon ungewöhnlich, dass man solche Geschichten zu erzählen hat.

Koslik will anmerken, dass er noch gar keine Geschichte erzählt hat, dass er meistens schweigt, dass er noch nie in der Reha war, aber Bude hat schon dazwischengeredet.

Ach, sagt er und klatscht sich auf die Knie, als hätte er etwas Tolles herausgefunden.

Dabei haben Sie doch ’nen ganz ähnlichen Beruf, nicht, Sie beide, dass man so eine Gemeinsamkeit hat und sich dann hier über den Weg läuft.

Sind Sie auch Therapeut?, fragt Frau Klemm interessiert und schaut Koslik von oben bis unten an, als könnte man so erkennen, ob Bude recht hat oder nicht.

Nein, Lehrer, sagt Koslik schnell. Für Erwachsene, an der Volkshochschule.
Ach, Lehrer, sagt Bude, aber er wirkt etwas pikiert. Na, da rät man doch Leuten auch zu was, bringt denen was bei. Für unsereins, der immer mit den Händen was gemacht hat, ist das recht ähnlich, aber ich versteh ja auch nichts davon. War mein Lebtag nicht in einer Therapie, und in der Schule, na, da wollen wir gar nicht erst von anfangen, aber das ist ja auch schon lange her.
Was sind Sie denn für eine Therapeutin?, fragt Koslik schnell, hauptsächlich, damit Bude nicht weiterredet, er hat so einen verklärten Gesichtsausduck, wie immer, wenn er kurz davor ist, weit auszuholen.
Maltherapeutin. Frau Klemm nickt, und Koslik fragt sich, ob ihr Turban vielleicht festgetackert ist, so wenig bewegt er sich dabei.
Ach was, sagt Bude, und seine Augen blitzen.
Malt man da seine Träume, oder wie darf man sich das vorstellen? Einfach mit dem Stift und dann los? Und dann kann man was daraus sehen, so wie beim Wahrsagen? Wie heißt das, Mensch, Gedächtnis wie ein Sieb, na ihr wisst schon, dieses Ding im Kopf, das macht, dass man Sachen weiß, die man eigentlich nicht weiß und alles.
Unterbewusstsein meinen Sie, sagt Frau Klemm und nickt Bude würdevoll zu. Ja, das ist in der Tat von großer Bedeutung. Wissen Sie, wir alle haben so viel in unserem Kopf, die ganzen Umwelteinflüsse, das meiste davon können wir gar nicht verarbeiten. Das ist so, als lägen

die wirklich wichtigen Dinge unter einer Decke, die man aber natürlich manchmal etwas anheben kann. Da ist so viel Ballast, das kommt dann ab und an hoch, wenn man es unterdrückt. Dann kann man damit nicht umgehen, weil man denkt: Huch, wo kommt denn das her? Weil man es eben unterdrückt und verdrängt hat. Eben unter die mentale Decke gekehrt, verstehen Sie?
Bude nickt langsam, aber Koslik findet, dass seine Augen irgendwie glasig aussehen dabei.
Aber der Körper hält das nicht aus, der schafft sich dann seine Ventile. So wie einen Schlaganfall zum Beispiel. Das ist eine Prüfung, so muss man das sehen. Da sagt der Körper: So nicht. Und wir müssen die Aufgabe lösen, die er uns stellt, ansonsten wird das immer so weitergehen.
Bude nickt jetzt wie ein gelehriger Schüler, aber er nickt etwas zu schnell. Als Frau Klemm fertig ist, seufzt er. Das ist wahr, das ist wahr, sagt er.
Wie arbeitet man bei einer Maltherapie?, fragt Koslik, weil alle schweigen. Er will nicht, dass sie noch weiter über den Körper redet. Bei ihm fängt da alles an zu kribbeln.
Das ist ganz unterschiedlich, sagt Frau Klemm. Manchmal malt man nach Farben, die einem in diesem Moment ganz besonders wichtig erscheinen, manchmal nach einer bestimmten Fragestellung oder nach Träumen. Bei manchen kristallisiert sich auch schnell ein bestimmtes Thema heraus.
Ach, sagt Bude. Auf einmal wirkt er wieder ganz wach.

Da sieht man dann dran, was das Problem ist oder wie?
Na ja, Problem. Frau Klemm wackelt mit ihrem Kopf ganz komisch hin und her.
Problem kann man nicht sagen, die Psyche ist eben ein kompliziertes Gebilde. Da geht viel verschütt, viel kommt wieder nach oben. Sicher, da ziehen sich eben ein paar Sachen durch, Sachen, die man verdrängt hat, die an einem nagen. Das kann man Problem nennen, aber ich nenne es gerne Prüfung. Man muss eben alles als Prüfung begreifen, die einem das eigene Unterbewusstsein stellt. Wo man sehen muss: Aha, hier versucht mir der Körper etwas zu sagen, hieran muss ich arbeiten. Bei mir ist es zum Beispiel das Messer, das ist so ein Thema für mich. Als ich angefangen habe mit der Maltherapie, da tauchte das immer wieder auf.
Ach, haben Sie andauernd Messer gemalt?, fragt Bude, aber diesmal, glaubt Koslik, guckt er etwas misstrauisch.
Na ja, nicht direkt, sagt Frau Klemm und streicht sich über die wenigen Haare, die unter ihrem Turban hervorlugen.
Ab und zu waren es zum Beispiel nur Schemen, aber da wusste ich einfach, das ist ein wichtiges Thema für mich, das Messer. Also nicht, dass Sie jetzt sonst was denken.
Sie lacht. Beinahe hysterisch klingt es, findet Koslik.
Aber es gibt doch so Gegenstände aus der Kindheit, die für einen etwas symbolisieren. Und bei mir war es das Messer, das ist ganz zentral in meiner Kindheit. Da gab es viele Szenen. Nur, um mal ein Beispiel zu nennen:

Einmal, da ist es mir ausgerutscht, da hätt ich mir fast den Finger abgeschnitten, hier, den linken Ringfinger. Sie wackelt mit ihren Fingern auf dem Tisch herum.

Aus den Augenwinkeln glaubt Koslik, dass Bude ihn anschaut, aber als er zurückguckt, hat Bude nur die Stirn gerunzelt.

Mh, sagt er. Was Sie nicht sagen.

Meine Mutter war nicht zu Hause, die hatte wenig Zeit für mich. Das Messer ist dabei nur ein Symbol für diesen ganzen Komplex, verstehen Sie? Es symbolisiert ihn. Noch heute hab ich das mit den Messern. Mein Unterbewusstsein will mir damit etwas signalisieren: Einerseits natürlich, dass ich mich an die Szenen aus meiner Kindheit erinnern muss, die nicht vergessen darf, andererseits aber auch noch auf höherer Ebene, dass ich in meinem Leben die Sachen, die mich belasten, verdränge, obwohl ich sie eigentlich herausschneiden müsste, ein sauberer Schnitt, verstehen Sie? Deswegen habe ich schließlich auch den Schlaganfall bekommen, weil ich das einfach immer noch nicht schaffe, diesen Schnitt. Nicht verdrängen, sondern angehen, das ist wichtig.

Für einen Moment ist es still, und Bude, glaubt Koslik, ist genauso sprachlos wie er selbst, die Augenbrauen noch immer nach oben gezogen.

Das ist ja ein Ding, sagt Bude dann in die Stille hinein. Wirklich ein Ding! Das hätt ich jetzt nicht gedacht, was da alles in einem schlummern kann! Bude klingt ganz gutmütig, trotzdem bleibt seine Stirn gerunzelt.

Aber ich glaub, für mich wär das nichts, bin doch eigent-

lich ganz zufrieden. Und die Sachen, die in meinem Leben schiefgelaufen sind, na, die hab ich auch oft selbst verschuldet, da ist nicht viel Schnickschnack dabei.
Und doch sind Sie hier. Frau Klemm schaut ihn diesmal tatsächlich an wie eine strenge Lehrerin.
Na ja, das Loch im Herzen, sagt Bude und schaut an Frau Klemm vorbei. Mit meinem Kopf stimmt alles, aber es ist die rechte Herzseite, da liegt's seit Jahren im Argen.
Bei mir haben sie ja bis heute keinen Grund gefunden, sagt Frau Klemm, als hätte Bude gar nichts gesagt.
Die Ärzte sagen: Sybille, was anderes, als sich zu schonen, können wir Ihnen nicht raten – mit Ihrem Herzen ist alles in Ordnung, mit dem Kopf auch und so weiter. Und trotzdem jetzt schon der zweite Schlaganfall. Da kann einem auch niemand sagen, was da falsch ist. Aber ich weiß, das ist eine Prüfung. Ich kenne doch meinen Körper. Habe mich nach dem ersten Schlaganfall mit meiner Mutter ausgesöhnt, das war dringend notwendig. Das Verhältnis zu ihr, das hat große Teile meiner Kindheit sehr geprägt, aber jetzt konnte ich endlich offen darüber reden. Dass man manchmal so einen Schubs braucht, obwohl schon immer klar war, dass es so kommen würde. Na, so ist es eben im Leben. Aber dann bin ich die Sache ja auch endlich angegangen.
Und trotzdem hatten Sie noch einen Schlaganfall, kann Koslik sich nicht verkneifen zu sagen. Ihr Gerede macht ihn wütend, auf eine Art, die er von sich gar nicht kennt, beinahe möchte er auf den Tisch schlagen.

Na ja, sagt Frau Klemm, und sie sagt es so weise, dass Koslik noch viel wütender wird.

Die Prüfung kann man eben nicht so ohne weiteres bestehen. Der Körper ist ein tiefer, weiter Sumpf des Geistes.

Sie schweigen, und Koslik muss auf die gestreifte Tischdecke starren, um nicht noch etwas zu sagen. Dort, wo Budes Gabel beim Mittagessen gelegen hat, ist jetzt ein roter Striemen.

Das ist mir zu hoch, sagt Bude dann und klopft sich die Beine ab. Ich brauch jetzt erst mal 'nen Käffchen.

Erleichtert atmet Koslik auf, schiebt seinen Stuhl nach hinten. Ihm ist egal, dass er jetzt direkt in Frank hinein läuft. Er hält es hier keine Sekunde länger aus.

Aber als er sich umdreht, ist Frank ohnehin nicht mehr zu sehen.

Ich geh mir mal die Beine vertreten, sagt Koslik und ist froh, dass niemand widerspricht.

Er läuft den Gang so schnell entlang wie schon lange nicht mehr. Beinahe ist es, als flögen seine Beine. Irgendwie fühlt er sich verfolgt.

Erst in seinem Zimmer kann er aufatmen. Die Tür fällt hinter ihm mit einem Klicken ins Schloss. Draußen ist es noch nicht einmal dunkel, hell blitzt zwischen den Hochhäusern die Sonne hervor.

Frau Klemm und ihre hochgezogenen Augenbrauen tanzen ihm noch vor den Augen, egal, wie sehr er auch in den Himmel starrt, wo sich jetzt weiß und milchig Kondensstreifen abzeichnen.

Was die Leute für einen Unsinn reden, denkt Koslik und merkt erst, als es im Raum hallt, dass er es laut gesagt hat.
Diese Enge hier macht mich wahnsinnig, denkt er und geht zu seinem Bett. Das Arbeitsbuch liegt auf dem Nachttisch wie hingeworfen.
Koslik schlägt es auf, setzt sich zurecht. Er muss seinen Kopf dringend mit irgendetwas füllen. Lieber das als Frau Klemms Stimme, Budes Gesichtsausdruck oder die harschen Worte seiner Mutter. Das ist es, was mein Leben jetzt ist, denkt Koslik: Stimmen in meinem Kopf in viel zu engen Räumen.
Er hat gar nicht gewusst, dass er so melodramatisch sein kann. Jetzt summt es in seinem Kopf.
Ich muss hier weg, denkt Koslik, bevor ich noch verrückt werde.
Er schaltet die Leuchte über seinem Bett an, obwohl es eigentlich hell genug ist.
Ich muss mich konzentrieren, sagt er laut. Dann mal los.
Wieder hallt es so unangenehm im Zimmer. Aber wenigstens, denkt Koslik, fühlt es sich echt an.

9

Später läuft Koslik im Zimmer auf und ab. Von irgendwoher hört er ein Ticken, das er noch nie wahrgenommen hat, vielleicht ist es aber auch nur in seinem Kopf. Er kennt sich selbst so nicht, so ruhelos. In ihm hat sich etwas aufgestaut, das ihm jetzt immer wieder bitter hochsteigt. Fast möchte er irgendwo gegenschlagen. Aber Bude müsste jeden Moment zurückkommen. Wenn er ihn so sieht, bekommt er bestimmt Angst. Koslik hat ja schon selbst Angst vor sich.

Koslik setzt sich hin und atmet tief durch. Es gibt nichts, sagt er sich, weswegen ich mich aufregen müsste. Und auf einmal kommt ihm das alles absurd vor. Es kann ihm doch völlig egal sein, was Frau Klemm denkt. Was sie über ihre Krankheit vermutet. Das hat nichts mit ihm zu tun. Er ist nur hier, um die Ergebnisse abzuwarten, er ist nur hier, bis man feststellt, dass er gesund ist, dass alles ein Versehen war. Oder bis man etwas findet, einen Herzfehler wie bei Bude, eine Erbkrankheit, eine Krankheit, von der Koslik nicht einmal ahnt, dass es sie gibt. Etwas, das erklärt, warum er jetzt hier sein muss, hier und nicht an einem anderen Ort. Hier und nicht vor seiner Klasse, vor der jetzt Gunnar in seinem Cord-

jackett steht und mit seiner näselnden Stimme redet. Einen Grund für all das. Keine esoterischen Vermutungen, sondern Fakten.
Trotzdem bleibt in seinem Mund ein komischer Geschmack. Als hätte Frau Klemm direkt zu ihm gesprochen, als verhöhnte ihre Stimme ihn noch hier im Zimmer, in dem sonst alles ruhig und leer ist.
Er zuckt zusammen, als die Tür aufgeht, aber es ist nur Bude, der hereintritt, das Gesicht so müde, dass es weiß aussieht, eine Leinwand mit Farbstreifen in Grau.
Oje, sagt Bude, das Laufen fällt mir heute wirklich schwer, heiheihei, jetzt muss ich mich erst mal hinlegen.
Bude setzt sich auf sein Bett und hievt die Beine mühsam hinauf. Seltsam, denkt Koslik, auf einmal wirkt er so alt, als hätten sie sich schon jahrelang nicht mehr gesehen.
Bude sagt kein Wort, schließt nur die Augen, und Koslik muss dem Impuls widerstehen, ihn nach Frau Klemm zu fragen. Er hat das Bedürfnis, von Bude zu hören, dass auch ihn ärgert, was sie gesagt hat. Ihre verrückten Theorien über die Welt, die nichts mit ihnen beiden zu tun haben.
Aber Bude atmet nur tief, und beinahe wirkt es, als wäre er wirklich eingeschlafen, ganz eingefallen sehen seine Wangen aus.
Aber als sich die Tür kurz darauf öffnet, macht er doch wieder die Augen auf.
Koslik ist so in Gedanken, dass er erst merkt, dass es Charlotte ist, als er ihren Geruch wahrnimmt. Sie kauft

immer dieses schreckliche Parfum, das den ganzen Raum nach Veilchen riechen lässt. Rolf steht hinter ihr, ein Schatten in der Zimmerecke.
René, sagt Charlotte und stürmt an Bude vorbei, schaut sich dabei hektisch um, als versuchte sie, alles gleichzeitig zu erfassen. Bude wirft sie nur einen kurzen Blick zu, als wäre auch er ein Einrichtungsgegenstand.
René, oh Gott, du siehst ja wirklich krank aus. Sie starrt auf das schwarze Gerät, das Koslik schon wieder vergessen hat, obwohl es wie ein Warnschild um seinen Hals hängt. Dann umarmt sie ihn, nur ganz kurz, und Koslik hat das Gefühl, er muss ersticken in diesem Geruch.
Mensch, du machst Sachen. Charlotte setzt sich ganz nah an Koslik auf die Bettkante. Rolf ist auch ein paar Schritte nach vorne getreten, steht jetzt vor Budes Bett neben dem Panoramafenster.
Hallo, sagt Koslik, und Rolf nickt zurück, schaut dann nach draußen.
Ganz schön groß, sagt Rolf, und Koslik ist dankbar dafür, dass er überhaupt irgendetwas sagt, weil Charlotte jetzt angefangen hat, an der Bettdecke herumzuzupfen.
Also diese Bettdecke ist furchtbar, sagt sie. Dass du da keinen Juckreiz bekommst. Ich frag mich immer, warum die nicht mal ordentliche Sachen kaufen.
Bude räuspert sich, zumindest glaubt Koslik das, vielleicht war es auch Rolf, der die Hände jetzt in den Hosentaschen stecken hat, als wüsste er sonst nicht, wohin, und ihnen den Rücken zukehrt.

Ich wusste gar nicht, dass ihr kommen wolltet, damit hatte ich gar nicht gerechnet, sagt Koslik, weil Charlotte ihn anschaut. Ihre Augen huschen immer wieder zum schwarzen Gerät und zurück zu seinem Gesicht, hoch und runter, hoch und runter, sodass Koslik beinahe schwindelig wird.

Wir dachten, wir schauen mal, wie es dir geht.

Charlotte setzt sich zurecht, streicht über ihren Rock.

Nach der Arbeit war heute noch ein bisschen Zeit, und da hab ich zum Rolf gesagt, dass wir die Stunde Autofahrt heute mal schaffen, um zu schauen, wie es dir geht. Wenn man krank ist, braucht man schließlich Beistand, sagt sie und klingt dabei so zufrieden und gleichzeitig mahnend, wie nur sie es kann. Und ich sehe ja, wie schlecht es dir geht. Schrecklich ist das, dass du im Krankenhaus bist. Da kann man sich ja nur Sorgen machen.

Aber es geht mir wirklich besser, sagt Koslik. Das sieht nur so aus.

Und blass bist du auch! Charlotte hat sich jetzt so vorgelehnt, dass sie ihn beinahe berührt.

Du bist doch sonst nicht so der blasse Typ, aber hier siehst du richtig käsig aus, fast durchsichtig.

Das liegt nur daran, sagt Koslik, dass man sich hier drinnen so wenig bewegen kann.

Rolf nickt und dreht sich um. Das ist es, sagt er, das kenn ich aus Krankenhäusern. Hinterher ist man kränker als vorher.

Ach Rolf. Charlotte klingt genauso angepikst wie immer.

Verschon uns mit dieser negativen Sicht. Ich finde, dass du es hier wirklich schön hast, wenn man mal die Umstände bedenkt, sagt sie und schaut sich jetzt richtig im Zimmer um.
Koslik ist froh, dass sie nicht mehr sein EKG-Gerät anstarrt, aber dafür bleibt ihr Blick jetzt an Bude kleben, der noch immer im Bett liegt, die Arme links und rechts von sich gestreckt, als könnte er sich nicht mehr bewegen.
Wie wär's, wenn wir kurz mal rausgehen, wir stören sonst noch meinen Zimmernachbarn, sagt Koslik, und als Bude: I wo, keine Umstände, sagt, redet er schnell weiter: Da vorne im Gang kann man sich Kaffee holen, und einen Tisch gibt es auch, vielleicht gehen wir einfach kurz dahin?
Wie du meinst, sagt Charlotte und lässt ihren Blick noch einmal durch das Zimmer wandern. Aber schön hast du's hier, das muss man sagen.
Ja, wirklich schön, das muss man sagen, sagt Rolf als Echo.
Dann steht Charlotte auf, und Koslik kann wieder durchatmen.
Hier, wir haben dir was mitgebracht. Charlotte winkt zu Rolf, der eilig einen Korb herbeiträgt.
Da ist etwas zu essen drin, ein paar Kleinigkeiten, und Mutti hat noch eine ihrer Marmeladen reingetan, sagt sie. Damit du nicht verhungerst.
Bei dem Gedanken, dass sie bei ihrer Mutter war, vielleicht über ihn geredet hat, wird ihm sofort wieder übel.

Aber das kann auch von dem Parfum kommen, das jetzt überall im Raum zu liegen scheint, gemeinsam mit dem Desinfektionsgeruch und dem Herben, das von Bude ausgeht.
Na, und ein gutes Brot natürlich auch. Und ein Baguette, für zwischendurch, sagt Rolf, obwohl man es ohnehin aus dem Korb herauslugen sieht.
Danke, das ist sehr nett von euch, sagt Koslik, und es klingt bleiern.
Wo soll ich das denn hinstellen?, fragt Rolf, der den Korb noch in den Armen hält wie einen Säugling.
Auf den Tisch vielleicht?, sagt Koslik. Sein Blick geht immer wieder zu Bude.
Ach ja, und hier sind natürlich noch mehr Anziehsachen für dich. Charlotte zeigt auf eine Tragetasche. Ist es in Ordnung, wenn wir die einfach so neben der Tür stehen lassen?
Ja, natürlich, sagt Koslik, und noch einmal: Danke, das ist wirklich nett, als Rolf den Korb abstellt. Er weiß selbst nicht, wieso er sich so schuldig fühlt.
Kommt, sagt er schnell und wartet nicht, dass Rolf ihm die Tür aufhält.

Es fühlt sich merkwürdig an, mit Charlotte und Rolf durch den Flur zu laufen, der sonst immer leer ist.
Möchtest du einen Kaffee?, fragt er Charlotte, als sie bei dem Schwarzwaldbild sind, das ihm heute noch viel kitschiger vorkommt. In diesem Gang wirkt es so deplatziert wie eine nostalgische Erinnerung.

Oh gern, einen Espresso, wenn ihr habt, sagt sie.
Da hinten ist ein Tisch. Koslik zeigt zum Fenster am Ende des Ganges. Er ist erleichtert, dass an dem Tisch jetzt tatsächlich drei Stühle stehen. Er will auf keinen Fall, dass Charlotte und Rolf im Aufenthaltsraum Frank treffen.
Setzt euch doch schon mal, ich bringe euch was.
Bist du sicher, dass ...?, fragt Rolf, aber Koslik winkt ab. Ich bin ja nicht invalide, sagt er.
Rolf zögert, aber Charlotte ist ohnehin schon weitergelaufen, mustert jede geschlossene Tür, als wäre sie ein Mensch, und Rolf nickt ihm nur kurz zu, alles an seinem Gesicht wirkt weich und fade.
Als Koslik mit den Tassen kommt, sitzen sich die beiden gegenüber, Charlotte hält ihre Handtasche fest umklammert auf dem Schoß. Rolf schaut so träge vor sich hin wie immer, wenn er sich unwohl fühlt.
Die Aussicht könnte schöner sein, sagt Charlotte und zeigt auf den Aldi, dessen Türen in der Nachmittagssonne blitzen.
Hier. Koslik stellt die Tassen ab. Espresso gab es nicht, ich hoffe, Automatenkaffee ist auch okay.
Danke dir, sagt Charlotte und nimmt einen Schluck, während Rolf nur auf seine Tasse schaut.
Koslik setzt sich und fühlt sich unwohl dabei. Er würde lieber stehen, dann hätte es nicht so etwas Endgültiges. Er sitzt jetzt gegenüber vom Fenster, die Sonne blendet ihn, aber das ist trotzdem angenehmer, als die ganze Zeit nur Charlottes Blick zu spüren.

Also, René, sagt Charlotte. Jetzt erzähl doch mal, was kam denn nun bei den Untersuchungen raus? Jetzt lass dir doch nicht alles aus der Nase ziehen. Mutti hat gesagt, du hättest sie auch gleich wieder abgewimmelt.
Da kam ein Arzt, sagt Koslik, und ihm ist es egal, dass er unwirsch klingt. Außerdem wissen wir beide, dass sie das sowieso nicht so sehr interessiert.
Charlotte schnaubt und kräuselt dann die Lippen so, wie sie es in solchen Situationen immer tut. Weißt du, das ist mal wieder typisch, sagt sie dann, und Rolf schaut betreten auf seine Tasse, aus der es noch schwach dampft.
Ich finde schon, dass du ein bisschen mehr wertschätzen könntest, welch große Mühe sie sich gibt. Klar ist sie nicht einfach, das hab ich nie behauptet, aber sie macht sich doch ehrlich Sorgen. Aber du musst ja die beleidigte Leberwurst spielen, nie kannst du es einfach mal darauf beruhen lassen.
Das hat doch gar nichts damit zu tun, sagt Koslik, und langsam kommt die Wut zurück. Aber es ist eine andere als die auf Frau Klemm. Diese Wut ist tief und brodelnd, von dieser Wut weiß er, dass sie irgendwo tief unten immer da ist, wenn er an seine Mutter denkt. Oder wenn Charlotte ihm wieder Vorhaltungen macht. Diese Wut überrascht ihn nicht, auch wenn sie meistens so tief unten sitzt, dass er sie ignorieren kann. Jetzt aber ist da nichts mehr, um sie einzudämmen.
Es ist außerdem meine Sache, wem ich etwas erzähle, sagt er, und fast zittert seine Stimme. Ich bin hier im

Krankenhaus, das ist nicht gerade einfach. Ich habe wohl jedes Recht, erst mal zu gucken, was mir hier passiert.
Natürlich, natürlich, sagt Charlotte, und Koslik ist überrascht, dass sie auf einmal klein beigibt. Selbst ihre Lippen sind jetzt nicht mehr gekräuselt. Andererseits erinnert Koslik sich auch nicht daran, dass er in ihrer Gegenwart zuletzt jemals so offen geredet hat. Für alles andere fehlt ihm aber gerade auch einfach die Kraft.
Ich weiß ja, dass das schwierig sein muss, sagt Charlotte schnell. Du hast bestimmt Angst? Wenn ich mir vorstelle ... Das muss wirklich unheimlich sein, auf einmal so ein Anfall ...
So schlimm ist es auch nicht, sagt Koslik. Ich denke nicht, dass ich etwas habe. Aber ihm fällt selbst auf, dass er es wie eine Frage klingen lässt.
Aber was sagen denn nun die Ärzte? Charlotte ist zu ihrer alten Geschäftigkeit zurückgekehrt. Mit der einen Hand hält sie noch die Kaffeetasse, mit der anderen kramt sie in ihrer Tasche.
Bisher kam bei den Untersuchungen nichts heraus, sagt Koslik. Aber ich erfahre auch nicht wirklich etwas.
Charlotte lässt ein Süßstoff-Teilchen in ihre Tasse plumpsen. Ziemlich bitter, der Kaffee hier, sagt sie, und Rolf nickt, obwohl er noch gar keinen Schluck getrunken hat.
Aber die Ärzte müssen doch gesagt haben, in welche Richtung sie vermuten. Wie sie es sagt, klingt es beinahe anklagend.

Nein, sagt Koslik, schon wieder unwirsch. Die Ärzte reden generell nicht wirklich mit einem.
Ja, was man so hört, ist das nicht selten, bricht es plötzlich aus Rolf hervor.
Du wieder, sagt Charlotte und guckt böse, als Rolf weitersprechen will.
Aber irgendeinen Hinweis müssen die doch gegeben haben, bohrt sie weiter, und Koslik widersteht dem Impuls, etwas von ihr wegzurutschen. Rolf, der jetzt verschämt auf den Tisch schaut, tut ihm leid.
Na ja, sagt Koslik. Natürlich gehen die Untersuchungen in verschiedene Richtungen, es könnte alles Mögliche sein. Mein Zimmernachbar hat einen Herzfehler, das kann zum Beispiel das Problem sein, deswegen habe ich ja auch dieses Ding um.
Rolf und Charlotte schauen ihm gleichzeitig auf die Brust, und Koslik bereut sofort, was er gesagt hat.
Und deswegen wird noch ein Ultraschall vom Herzen gemacht, sagt er. Jedenfalls, mit meinem Gehirn scheint alles okay zu sein.
Hach, da bin ich ja erleichtert, sagt Charlotte und umklammert ihre Tasche fester. Ich will ehrlich sein, René, da hab ich mir schon etwas Sorgen gemacht. Du hast dich so zurückgezogen in letzter Zeit, da dachte ich schon, vielleicht ist da etwas Übles im Busch. Ich weiß manchmal einfach nicht, was du denkst.
Koslik zwingt sich, nichts dazu zu sagen, sondern schaut stattdessen aus dem Fenster, aber in ihm brodelt es schon wieder.

Na ja, sagt Charlotte, es freut mich auf jeden Fall, dass du hier so gut untergebracht bist. Ach so, eh ich's vergesse: Von Mutti soll ich dich natürlich auch ganz lieb grüßen und von Christine, aber das hast du ja bestimmt gehört, dass die jetzt auch im Krankenhaus ist.
Ja, sagt Koslik.
Aber die hat keinen Mobilfunk dort, wegen der Maschinen.
Charlotte schaut sich um, als befürchte sie, dass auch hier irgendwo ein Warnschild angebracht sein könnte.
Es ist also zwecklos, sie anzurufen, aber ich richte ihr gerne deine Grüße aus.
Ja, mach das, sagt Koslik und ist froh, weil Charlotte ihren Stuhl schon nach hinten schiebt.
Wir müssen jetzt leider, sagt Charlotte.
Die Kinder, schiebt Rolf leise nach, fast geflüstert ist es, und er muss sich räuspern.
Du kommst doch klar, oder?, fragt Charlotte weiter und schaut ihn mit hochgezogenen Augenbrauen an.
Natürlich, sagt Koslik schnell und steht auf. Danke für euren Besuch. Und für die Sachen. Das ist wirklich nett von euch.
Aber natürlich, sagt Charlotte und umarmt ihn, Rolf gibt ihm unbeholfen die Hand. Rolf ist jemand, der die Hand viel zu kurz festhält, sie immer sofort wieder loslässt, als hätte er sich verbrannt.
Ich bringe euch noch zum Ausgang, sagt Koslik. Und: Also dann, als sie vor der Glastür stehen.
Er sieht zu, wie sie im Fahrstuhl verschwinden, und winkt

zurück, als Charlotte mit den Armen wedelt. Ihre bunte Tunika ist viel zu grell für den Klinikflur, und Rolf steht daneben wie einer, der nicht weiß, wie ihm geschieht. Nur zum Abschied lächelt er, dann schließt sich die Fahrstuhltür.

Die Dämmerung liegt im Zimmer, weil Bude kein Licht angemacht hat.
Reglos liegt Bude da, und einen Moment fühlt Koslik sich wie gefangen in einem Albtraum. Aber kaum hat er die Tür geschlossen, blinzelt Bude und knipst die Lampe über seinem Bett an.
Huch, sagt er. Schon wieder weggedöst, was ist heut nur los mit mir?
Koslik kann einen Moment lang nicht antworten, die Anspannung klingt nur langsam ab.
Ihre Schwester?, fragt Bude mit hellem Blick und setzt sich auf. Obwohl er noch immer müde aussieht, hat er jetzt etwas Wachsames an sich.
Ja, sagt Koslik, drei Jahre jünger.
Ah ja, sagt Bude. Dachte ich mir, da war eine gewisse Ähnlichkeit.
Aber Koslik weiß, dass da nicht wirklich eine Ähnlichkeit ist. Alles, was an ihm leise ist, ist an Charlotte laut.
Ich kenn das, fährt Bude fort. Hab auch eine Schwester, auch jünger, ganze fünf Jahre allerdings. Ist nicht immer einfach mit der Familie, was?
Koslik nickt, genau wie Bude, beinahe gleichzeitig wippen sie mit den Köpfen.

Jahrelang hatten wir keinen Kontakt, sagt Bude, und er sagt es so leichthin, als verkünde er ihre Haarfarbe. War nicht einfach, das ewige Gezanke, das ist mir auch auf die Nieren geschlagen, muss ich sagen. Da hab ich einen Schlussstrich gezogen. Klar, das war nicht schön, aber die Pause hat uns gutgetan.
Bude schweigt und scheint tatsächlich nachdenklich, so wie er den Kopf schiefgelegt hat.
Na, ’nen bisschen erinnert mich die Gisela an Ihre Schwester, wie hieß die gleich?
Charlotte, sagt Koslik, und irgendwie fühlt es sich so an, als verriete er Bude ein Geheimnis.
Haben was Ähnliches, die beiden, sagt Bude, den Blick gegen das Fenster gerichtet.
Gut, die Gisela ist ein Stückchen älter, aber irgendwas ist da, könnt nicht den Finger drauflegen, aber wie die hier reinkam, Ihre Schwester, dachte ich: Huch, das könnte die Gisela sein. Die hat mich natürlich nie im Krankenhaus besucht. War auch ein Grund für den Bruch. Dass ich sagen musste: Du, so geht das nicht, so können wir nicht weitermachen, wenn du dich so gar nicht kümmerst, das gehört dazu, zur Familie, finde ich. Ohne meine damalige Frau hätte ich das nicht so gesehen, nein, die hat ganz klar gesagt: Hermann, so darfst du nicht mit dir umspringen lassen.
Bude hält inne.
Ich mein jetzt natürlich nicht, dass das bei Ihnen auch so ist, fügt er schnell hinzu, und unruhig huscht sein Blick zu Koslik, der dasitzt wie erstarrt.

Hat mich nur erinnert an damals, so ist das doch manchmal, ohne dass man sagen könnte, wieso, dass einem die Erinnerungen hochkommen. Hach ja, sagt Bude dann und hebt seine Beine eins nach dem anderen über den Bettrand.

Nein, sagt Koslik, es stimmt schon, mit Charlotte ist es auch nicht so einfach.

Wieder nicken sie gleichzeitig.

Wir haben nicht das beste Verhältnis, sagt Koslik. Mit meiner anderen Schwester verstehe ich mich besser, auch wenn wir selten miteinander sprechen. Charlotte ist sehr aufdringlich, war sie schon früher. Nun, und mit meiner Mutter ...

Er fragt sich, wieso er Bude so etwas anvertraut. Bis zu diesem Moment war ihm das selbst nicht einmal klar. Als spräche etwas anderes aus ihm, das viel mehr weiß als er und nur darauf gewartet hat, es in Worte zu fassen. Jetzt ist es, als gehörte alles, was er sagt, zusammen, ergäbe eine logische Kette.

Bude schaut nicht zu ihm hin, sondern aus dem Fenster und nickt noch immer.

Die Familie, sagt er. Das ist was Merkwürdiges, das muss man sagen. Aber auch etwas sehr Schönes. Was hab ich all die Feste genossen, die wir damals gefeiert haben. Haben alle in einer Nachbarschaft gewohnt, und sonntags, hei, da war immer was los bei uns.

Bude lacht von tief unten, und dabei löst sich stolpernd etwas Husten.

Sind Sie aus Freiburg oder der Umgebung?, fragt Koslik.

Er weiß nicht, wieso, aber er will unbedingt aus der Stimmung raus, die zwischen ihnen in diesem Zimmer hängt.
Ich? Bude lacht und schlägt sich auf die Beine. Das wär was, ich und ein echter Badener! Nee, ich bin Wahlbadener, sag ich immer, sagt Bude, und als hätte man einen Hebel umgelegt, ist er wieder ganz der Alte. Sogar sein Backenbart zittert wieder, die Wangen vom Lachen zum Zerreißen gespannt.
Bin ein echter Rheinländer, aus Remscheid, da komm ich her. Kennen Sie Remscheid?
Nein, leider nicht, sagt Koslik.
Na, da gibt's hauptsächliche Werkzeuge, sagt Bude, und Regen, es regnet die ganze Zeit. Hier ist's natürlich grad ganz genauso, aber eigentlich dachte ich damals, dass das ... Na, damals hab ich dann zu Gerda, meiner Frau, gesagt, komm, Gerdi, hab ich gesagt, wir suchen uns was Schönes, wo die Sonne scheint. Immer der Sonne hinterher und weg aus dieser Stadt, das wird hier doch nichts. Meine Frau, die hat in 'nem Nähgeschäft gearbeitet, aber das lief ohnehin nicht, und als ich dann die Akkordarbeit nicht mehr geschafft hab, da sind wir ausgewandert. Das war damals noch was, sagt Bude und muss dann husten, so heftig, dass ihm die Schultern vor und zurück rucken.
Das war noch was, röchelt er trotzdem weiter, als müsste er unbedingt zu Ende erzählen.
Koslik füllt ihm Wasser in ein Glas, das auf dem Tisch steht.
Geht schon, geht schon, sagt Bude und winkt ab.

Na, auf jeden Fall wohn ich seitdem in Freiburg. Seine Stimme klingt jetzt ganz heiser. Schön ist es hier, und da sind wir hiergeblieben. Nach Remscheid will ich nimmer mehr, nee, dahin, da wird mich nichts mehr verschlagen, nicht auf die alten Tage, sagt Bude, und Koslik fragt sich auf einmal, wie alt er ist.
In den Fensterscheiben sieht Bude, wie er da zusammengesunken auf dem Bett hockt, aus wie ein Gespenst.
Erst jetzt fällt Koslik auf, wie dunkel es geworden ist. Neben Bude spiegelt sich in der Fensterscheibe noch der Korb mit dem Essen, den Charlotte und Rolf mitgebracht haben.
Wollen Sie vielleicht etwas Baguette?, fragt er Bude, der noch immer nachhustet, ein kratzender Laut, und dabei sein Bett zum Beben bringt.
Huch, Tatsache, sagt Bude. Es ist ja schon halb sieben, da ist das Essen ja fast vorbei.
Ich habe hier einiges, sagt Koslik und wundert sich im nächsten Moment, dass er es anbietet.
Wir können einfach etwas aus dem Korb essen, es ist bestimmt auch Käse dabei, Brot, sogar Marmelade.
Na, wenn Sie so fragen! Bude setzt sich auf dem Bett zurecht. Gerne, da sag ich nicht nein.

Schweigend sitzen sie sich am Tisch gegenüber, und Bude bricht ihnen Baguette ab, während Koslik in dem Korb kramt und tatsächlich Käse und Marmelade hervorholt. Das alles sieht so sehr nach Charlotte aus, dass er sich beinahe schlecht fühlt, weil er eben über sie ge-

redet hat. Weil er gegenüber Bude, den er doch kaum kennt, etwas verraten hat, von dem er gar nicht wusste, dass es ein Geheimnis ist. Aber Bude summt leise vor sich hin und holt sogar ein Taschenmesser hervor, mit dem er den Käse schneidet.
Ja, vielen Dank für die Einladung, sagt Bude, und während sie kauen, nickt er vor sich hin. Koslik kommt das merkwürdig vor. Als hätten sie noch nie so nah beieinandergesessen, als sähe er Bude erst jetzt plötzlich in klarem Licht, sähe all seine Falten und das Fusselhaar, das so spärlich von seinem Kopf absteht, erst jetzt richtig, die Goldkette, die grob gearbeitet auf seinem weißen T-Shirt liegt. Dabei ist es hier drinnen mittlerweile dunkel, erhellt nur vom Neonlicht über Budes Bett und von den schwachen Lichtern von draußen, diffus in der Dämmerung, die neben ihnen aufsteigt, als säßen sie am Abhang einer Klippe.
Aber Bude isst geräuschvoll, immer wieder muss er husten dabei, und sein Kauen klingt so laut, dass Koslik die Situation nicht mehr unangenehm ist. Jede Nähe zwischen ihnen verschwindet in diesem Kauen.
Danke, das ist sehr nett, sagt Bude, als sie den Käse gegessen haben und das Brot nur noch ein kleiner Kanten ist. Koslik fühlt sich nicht satt, eher ist ihm übel, aber er ist froh, dass nichts mehr übrig ist.
Das war sehr fein. Bude klopft sich auf den Bauch. Sagen Sie Ihrer Schwester noch mal danke, so ein Korb ist hier drinnen doch Gold wert, vor allem, wenn man mal das Essen verpasst, sagt Bude, und in seinen Worten

schmatzt es leicht, als befände sich in seinem Mund noch das Baguette.
Gerne. Koslik ist auf einmal furchtbar müde.
So, jetzt noch ein bisschen gucken, was es in der Kiste gibt, und dann ins Bett, sagt Bude, er sagt es mehr vor sich hin, trotzdem schaut er immer wieder zu Koslik dabei. Zwischen ihnen ist auf einmal alles schwerfällig.
Das mach ich auch, sagt Koslik. War doch irgendwie ein anstrengender Tag.
Oh ja, sagt Bude, heute war bei mir auch der Wurm drin, fehlt mir einfach an Atem heute, da war der Wurm drin.

Gemeinsam sitzen sie auf ihren Betten und lassen die Fernseher laufen. Koslik weiß nicht, was Bude guckt, aber es flimmert von drüben, als blitzte es.
Er selbst schaut erst die Tagesschau, hinterher gibt es noch einen Brennpunkt, irgendein Hochwasser, aber das Ganze kommt ihm weit entfernt vor. Als wäre die Welt da draußen ohnehin nur eine Illusion.
Bude hustet ab und zu, und Koslik merkt, wie er mit den Gedanken schon wieder hin und her huscht, dass er gar nicht mehr genau hinschaut, was auf dem Bildschirm passiert. Jetzt ist dort der Außenminister zu sehen, die eckige Brille sitzt in seinem Gesicht wie eingewachsen. Behäbig schiebt er sich in seinem Stuhl herum.
Koslik muss sofort wieder an Gruber denken, der in seinem Stuhl nie still saß. Gruber war so dick, dass es ihm eine unheimliche Mühe machen musste, sich zu bewe-

gen, doch der Mann war dennoch nie ruhig, der Körper bebte, als wäre dies sein Normalzustand.
Dann denkt Koslik wieder an Frank, aber der Gedanke ist so weit entfernt, dass er ihn nicht zu Ende führen muss. Stattdessen sieht er jetzt Charlotte vor sich. Dass sie ihn immer so überrollen muss.
Koslik muss daran denken, was Bude über seine Schwester gesagt hat und wie es ihn merkwürdig getroffen hat. Charlotte war schon in ihrer Kindheit viel zu laut, hat die Aufmerksamkeit stets auf sich gelenkt. Wie sie alles zu sich heransaugt, wo auch immer sie hinkommt.
Wenn er darüber nachdenkt, fallen ihm etliche Situationen ein. Auf seiner Abiturfeier, wie er an dem schalen Sekt nippte, der wegen der großen Gläser fast schon alle Kohlensäure verloren hatte, und zusah, wie sich die Tanten um Charlotte versammelten, während sie etwas auf ihrer Blockflöte spielte. Wie sie Koslik bei ihrer Mutter anschwärzte, als er nicht gut genug auf sie aufpasste, sie über die Straße verschwand und er sie später in Bad Krozingen suchen musste, das Herz rasend, weil seine fünfjährige Schwester entführt worden war.
Wo war Christine bei all dem gewesen? Wenn Koslik sich an sie zu erinnern versucht, kommt ihm die ältere Schwester wie ein Geist vor. Ihre Mutter hatte Christine übersehen. Charlotte aber war für sie eine Kämpferin gewesen, in einem Kampf, aus dem Koslik stets als Verlierer hervorgegangen war.
Koslik ärgert sich sofort, weil seine eigene Geschichte sich so tragisch anhört. Er will nicht so tun, als hätte

man ihm Unrecht getan. Trotzdem sitzt in ihm jetzt wieder diese saure Kugel Wut, die ihn daran erinnert, dass er lieber alleine ist. Lieber kommt er alleine mit diesen Gefühlen zurecht, als dass ihm jetzt Erinnerungen wie Spukgestalten durch seinen Kopf geistern. Er ist wütend, und gleichzeitig fühlt er sich schuldig. Wieso kann man ihn nicht einfach in Ruhe lassen? Nicht einmal hier.

Er erinnert sich, wie es war, auszuziehen. Schon Monate vorher hatte er es angekündigt, dennoch war seine Mutter an dem Tag, an dem er wirklich das Auto seines Onkels geliehen hatte und nach Freiburg gefahren war, von einer verbitterten Schweigsamkeit gewesen. Christine und Charlotte saßen am Küchentisch wie zwei Statuen. Sie merkten immer sofort, wenn die Mutter kurz davor war, zu explodieren, und hielten still, als träfe sie der Sturm nicht, wenn sie nur lange genug so taten, als existierten sie nicht. Nur Charlotte wagte es dann bisweilen noch, die Aufmerksamkeit auf sich zu lenken, ein verzweifelter Versuch, das Unvermeidliche abzuwenden. Aber ihre Mutter hatte geschwiegen, der Mund wie ein Strich in ihrem Gesicht, die Haare wirkten schütterer als sonst, wenn auch genauso sorgfältig zurückgekämmt wie jeden Morgen. Dürr saß sie da in ihrer Bluse, und ihre Augen ruhten starr auf der Butter.

Sie sagte nichts, umarmte Koslik auch nicht zum Abschied, und als er am Abend anrief, sprach sie nur kurz mit ihm und legte auf, ohne sich zu erkundigen, wie seine Fahrt gewesen war.

An Weihnachten dann war sie explodiert, aber Koslik weiß nicht mehr, was sie gesagt hatte. Vielleicht hatte es etwas mit seinem Vater zu tun, vielleicht verurteilte sie seine Studienwahl, vielleicht machte sie ihm Vorhaltungen, weil er ihr Geld brauchte, um in Freiburg auf einem Dachboden zu wohnen anstatt zu Hause wie Christine, die für ihre Ausbildung schließlich auch nach Freiburg pendelte.

Koslik weiß es nicht mehr, weil sein Gehirn die Erinnerungen zusammenschneidet, sodass die Worte seiner Mutter fehlen, immer nur ihr Gesichtsausdruck zu sehen ist, die zackigen Bewegungen, das Schweigen und dazwischen Charlotte, die mit lauter Stimme von ihrer Schule erzählt, von ihrem Tanzkurs, ihrer Musik.

Schon immer ist es so gewesen. Als wäre alles, was er von seiner Mutter kennt, ihre Bewegungen, ihre Unnachgiebigkeit.

Jetzt muss Koslik an Frau Klemm denken, an das, was sie gesagt hat, und zum ersten Mal ist da nicht nur Wut in ihm. Die Art, wie sie die Sachen ausgedrückt hat, ärgert ihn zwar noch, aber jetzt, wo er darüber nachdenkt, fallen ihm doch auch in seiner Kindheit Motive auf, Dinge, die sich wiederholen. Wie in einem Album, in dem erst die Anordnung der Fotos eine Geschichte erzählt.

Er erinnert sich an Weinheim, weil sie ihre Ferien stets dort verbrachten. Immer wieder Weinheim, diese kleine, völlig trostlose Stadt, die so aufgetürmt an einem Berg gebaut ist, dass ihm nach dem Urlaub regelmäßig die

Beine wehtaten, so oft mussten sie den Berg hoch und hinunter, weil ihre Ferienwohnung ganz oben lag. Es war immer dieselbe Wohnung, eine beengte Zwei-Zimmer-Wohnung, in der Koslik, Charlotte und Christine zusammen in einem Zimmer schliefen und Charlotte sie bis tief in die Nacht wach hielt und mit Koslik zu streiten versuchte, während Christine still vor sich hin summte.

Aber es gab einen Balkon, von dem aus man den Wald sehen konnte, und Koslik saß dort am Nachmittag und hörte auf das leise Rauschen der Straße und das Knacken, das ab und zu herüberschwebte, als spräche der Wald über das Tal mit seinen winzigen Häusern und den glänzenden Autos hinweg zu ihm. In Weinheim gab es, außer dort auf dem Balkon zu sitzen, nichts für ihn.

Weil seine Mutter es so wollte, gingen sie jeden Tag in den Schaugarten, und Koslik saß auf einer Bank bei dem Teich und starrte auf die Seerosen, die wie kenternde Boote darin herumschwammen, beobachtete die Rentnergruppen, die in Herden über die Wiese in der Mitte zogen und hier und da innehielten, um sich über das Gestrüpp an den Seiten zu beugen, die Köpfe neugierig vorgestreckt. Dabei gab es dort jedes Jahr immer nur dasselbe zu sehen, stille Pflanzen, einander in ihrer Bewegungslosigkeit so ähnlich. Nichts regte sich in diesem Garten, außer wenn es regnete und die Tropfen dick und schwer in den Teich und auf die Blätter wie in Schüsseln platschten und Koslik nass wurde, weil es nichts zum Unterstellen gab.

Seht ihr das, das sind die gelben Zinnien, sagte seine Mutter dann und zeigte auf irgendwelche Pflanzen, und Koslik schaute hin, weil auch Charlotte und Christine hinschauten, aber er konnte nicht wirklich etwas sehen. Jedes Jahr wiederholte sich diese Szene. Christine und Charlotte folgten ihrer Mutter durch den Garten, und Christine fotografierte all das, was die Mutter ihnen zeigte. Koslik wartete dann meistens am Teich, der nicht einmal einen Rand hatte, sondern einfach an der Bordsteinkante des Gehwegs endete wie eine Pfütze auf einer Betonstraße.
Das Einzige, über das seine Mutter reden konnte, bedeutete ihm nichts. Sie hatten keine Gemeinsamkeiten.
All diese Besuche kommen ihm selbst jetzt noch so trostlos vor, dass er sogar in diesem Zimmer mit Bude einen herben Geschmack auf der Zunge hat.
Er wird wütend, wenn er jetzt wieder an seinen Auszug denkt, zu dem er jedes Recht hatte, der die einzige Möglichkeit war. Dass danach nicht einmal Christine mit ihm geredet hat und Charlotte ihn an Weihnachten anschrie, das treibt ihm eine Hitze den Rücken hinauf. Wie paralysiert war er an diesem Weihnachten gewesen, hatte eine Starrheit in sich gespürt, die tagelang nicht weichen wollte. Wenn Koslik sich fragt, wie er damals gefühlt hat, sieht er nur in eine Leere.
Es stimmt, denkt er, dass sich dieses Gefühl durch sein Leben zieht wie ein roter Faden. Dass immer er es war, der still halten musste. Seine eigene Abwesenheit, als wäre er nie wirklich da gewesen.
Im nächsten Moment ärgert er sich, weil er überhaupt

auf diese Gedanken gekommen ist. Es bringt nichts, denkt er sich, andauernd alles zu hinterfragen.
Erst jetzt merkt er, dass er nach wie vor auf den Bildschirm starrt, die Augen aufgerissen. Mittlerweile läuft irgendeine ARD-Romanze, zwei ältere Frauen unterhalten sich an einem Kaffeetisch, Goldketten und hochtoupierte Haare.
Man findet immer etwas, denkt er. Wenn man zurückschaut, kann man immer ein Muster entdecken.
Nebenan hat Bude leise zu schnarchen angefangen. Koslik schließt die Augen, bleibt einfach eine Weile so liegen. Hinter seinen Augenlidern zuckt es.
Wie jedes Mal, wenn er zu lange an seine Mutter denkt, kriecht langsam ein Gefühl von Schuld zwischen die Wut, sinkt ganz schwer in ihm nach unten. Aber das kann er heute erst recht nicht ertragen.
Für heute ist Schluss damit, denkt er. Das Aufstehen fällt ihm trotzdem schwer.
Erst als er sich im Bad kaltes Wasser ins Gesicht schüttet, hört es in ihm langsam auf zu kreisen.
Das Badlicht ist kalt, und er sieht furchtbar alt aus. Als würde allein das Erinnern machen, dass er all die Jahre noch einmal lebt, dass er älter wird, obwohl er stehen bleibt.
Als er aus dem Bad kommt, liegt Bude unverändert da, das Blau flimmert um seine geschlossenen Augen.
Koslik schleicht näher, und einen Moment lang steht er ganz nah an Bude, kann ihm direkt in das müde Gesicht schauen.

Budes Mund steht offen, das Blau verdüstert sich darin zu einer Schwärze.
Koslik drückt den Knopf am Bildschirm. Das Zittern erstirbt, und wie geblendet sieht er erst einmal nur Dunkelheit. Da ist nur das leise Schnarchen von Bude, das ihm beweist, dass er nicht alleine ist.

10

Mit dem schwarzen Gerät um den Hals zu schlafen ist merkwürdig. Es ist, als säße etwas auf Kosliks Brust. Dabei ist das Gerät eigentlich leicht, aber wenn es dort lange liegt, fühlt es sich trotzdem an, als drückte es ihn nach unten.

Fast ist ihm, als schleppte er eine Last, als er am nächsten Morgen zum Frühstück geht, die Beine mühsam hebend, so lange ist er nun schon hier.

Auch die Rentner mit den schwarzen Geräten sitzen gedrückt im Kreis, die Hälse vorgereckt, mit den Köpfen wippend, als zöge sie das Gerät rhythmisch nach unten und sie müssten ihm immer wieder etwas entgegensetzen.

Obwohl es noch sehr früh ist, sitzt Frank schon in seiner Ecke, die Augen geschlossen, den Kopf nach hinten geneigt, als würde er schlafen. In dem weißen Bademantel sieht er aus wie ein Badegast auf einer Sonnenliege.

Koslik nähert sich vorsichtig. Heute überlegt er nicht einmal umzukehren, heute ist er zu müde.

Frank blinzelt, und kurz sieht er dabei so harmlos aus wie Bude. Bude, der heute Morgen noch tief und fest geschlafen hat, als Koslik ging. Seine brüderlichen Gefühle hatten Koslik selbst überrascht. Aber da war eine

Weichheit in ihm, weil Bude dort so schwerfällig lag, den Mund leicht offen, mit einem leisen Schnarchen, gleichmäßig und voller Selbstgewissheit.
Bei Frank ist das etwas anderes, sein Blinzeln hat etwas Heimtückisches.
Koslik, sagt er und setzt sich sofort auf, krempelt die Ärmel seines Bademantels nach oben.
Na, sieh einer an, dass ich dich noch sehe heute Morgen. Ein bekanntes Gesicht am Morgen ist immer was Feines. Was hast du gestern getrieben?
Mit keinem Wort erwähnt er, dass sie sich gestern hier im Speisesaal gesehen haben, Frank am Fenster und Koslik bei Bude und Frau Klemm, und kurz weiß Koslik selbst nicht mehr, ob die Szene stattgefunden oder ob er sie sich ausgedacht hat, ausgedacht wie all die anderen Bilder, Momente, Geräusche, die ihm seit gestern im Kopf umhersummen.
Dies und das, sagt Koslik, nichts Besonderes, und setzt sich.
Vor Frank steht außer einem Glas Wasser nichts, und Koslik findet, dass er heute ganz besonders müde aussieht.
Hast du keinen Hunger?, fragt Koslik und schaut zur Vitrine, als gäbe es dort die Antwort serviert. Stattdessen steht dort nur eine der Cafeteriafrauen und nickt still vor sich hin, als spräche sie jemandem in Gedanken gut zu.
Nee du. Frank reibt sich über das Gesicht, eine Geste, die typisch für ihn ist und hier trotzdem alt wirkt.

Heute ist mir kotzübel, sagt er.
Wieso?, fragt Koslik und beißt in sein Brot. Er ist froh, dass Frank aus dem Fenster schaut und so erschöpft aussieht, ihn nicht wie sonst mit diesem wölfischen Blick mustert.
Ach, das wird schon wieder, sagt Frank und lacht, es klingt polternd. Wenn einem im Krankenhaus nicht schlecht wird, hat man irgendwas falsch gemacht.
Koslik nickt, obwohl ihm gar nicht nach Nicken zumute ist.
Sie schweigen, und Koslik versucht, leise zu schlucken. Es ist geradezu gespenstisch still, nur Besteck klappert.
Weswegen bist du eigentlich hier?, fragt Koslik.
Nichts Wildes. Jetzt blitzt es wieder in Franks Augen. Nicht der Rede wert, weißt du, so eine Diagnose klingt ja immer gleich ganz schrecklich, aber in Wirklichkeit ist das auch nur ein Name. Mir geht es gut. Klar, die Krankenhausaufenthalte nerven, aber man muss das wie Urlaub sehen, einfach ab und zu mal aus dem Alltag raus, und wenn man positiv denkt, dann passiert auch nichts weiter.
Ich weiß nicht, ob man das so sagen kann, sagt Koslik, während Frank ihn anschaut wie erstarrt.
Je nachdem, was man für eine Krankheit hat, sagt Koslik und weiß selbst nicht, wieso er weiterredet, je nachdem muss man auch im Alltag Konsequenzen ziehen. Denn manches hat ja durchaus entweder seine Gründe im Alltag oder Auswirkungen darauf.

Frank schaut ihn ganz komisch an und schüttelt dann den Kopf.
Du verwunderst mich immer wieder, Koslik, sagt er, aber er sagt es nicht ohne Schwung. Das war ja mal wieder eine typische Strebermeinung. Aber ich sag dir mal was: Rumnörgeln hilft da nichts, da muss man die Zähne zusammenbeißen. Egal, was kommt. Und dann kann einem keiner was. Verstehst du? Na, du wirst es verstehen. Je länger man im Krankenhaus ist, desto mehr versteht man das. Man ist immer selbst schuld, wenn man sich da zu sehr reinziehen lässt.
Frank steht mit einem Ruck auf.
Weißt du, Koslik, ich würde wirklich gerne weiter mit dir quatschen, aber jetzt hab ich tatsächlich einen Termin beim Arzt.
Er lacht, wieder so polternd.
Also verzeih, aber später, selber Ort? Ach, und mach nicht so ein Gesicht, man könnte ja meinen, du wärst todkrank, sagt Frank, und erst jetzt fällt Koslik auf, dass sein Gesicht sich wirklich ganz steif anfühlt. Als hätte man seine Wangen hinuntergelassen, seinen Mund gesperrt, dass er ihn kaum noch bewegen kann.
Ja, gut, sagt er nur und nickt wieder und versucht ein Lächeln, das sich irgendwie grausam anfühlt.
Hey, Kopf hoch, so schlimm kann es doch nicht sein. Frank packt ihn schon wieder an der Schulter, schüttelt ihn wie ein Kind.
Immer positiv denken, Koslik, nie aufgeben, einmal im

Krankenhaus ist keinmal. Er lacht auf, dann macht er kehrt.
Bis später, Marlies kommt vielleicht auch, dann können wir uns ja wieder unterhalten.
Koslik sieht noch, wie sein Bademantel sich bauscht. Zum ersten Mal fällt ihm auf, dass Frank beim Laufen ganz merkwürdig wankt.

Koslik weiß heute nichts mit sich anzufangen, vor allem, weil Bude schon wieder im Bett liegt, als er ins Zimmer kommt. Vorhin hat er ihn kurz im Speisesaal gesehen, müde und mit hängenden Schultern am Fenster. Ganz schläfrig sieht er noch immer aus, und selbst, als Schwester Natascha hereinkommt, schafft er nur ein müdes Grinsen, auch wenn er dann doch in ihren offenen Kittel linst, als sie sich vorbeugt.
Schwester Natascha sagt heute ohnehin kaum etwas, selbst die Sommersprossen auf ihrer Haut sehen fahl aus. Vielleicht ist es aber nur das viel zu helle Licht von draußen, das alle so müde aussehen lässt.
Als sie geht, setzt Bude sich doch noch auf, faltet die Hände übereinander und schaut blinzelnd in der Luft herum. Immer wieder muss er dabei husten, als käme es von ganz tief unten.
Auch Koslik sitzt träge auf seinem Bett. Obwohl Schwester Natascha das schwarze Gerät mitgenommen hat, spürt er es noch jetzt, als hätte es sich ihm eingebrannt. Auf sein Buch kann er sich kaum konzentrieren. Trotzdem hört er Bude erst, als dieser sich räuspert.

Das vorhin, sagt Bude, da hab ich Sie im Speisesaal gesehen. Das war ja vielleicht was. Kannten Sie Ihren Tischkollegen? Koslik ist sich sicher, dass Bude noch nie so interessiert geschaut hat. Gespannt späht er jetzt über seine Brille hinweg zu ihm herüber. Wenn er so guckt, sieht er weniger müde aus.
Koslik will wegschauen, aber Bude guckt noch immer zu ihm, blinzelt dabei, als blickte er in viel zu helles Licht.
Wir kennen uns vom Studium, sagt Koslik und will nicht weiterreden, aber Bude guckt ihn an, als wäre das nicht die Antwort, die er erwartet.
Wir waren mal Freunde, sagt Koslik. Der Satz klingt irgendwie seltsam, warum, weiß er auch nicht.
Aha, aha, verstehe. Bude lacht. Und jetzt nicht mehr? Na, das kenn ich. Und ehrlich gesagt hab ich mir das gedacht, so wie Sie geguckt haben. Da hätt man meinen können, Ihre Mutter wär gestorben. Ich hab in meinem Leben auch viele Leute getroffen, die ich einfach nicht leiden konnte, die haben mir einfach nicht geschmeckt. Weiß auch nicht wieso, aber so ist das eben manchmal.
Während Bude redet, kommt ihm die Farbe zurück ins Gesicht, und er gestikuliert wild mit den Händen, als wollte er die Luft um sich herum verscheuchen.
Einmal hab ich auch einen getroffen im Krankenhaus, Günther hieß der, glaube ich, Gott, was für ein unangenehmer Typ, sag ich dir, so jemanden will man nicht um sich haben. Aber was soll man machen, einfach aus dem Weg gehen und Schwamm drüber.
So schlimm ist es nicht, sagt Koslik. Es fühlt sich ko-

misch an, mit Bude über Frank zu reden. Aber irgendwie beruhigt es ihn auch, es ist beinahe so, als existierte Frank gar nicht wirklich, als wäre er ein Film, den sie beide zusammen geschaut haben, über den man sprechen kann, ohne dass man wirklich über etwas redet.
So hat es aber nicht ausgesehen, wenn ich mir den Kommentar erlauben darf, sagt Bude, und Kosliks Herz klopft auf einmal ganz anders. Konnte man ihm so viel ansehen? Dabei weiß er doch selbst nicht, was er eigentlich denkt von der ganzen Sache. Wo er überhaupt steht.
Nein, ach, so schlimm war es nicht, sagt Bude wie als Antwort. Aber ich könnt mir denken, dass Sie ihn nicht so gern noch mal sehen wollen, oder?
Es lässt sich wohl nicht vermeiden, sagt Koslik. Wir haben eine gemeinsame Freundin.
Das klingt wie eine Lüge, aber er weiß nicht, wie er Marlies sonst nennen soll.
Gemeinsame Freundin, na, sagt Bude, es geht also um eine Frau. Ach, hör mir auf, immer geht's um eine Frau. Damals bei der Gerdi, da gab's auch Zoff wegen dem einen Arbeitskollegen, den Namen weiß ich nicht mehr, Gott, den will ich vergessen. Es geht bei so was immer um eine Frau. Bude faltet die Hände und schaut ganz merkwürdig in der Luft herum.
So ist es nicht, will Koslik sagen, aber Bude seufzt und hat sich schon seinem Fernseher zugewandt, klappt den Bildschirm vom Nachttisch zu sich herüber.
Menschenskinder, warum bin ich heut nur so müde. Bude reibt sich die Augen, dann drückt er auf den Knopf.

Werde mal ein bisschen rumzappen, das bringt mich bestimmt wieder auf Vordermann, sagt er, und Koslik fühlt sich merkwürdig allein gelassen.

Obwohl Bude immer wieder einschläft und man das blaue Flimmern kaum sehen kann, so hell kommt es von draußen, kann Koslik sich auf nichts konzentrieren.
Also geht Koslik schon früher, als er muss, in den Speisesaal und schaut aus dem Fenster. Er hat das Buch mitgenommen, das Charlotte ihm zu seinen Anziehsachen in die Tasche gepackt hat, irgendeines, das er sich vor Monaten gekauft und auf seinem Nachttisch hat liegen lassen. Er will nicht so wirken, als hätte er gewartet, wenn Marlies kommt.
Er versucht, nicht zum Eingang zu schauen, durch den um diese Uhrzeit nur die Cafeteriavögel ein- und ausflattern, immer mit hastigen Schritten und wehenden Kitteln. Nur ab und zu kommt einer der Rentner hereingestapft, mit langsam schlurfenden Schritten und baumelnden Armen.
Er muss jetzt wieder an Marlies denken. Sonst denkt er nie daran, wie sie sich kennengelernt haben. Es hat keine Bedeutung, es ist viel zu lange her, und eigentlich kannte er sie damals ja gar nicht. Trotzdem läuft es jetzt wie ein Film vor seinen Augen ab.
Koslik hatte es schon immer an echter Empörung gefehlt. Als er das erste Mal im engen Fachschaftsraum saß, unter sich ein zerfleddertes Sofa, auf dem er unruhig

hin und her rutschte, um den am wenigsten dreckigen Platz zu ergattern, während alle anderen auf den Sofas hingen, als könnten sie dort einschlafen, da wusste er sofort, dass es ihm an der entscheidenden Fähigkeit zur Ent- und Anspannung mangelte. Dieser Fähigkeit, die dazu führte, dass man sich sowohl in völliger Seelenruhe mit einem Joint in ein dreckiges Sofa fallen lassen konnte, um im nächsten Moment in heller Aufregung gegen die Bestimmungen der Universität zu rebellieren. Marlies hatte ihm gegenübergesessen und sich mit einer ruhigen Gelassenheit an den Diskussionen beteiligt, die ihn gleich beeindruckte. Ihn hatte sie, ebenso wie die anderen, mit gleichgültiger Freundlichkeit behandelt, hatte nach dem Treffen immer noch kurz bei den anderen gestanden und war dann gegangen.
Koslik hatte sich nie getraut, sie anzusprechen.
Erst auf der Schwarzwaldhütte, wo er sich die meiste Zeit gefühlt hatte wie ein Zuschauer irgendeiner Realityshow, hatten sie sich richtig kennengelernt. Er hatte gar nicht vorgehabt, in ihre Nähe zu kommen, aber irgendwann nachts hatten sie dann doch nebeneinander am Lagerfeuer gesessen.
Koslik ist sich sicher, dass es nicht so romantisch war, wie es ihm die Bilder jetzt suggerieren, dass da noch mehr war als ein warm knisterndes Feuer, darum das Zirpen und Rascheln der Natur und Marlies, deren Haare im Feuer glänzten. Er erinnert sich nur daran, dass er sich neben ihr wohl gefühlt hatte. Besser als bei seinen Freundinnen vorher, besser als bei denen hinterher. Nur

Kerstin kam in diesem Gefühl an sie heran. Sie war Jahre nach Marlies gekommen, trotzdem hatte er sie immer mit ihr verglichen.

Seine Gedanken wandern jetzt zu Kerstins weichem Gesicht, der naiven Freundlichkeit in ihren Augen. Er hatte sie in einem Regionalexpress kennengelernt. Der Tag war drückend schwül gewesen, und Kolonnen von Rentnern klebten schnatternd an den Fenstern, während draußen unter der flimmernden Sonne das Höllental vorbeizog. Nur der Platz neben ihr sah noch unbesetzt aus.

Koslik war so auf das Gefühl der feuchten Shorts in seinen Kniekehlen konzentriert, dass er gar nicht hinschaute, sondern einfach in die Luft hinein fragte, ob der Platz noch frei sei. Erst als sie eine Weile gefahren waren, blickte er nach rechts und sah, umrahmt vom Schwarzwald, der in der Sonne grünblau schimmernd vorbeizog, ihr Gesicht, aus dem ihn große, beängstigend helle Augen anblickten. Ob sie schon die ganze Zeit geschaut hatte, wusste er nicht. Er sah schnell wieder weg, aber da war es schon zu spät.

Ganz schön warm heute, sagte sie und lachte dann, ein albernes, mädchenhaftes Lachen, das Koslik irgendwie abstieß, aber er zwang sich zu nicken und lächelte sogar, als sie noch einen Kommentar machte, was für einen, weiß er jetzt nicht mehr, es ging wohl um Ausflüge an Samstagen und darum, dass Rentner viel in Gruppen unterwegs waren.

Das Gespräch, das sie führten, war so austauschbar wie

die Rentner vor ihnen, aber die Art, wie sie dabei immer in seine Richtung starrte und beinahe nie zu blinzeln schien, klang doch irgendwie in ihm nach. Als sie ihn nach seiner Nummer fragte, diktierte er sie widerwillig, aber auch ein wenig neugierig, und als sie ihn ein paar Tage später anrief und zu einem Kaffee einlud, sagte er nicht nein.

Das Ganze hielt immerhin fast zwei Jahre. Kerstin war eine gute Freundin, auf eine Art fantasielos, die Koslik beruhigte. Wenn sie miteinander schliefen, dann lag sie meistens reglos da. Oft machte sie ihm abends Pfannkuchen, und wenn er, müde, weil er häufig nicht schlafen konnte, morgens aufwachte, hatte sie ihm einen Kaffee gekocht.

Eine Weile wohnten sie sogar in einer gemeinsamen Wohnung, genauer gesagt war es ihre Wohnung. Koslik hatte seine Dachgeschosswohnung ohnehin kündigen wollen, es roch dort immerzu nach Katzen, und zu seiner Arbeit brauchte er viel zu lange.

Jetzt, wo er daran zurückdenkt, fällt Koslik auf, dass er sich seine Freundinnen eigentlich nie selbst ausgesucht hat. Sogar Marlies nicht. War es nicht so gewesen, dass Frank ihn erst richtig ermutigt hatte, es bei ihr zu versuchen?

Im Gegensatz zu Koslik hatte Frank sich mit großer Begeisterung in die Fachschaftsarbeit gestürzt. Koslik hingegen ging nur hin, weil Frank es tat und weil Marlies oft dort war. Frank zwinkerte ihm zu, wenn sie in seiner Nähe saß.

Jetzt, wo Koslik an Marlies und Frank denkt, bekommt er sofort wieder schlechte Laune, die ihn in die Cafeteria zurückbefördert.
Noch immer ist der Raum recht leer, aber jetzt glaubt Koslik, eine Anspannung zu spüren, die vorher nicht da war. Der alte Mann vorne klopft mit seinen Krücken auf den Boden, die Frau mit den strähnigen Haaren schaut sehnsüchtig aus dem Fenster. Alle hier wirken auf eine unbestimmte Art zurückgelassen.
Koslik glaubt, dass auch die anderen immer zusammenzucken, wenn jemand Neues hereinkommt.
Sie alle warten, aber als Marlies plötzlich wirklich vor ihm steht, ist er trotzdem überrascht. Irgendwie hatte sich jetzt doch wieder das Bild der alten Marlies in seinen Kopf geschlichen, der fröhlichen Marlies, die noch offene Haare trug. Jetzt lässt das Beige ihres Mantels ihre Haare, ihre Haut stumpf wirken.
René, wie schön, sagt sie und lächelt, und an ihren Mundwinkeln graben sich die Falten viel tiefer ein als früher.
Sie setzt sich und faltet beide Hände um ihren Kaffeebecher.
Frank kommt später, sagt sie, nachdem sie kurz geschwiegen haben. Der erholt sich noch von der Infusion.
Koslik ärgert sich, dass das ihre ersten Worte an ihn sind. Er hätte gar nicht nach Frank gefragt, aber so muss er nicken und wieder daran denken, dass Marlies schon damals immer diesen komischen Ausdruck im Gesicht hatte, wenn sie von Frank sprach. Ihre Augen

werden ganz glasig dabei, und Koslik glaubt, dass auch ihre Lippe zuckt.
Was ist das eigentlich zwischen euch?, fragt Koslik. Seine Wut macht ihn direkt, und Marlies schaut ihn einen Moment lang erschrocken an.
Was meinst du? Sie streicht mit ihren Fingern über das Porzellan des Bechers, eine Geste, die viel zu zärtlich ist für einen Raum wie diesen.
Na ja, sagt Koslik und weiß selbst nicht, wie er jetzt beenden soll, was er angefangen hat.
Habt ihr euch wiedergetroffen oder nach dem Studium weiter Kontakt gehalten? Es wundert mich, dass ihr noch so eng seid.
Also verwunderlich ist das ja nicht, sagt Marlies und klingt dabei gereizt. Und Koslik findet, dass sie etwas rot geworden ist.
Wir beide hätten schließlich auch Kontakt halten können, oder du und Frank. Weißt du, wie blöd das damals war, dass du dich einfach nicht mehr gemeldet hast? Einfach so mir nichts, dir nichts?
Koslik sagt nichts, sondern schaut sich im Raum um. Sie hat hastig und laut geredet, aber es ist noch niemand da, der sie hören könnte. Selbst Bude ist nicht zu sehen, an seinem Tisch in der Ecke sitzt ein mittelaltes Paar, synchron kratzen sie auf ihren Tellern herum.
Dafür werde ich mich nicht entschuldigen, sagt Koslik, er versucht es leise zu sagen. Du wolltest doch weg, irgendwie dachte ich, dass da automatisch ein Abstand mit einhergeht. Dass es das war, was du wolltest.

Das ist nicht wahr, das weißt du, sagt Marlies, und sie sagt es wieder viel zu laut.
Doch, sagt Koslik, daran erinnere ich mich doch.
Das ist wieder so typisch, sagt Marlies, und jetzt ist sich Koslik sicher, dass sie noch genauso wütend und gleichzeitig verkrampft sein kann wie früher, dass es noch die Marlies ist, die er kennt. Um ihre Augen sind jetzt wieder diese Fältchen, und vor Anspannung sitzt sie ganz gerade.
Weißt du, du hast dir deine Erklärungen schon immer schön bequem gemacht. Ich hab dir das nie gesagt, aber weißt du, wie sehr das nervt, dass du immer so selbstgenügsam bist?
Marlies, sagt Koslik, und ihren Namen auszusprechen ist so merkwürdig, dass er fast die Wut vergisst, die er auf sie spürt. Er kann nicht glauben, dass das gerade passiert, dass sie hier sitzen und dass er am liebsten aufspringen möchte. Trotzdem bleibt irgendetwas in ihm ruhig, als hätte die Wut etwas anderem Platz gemacht. Etwas, das ihn jetzt leise sprechen, das ihn alles genau ausformulieren lässt, während Marlies, gespannt zum Angriff, ihren Mund zusammenkneift.
Ich finde es unglaublich, dass du mir ausgerechnet hier, er deutet in den Raum, solche Vorwürfe machst, und das, nachdem immerhin du es warst, die damals gegangen ist, ohne große Erklärung. Und jetzt bin ich hier mit einer vielleicht gefährlichen Krankheit und werde mit dir und Franks Geturtel konfrontiert, dabei wollte ich euch beide nicht wiedersehen. Warum sollte ich auch, du

hast mir nicht gerade das Gefühl gegeben, dass du noch Wert auf meine Gesellschaft legst.
Koslik hält inne. Er hat das Gefühl, viel zu viel gesagt zu haben. Sein Nacken fühlt sich ganz heiß an, so schnell ist ihm die Hitze den Rücken hochgekrochen.
Aber Marlies macht ein Gesicht, als hätte sie ohnehin nicht zugehört.
Ich wünschte, du wärest nicht so zynisch, sagt sie, und ihre Augen schauen direkt an ihm vorbei.
Denkst du, ich weiß nicht, dass wir hier im Krankenhaus sind? Ich finde es auch nicht toll, dass wir dieses Gespräch hier führen müssen. Das hätte man verhindern können. Aber dass du jetzt Frank mit hineinziehst ...
Du willst ihn verteidigen?, fragt Koslik, und selten hat er so aggressiv geklungen. Er ist selbst ganz überrascht davon. Sogar Marlies schaut ihn jetzt direkt an.
Ich finde nicht, dass das der richtige Zeitpunkt ist, um irgendwas mit ihm abzurechnen, René, sagt sie. Er ist krank und hat echt zu kämpfen.
Das ist genau das, was ich sage, sagt Koslik und ist jetzt müde.
Ich bin auch krank. Alles, was ich will, ist meine Ruhe.
Marlies schweigt und schaut ihn an, und etwas verändert sich in ihrem Gesicht.
Ich weiß, René. Sie greift nach seiner Hand, aber es fühlt sich falsch an. Sie lässt los.
Es tut mir leid.
Sie schauen beide auf die Tischdecke.

Ich hoffe, du machst nicht denselben Fehler wie Frank, sagt sie und seufzt. Weißt du, so eine Krankheit ist echt eine Belastungsprobe, deswegen versteh ich dich ja, wirklich. Frank hat damit auch seine Schwierigkeiten. Du kennst ihn, er ist ein alter Optimist, will auf keinen Fall eingeschränkt werden und akzeptiert einfach nicht, dass er Hilfe braucht. Seiner Freundin hat er noch nicht mal erzählt, dass er multiple Sklerose mit schwerer Verlaufsform hat, dass er deswegen so oft verschwindet und Schmerzen hat.

Ach, und dir erzählt er alles?, fragt Koslik, und Marlies zieht die Augenbrauen zusammen.

Das hatten wir doch schon, sagt sie, muss das sein.

Er schaut sie nicht an, sondern auf die Tischdecke, die heute irgendwie anders aussieht, aber er spürt Marlies' Anspannung.

Ich sage doch nur, sagt er, aber sie unterbricht ihn, ihre Stimme jetzt wieder ganz verändert.

Das ist jetzt schon wieder so typisch, dass du nicht einfach sagst, wenn dir was nicht passt. Du ziehst dann immer dieses Gesicht, dieses lange, als ginge die Welt unter. Siehst du, jetzt schaust du mich schon wieder so an.

Koslik will ihr sagen, dass er unmöglich sehen kann, wie er selber aussieht, aber er lässt es.

Ich finde, du bist mir wenigstens eine Antwort schuldig, sagt er stattdessen. Hast du was mit ihm? Hattest du damals?

Jetzt, wo die Frage raus ist und er sieht, wie Marlies

erstarrt, zieht sich in ihm alles zusammen. Sein Herz hört fast auf zu schlagen.
Sie antwortet nicht, ihre Lippen aber zucken.
Also, hattest du?, fragt Koslik und beugt sich vor. Er fühlt sich so, als wäre er zum Sprung bereit, und Marlies rutscht unruhig hin und her.
Ich hab damals nicht mit ihm geschlafen, sagt sie dann. Wirklich, ich hab dir doch gesagt, das hatte nichts mit ihm zu tun.
Koslik erinnert sich nicht daran, dass sie ihm das jemals gesagt hat. Marlies schaut immerzu auf die Tischdecke, während sie spricht.
Aber du tust es jetzt, sagt er und muss die Hände zu Fäusten ballen, so sehr zittert in ihm alles.
Meine Güte, hast du mich jetzt genug verhört, sagt Marlies. Ich bin dir keine Rechenschaft mehr schuldig, also misch dich nicht ein.
Ich dachte, du hast einen Mann? Koslik weiß selbst nicht, wann er jemals so gebohrt hat.
Marlies sieht aus, als hätte sie Schmerzen.
Das reicht jetzt, sagt sie, sei nicht grausam.
Bin ich nicht, ich frage nur, sagt Koslik.
Ich gehe jetzt, sagt Marlies. Ich muss mir das von dir nicht anhören. Krankheit hin oder her. Ich wünsche dir echt nur das Beste, René, aber wenn du nicht aufpasst, wirst du irgendwann alt und verbittert enden.
Aus ihm kommt ein komisches Schnauben, für das er sich sofort schämt.
Du, sagt Marlies und hält dann plötzlich inne. Ihr Ge-

sicht hat etwas Komisches dabei, die Augenbrauen weiterhin zusammengezogen. Da ist etwas, was ich dir schon immer sagen wollte, sagt sie, und auf einmal wird ihre Stimme wieder hastig. Weißt du, René, das Problem war schon immer deine Arroganz. Du bist einfach immer so unglaublich arrogant gewesen. Und dabei hast du dich mit so wenig zufriedengegeben.
Was du sagst, sagt Koslik, macht wenig Sinn. Aber in ihm zittert es noch stärker, selbst seine Stimme vibriert.
Du merkst schon, sagt Marlies, dass du jetzt schon wieder anfängst, oder?
Koslik will lachen, aber in ihm steckt es fest, und Marlies hat schon ihren Stuhl zurückgeschoben.
Vielleicht sehen wir uns ja noch mal wieder, wenn du bessere Laune hast. Es sieht beinahe so aus, als versuchte sie ein Lächeln. Das ist jetzt möglicherweise wirklich nicht der richtige Moment. Lass es uns einfach darauf beruhen lassen, in Ordnung, René?
Koslik erinnert sich daran, dass sie Streit nie lange ausgehalten hat. Es war immer sie, die sich entschuldigte, wenn sie mit ihrer Mitbewohnerin stritt. Zum ersten Mal denkt Koslik, dass sie vielleicht schwach ist, wie sie da jetzt steht in diesem Mantel, der ihr eigentlich zu groß ist.
Also dann, mach's gut, sagt sie.
Koslik schaut nicht zu, wie sie geht, es käme ihm wie Versagen vor.

Koslik bleibt, wo er ist, aber nach essen ist ihm jetzt nicht mehr zumute. Erst jetzt wird ihm bewusst, dass er das Gefühl, das jetzt in ihm sitzt, bereits einmal gespürt hat, dass ihn das alles an damals erinnert. Auch damals hatte Marlies ihn alleine zurückgelassen, war einfach gegangen, auf eine Art selbstgefällig, die ihn merkwürdig traf. Und er hatte nicht gewusst, was genau er eigentlich fühlen sollte, bis da doch irgendwann Wut war. Wut und etwas, das sich wie Schuld anfühlte.
Weil Koslik so unmöglich sitzen bleiben und etwas essen kann, steht er auf. Erst als ihn die alten Herren nebenan anstarren, fällt ihm auf, wie vehement er den Stuhl von sich geschoben hat.
Er muss hier weg, denkt er und will losrennen, dann fällt ihm wieder ein, dass er nirgendwohin kann. Es gibt keinen Raum, wo man hier alleine sein kann. Am liebsten würde er jetzt einfach hinauslaufen, so wie damals, die Straßen entlang, bis er sich schließlich eingeredet hatte, dass schon alles gut war, wie es war, dass er alles richtig gemacht hatte.
Jetzt bleiben ihm nur die Gänge, das Treppenhaus.
Viel energischer als sonst geht er die Treppen, stampft beinahe auf wie ein kleines Kind. Er kennt sich so gar nicht, so aufgewühlt, dass er sich am liebsten gegen die Glasfenster werfen möchte wie ein Insekt bei dem Versuch, zum Licht zu kommen.
Aber draußen ist es schon wieder dunkler, nur in der Ferne sieht man noch einen hellen Lichtstreif, verheißungsvoll hinter den grauen Häusern.

Sein Kopf ist voll von der Rede, die er hätte halten sollen, voll von all dem, was er nie sagt. Am liebsten hätte er Marlies ins Gesicht gesehen dabei, gesehen, wie sich alles an ihr anspannt, wie sie diese lächerlichen Falten zwischen den Augen bekommt, wie ihre Augen sich verengen. Am liebsten würde er Frank alles ins Gesicht schreien, ihm etwas vorwerfen. Er weiß nur nicht, was. Dass er ihm alles weggenommen hat, vielleicht?
Der Gedanke ernüchtert Koslik, so plötzlich, als wäre er tatsächlich gegen eine Wand gerannt, dabei steht er nur schlaff und mit hängenden Armen vor den Fenstern im Treppenhaus.
Er ist selbst schuld, denkt er, und wieder ist da diese Schwere. Alles, was geschehen ist, lag immer daran, dass er es nicht anders gemacht hat, dass er nicht widersprochen hat, dass er nicht dagegengehalten hat. Als Gruber Frank die Stelle gegeben hat, als Marlies einfach gegangen ist. Er hätte etwas tun müssen.
Dann fällt ihm ein, dass er doch etwas getan hat. Wie oft er Marlies anrief, dass sie auf seine Nachrichten nicht reagierte, dass er Gruber gesagt hat, dass er die Stelle haben will. Hat er doch, oder?
Koslik ist sich nicht mehr sicher, was von all dem, was in seinem Kopf herumschwirrt, stimmt, alles sind Bilder, die genauso gut seiner Fantasie entstammen könnten. Er, wie er wütend in seinem Dachgeschosszimmer auf und ab läuft, einen Brief schreibt, er vor Grubers Büro. Er weiß nicht einmal mehr, wie es da drinnen wirklich ausgesehen hat, trotzdem sieht er sich selbst in diesem

Stuhl sitzen und spürt den bitteren Geschmack in seinem Mund, genauso wie jetzt den schalen, jetzt, wo um ihn herum nur das Treppenhaus liegt wie eine zweite Haut.
Ich muss mich beruhigen, denkt Koslik.
Ohne es zu merken, haben sich seine Füße in Bewegung gesetzt, ist er schon auf dem Weg, noch ein Stockwerk, wieder nach oben, die Schmerzen in seinen Beinen geben ihm den Rhythmus vor.

Schon vom Ende des Ganges aus sieht er, dass Budes und seine Tür offen steht. Der Rest des Ganges ist dunkel, nur bei ihnen klafft dort ein Loch in der Wand.
Auf einmal ist alles andere aus seinem Kopf verschwunden, da sind nur die gedämpften Stimmen, die er von vorne hört, ein Husten, das ganz anders klingt als Budes.
Schwester Natascha kommt aus dem Zimmer, die Haare jetzt hochgesteckt, sodass ihr Gesicht plötzlich ganz anders aussieht. Dahinter kommt ein Mann mit Sanitäterkleidung, die so rot ist, dass sie in diesem Gang aussieht wie eine Warnung.
Kosliks Herz klopft ihm bis zum Hals, und seine Beine gehen automatisch schneller.
Aber der Sanitäter und Schwester Natascha laufen einfach an ihm vorbei, nur Schwester Nataschas Blick streift ihn kurz. Er glaubt ein kurzes Nicken zu sehen, dann sind sie schon bei den Glastüren. Der Sanitäter schiebt einen Koffer, das Rollen brummt in Kosliks Kopf.

Im Zimmer sieht alles aus wie immer, Budes Bett ist zerwühlt, die Badtür steht offen. Jemand hat ein Fenster aufgemacht, drückend kommt es von draußen herein, dann ein leichter Lufthauch, der Koslik frösteln lässt.
Er sieht, dass Budes Schranktür sperrangelweit offen steht, die Fächer sind leer. Auf seinem Nachttisch liegt nichts mehr. Selbst das Glas Wasser ist verschwunden, keine Kopfhörer mehr, der Bildschirm ist zur Seite geklappt.
Koslik läuft zum Bad, schaut hinein, als könnte sich Bude dort verstecken. Aber niemand ist da, nur Kosliks Zahnbürste liegt auf der Ablage, halb über den Rand gerutscht, als hätte jemand in Hast alles vom Bord gefegt.
Koslik ist wie erstarrt. Erst als Schwester Natascha hereinkommt, merkt er, dass er immer noch zu Budes Bett schaut, auf das Laken, das vorne hochgerutscht ist und die weiße Matratze zeigt, auf die Bettdecke, die an der Seite zusammengeknüllt ist.
Schwester Natascha schließt das Fenster mit einem Knallen, und plötzlich ist es totenstill im Raum.
Herr Koslik, sagt sie. Und einen Moment hält sie inne, als wollte sie noch etwas sagen, und Kosliks Herz dröhnt in seinen Ohren.
Aber dann redet sie einfach weiter, in einem Ton, der viel zu beschwingt klingt.
Es ist so weit, morgen kommt das Herzecho. Ich muss Ihnen deswegen heute einen Zugang legen. Hatten Sie schon mal einen?, fragt sie und stemmt die Arme in die

Hüften, als wäre es seine Schuld, dass er so verloren im Raum steht.
Nein, sagt Koslik automatisch.
Mhm, sagt sie, am besten, Sie setzen sich.
Koslik setzt sich und sieht zu, wie sie einen Wagen hereinschiebt. Irrt er sich, oder schaut sie ganz bewusst nie zu Budes Bett, sondern immer nur zur Badtür, zum Fenster, zu ihm?
Was ist denn mit dem Herrn Bude?, fragt er endlich, als sie schon vor ihm steht. So kann er ihr Gesicht nur von unten sehen. Ihre Mundwinkel sind herabgezogen, ihr Gesicht sieht irgendwie verbittert aus.
Der ist nicht mehr hier, sagt sie. Geben Sie mir bitte Ihre Hand. Das wird jetzt kurz piksen.
Was heißt nicht mehr hier?, fragt Koslik.
Das darf ich Ihnen natürlich nicht sagen, sagt sie, und es klingt so emotionslos, dass Kosliks Hand in ihrer zusammenzuckt.
Einmal ausatmen bitte, sagt sie.
Er tut es automatisch, auch wenn er nicht weiß, wieso. In seiner Hand zieht es fürchterlich.
Als er hinsieht, wünscht er sich sofort, er hätte es nicht getan. Sie schiebt eine Nadel tief in ihn hinein, ein Röhrchen. Er sieht, wie sich seine Haut darüber wölbt.
So, das war's schon, sagt sie dann, schraubt noch an dem Ding herum, das jetzt aus seiner Hand ragt. Es ist am Ende mit einem rosa Verschluss versehen, als wäre er ein Neugeborenes.
Sie haben jetzt das Zimmer ganz für sich allein. Heute

kommt niemand mehr, ist das nicht eine gute Nachricht?
Das sagt sie so schwungvoll, wie Koslik es von ihr gar nicht kennt.
Und der Herr Bude wurde verlegt?, fragt Koslik.
Das darf ich Ihnen nicht sagen, sagt Schwester Natascha, aber auf eine Art klingt sie jetzt zärtlicher, beinahe mütterlich. Sie schaut zu Budes Bett und dann wieder zu ihm.
Heute kommt auf jeden Fall niemand mehr, also haben Sie das Zimmer für sich, wiederholt sie. Morgen früh bitte nichts essen. Und fassen Sie den Zugang nicht an, sagt sie noch, als Koslik die Hand wieder zurücknimmt.
Und nicht duschen. Er soll möglichst nicht nass werden.
Okay, sagt Koslik, aber sein Mund ist so trocken, als hätte er seit Monaten nichts mehr gesagt.
Eine gute Nacht, sagt Schwester Natascha, und Koslik sieht, dass sich hinten aus ihrer Frisur schon die Haare lösen. Sie macht viel zu schnell die Tür zu, als könnte sie es kaum erwarten, das Zimmer zu verlassen. Hastig entfernen sich ihre Schritte.
Koslik kann es ihr nicht verdenken. Hier drinnen fühlt sich alles ganz falsch an.

11

Die ganze Nacht kommt ihm seine Hand wie ein Fremdkörper vor. Es ist merkwürdig, wie die Haut sich über dem Röhrchen dehnt. Als protestierte sein ganzer Körper gegen das Fremde, das sich da in ihm eingenistet hat.

Der Morgen bricht blau an. Gleißend dringt es ihm durch die Lider, die halb offen sind, weil er kaum geschlafen hat.

Er war zwar wach, hat nach draußen geschaut, wo die Lichter blinken, so nah, dass es beinahe aussieht, als gäbe es kein Glas dazwischen, aber woran er gedacht hat, weiß er nicht mehr.

In ihm ist etwas aus der Realität gekippt, hat ihn irgendwohin verfrachtet. Er weiß nicht einmal mehr, welcher Wochentag ist, er weiß nicht mehr, wann er das letzte Mal mit Charlotte telefoniert, wann er das letzte Mal mit Melinda geredet, wie oft Gunnar jetzt schon seinen Kurs übernommen hat.

Erst als der Hunger unerträglich wird, steht er auf, wäscht sich mit nur einer Hand das Gesicht, spritzt Wasser auf seinen Körper, der sich taub anfühlt. Waren seine Beine schon immer so schwer? Hingen seine Arme schon vorher so merkwürdig herunter? Und hatte er schon immer das Gefühl, sein Kopf drückte gegen einen Widerstand, müsste sich selbst durch die Welt schieben? Als wäre alles um ihn herum zu Materie erstarrt, nur er selbst weich dazwischen.

Als die Tür aufgeht, sitzt Koslik auf dem Stuhl vor Budes Bett und denkt darüber nach, wo Bude jetzt wohl ist.

Er erinnert sich daran, wie blass und alt Bude ausgesehen hat. Man hätte es ahnen müssen, denkt Koslik. Hatte er etwas übersehen?

Dass er heute eine Herzuntersuchung hat, kommt ihm wie ein schlechtes Omen vor.

Herr Koslik, sagt der Mann, der plötzlich neben ihm steht. In seinem orangen Anzug sieht er aus wie all die Fahrer zuvor, das Gesicht wettergegerbt, und irgendwie wirkt er verfroren mit seinen schmalen Lippen, dabei ist es hier drinnen so warm.

Wir fahren Sie zu Ihrer Untersuchung, bitte kommen Sie mit.

Der Fahrer wartet nicht darauf, dass Koslik ihm folgt.

Koslik ist froh, dass es heute nur einer ist, nicht mehr die zwei, die ihn flankieren. So kann er sich fast fühlen, als liefe er alleine den Gang entlang, als wäre der andere nur zufällig hier.

Aber unten am Auto wartet der zweite, räumt im Wagen herum.

Er nickt Koslik zu, als würde er ihn kennen.

Und, was steht heute für eine Untersuchung an?, fragt er, als sie auf die Straße biegen.

Ein Herzecho, sagt Koslik und schaut zu seiner Hand, die, krank wie sie aussieht mit ihrer Kanüle, auf seinem Schoß liegt.
Als die beiden Männer ihm wieder die Tür aufmachen und links und rechts davon auf ihn warten, fühlt er sich zum ersten Mal so, als hätte er es verdient. Was so eine kleine Kanüle ausmachen kann, denkt er. Bei jedem Schritt erinnert sie ihn daran, wie verletzlich er ist.
Trotzdem kommt er sich dann doch wieder wie ein Gefangener vor, weil er die Hand so vorsichtig vor sich halten muss und weil die orangen Männer heute noch dichter an seiner Seite bleiben, als fürchteten sie diesmal wirklich, er könnte jeden Moment flüchten.
Wieder laufen sie durch Flure, die Koslik nicht voneinander unterscheiden kann, ein riesiges Labyrinth von Gängen, die so glatt sind, dass ihre eigenen Schemen vor ihnen auf dem Boden entlanghuschen.
Diesmal sitzen vereinzelt Menschen an der Seite, meistens alte Leute, die mit den Köpfen wippen, aber auch eine junge Frau ist dabei, umklammert einen Säugling, der in seinem Tragetuch leise vor sich hin wimmert.
Bitte warten Sie hier, sagt der eine der Männer und mustert Koslik. Koslik kommt es vor, als hätte ihn keiner der beiden bisher so angeschaut, so prüfend. Unschlüssig stehen sie jetzt neben ihm, bis Koslik sagt: Gut, das mache ich. Dann erst nicken sie, drehen sich synchron um.
Wir holen Sie ab, sagt der eine Orange. Warten Sie einfach, wenn es vorbei ist.
Okay, sagt Koslik und sieht zu, wie die beiden im Gleich-

schritt verschwinden und von den Gängen eingesaugt werden.
Während er wartet, versucht er seinen Kopf mit etwas zu füllen, das ihn aufheitert, aber die Unterhaltung mit Marlies hockt noch immer darin. Er muss daran denken, was sie über Frank gesagt hat. MS, denkt Koslik und erinnert sich daran, dass auch eine Freundin seiner Mutter diese Krankheit hatte.
Ein schrecklicher Zerfall, die Sylvie, die kann kaum noch gehen, sagte seine Mutter einmal zu Charlotte, er stand daneben und hörte mit halbem Ohr zu. Jetzt ist es, als hätte er schon damals gewusst, dass diese Information einmal wichtig werden würde.
Koslik muss an seine eigenen Beine denken, seine Arme, seinen Körper, der sich nicht mehr anfühlt wie seiner, seit er hier ist. Sich jetzt, wo er darüber nachdenkt, vielleicht nie wie seiner angefühlt hat.
Jetzt erst merkt er, dass es schon früher Zeichen gegeben hat. All die Tage, an denen ihm alles wehtat, an denen ihm alles so schwerfällig vorgekommen ist. Was für ein Unheil im eigenen Körper warten kann, denkt er. Bereit, sich irgendwann bemerkbar zu machen.
Er muss auf das Fenster gegenüber vom Gang starren, auf die roten Backsteine davor, in deren Ritzen man schemenhaft Moos erkennen kann, um sich von diesem Gedanken abzulenken.
Als die Tür aufgeht und jemand seinen Namen sagt, erreicht es ihn wie in einem Traum. Sehr laut muss die Stimme erst werden, bevor er hochfährt.

Die Frau sieht nett aus, sie hat etwas Mütterliches, obwohl sie noch jung ist. Ledrig wirkt ihre Haut und ist voller Flecken, darüber eine große Brille.
Bitte setzen Sie sich, sagt sie und führt ihn zu einer Liege. Und ziehen Sie Ihr Oberteil aus.
Koslik tut alles wie in Trance, erst die Kälte des Stethoskops lässt ihn aufschrecken.
Der Raum, in den sie ihn geführt hat, ist viel zu klein für einen Untersuchungsraum, nur eine Kammer fast, und die Frau wirkt darin merkwürdig deplatziert. Als könnte sie unmöglich Ärztin sein. Sie trägt nicht einmal einen weißen Kittel. Beinahe ist es so, als hätte man ihn in eine Abstellkammer gebracht. Nur der Klinikwagen, der neben ihr steht, sieht nach Krankenhaus aus.
Was passiert jetzt?, fragt Koslik. Wann findet die Untersuchung statt?
Jetzt, sagt sie. Wir machen die Untersuchung jetzt.
Sie lächelt, und es hat etwas Mildes. Sie redet langsam und leise.
Machen Sie sich keine Sorgen, das ist weniger schlimm, als es klingt. Sie haben den Zugang ja schon, das ist fast das Schlimmste. Sie haben die Erklärung doch unterschrieben?
Ja, sagt Koslik, auch wenn er nicht weiß, was sie meint.
Ich werde Ihnen ein Mittel in Ihren Zugang spritzen, das Sie sediert. Sie werden also nichts merken, und dann kann ich den Schlauch einführen. Sie müssen dann schlucken, das klappt auch mit der Sedierung, aber Sie werden sich später an nichts erinnern. In Ordnung?

Sie fragt das, als hätte Koslik eine Wahl.
Bitte machen Sie den Mund auf.
Wegen des Schlauches?, fragt Koslik.
Er fühlt sich so verletzlich.
Nein, ich spritze Ihnen auch noch etwas in den Rachen zur Betäubung.
Artig öffnet er den Mund, und es wird kühl. Ihre Finger hält sie die ganze Zeit an sein Kinn, als fürchtete sie, er würde sonst zurückzucken.
Bitte schlucken, sagt sie.
Es schmeckt bitter, wie Alkohol, und dann nach gar nichts mehr, weil die Betäubung ihm sofort den Rachen hinunterläuft. Alles ist so kalt in ihm, aber er könnte nicht sagen, woher das kommt.
So, sagt sie und befestigt etwas an seiner Brust, aber er kann nicht erkennen, was es ist. Er ist zu beschäftigt damit, ruhig zu atmen.
Ich spritze Ihnen jetzt was, sagt sie.
Es ruckelt an seinem Zugang, aber sonst spürt er nichts. Er wendet den Blick und sieht, wie durch den Zugang etwas in ihn hineinzulaufen beginnt.
So, jetzt merken Sie schon, wie Sie müde werden, nicht wahr?, sagt sie mit sanfter Stimme und hält ihn dabei fest wie ein Kind.
Koslik will sagen, dass er ganz im Gegenteil nichts merkt, dass er hellwach ist. Aber bevor er den Mund aufmachen kann, ist er weg.

Um ihn herum wabern die Gänge, und er merkt, wie ihm sein eigener Kopf immer wieder auf die Brust schlägt.
Man fährt ihn in einem Rollstuhl, das glaubt er zumindest, denn er sitzt in einem Stuhl, an dem seine Beine herunterbaumeln, und trotzdem zieht der Boden an ihm vorbei.
Überall sind Geräusche, verzerrt und kreischend, er sieht sogar Figuren, aber ob sie mit ihm reden oder ihn anschauen, kann er nicht sagen. Manchmal halten sie, Türen gehen auf und zu, alles dreht sich.

Als Koslik das nächste Mal die Augen aufmacht, sitzt er auf einer Liege.
Er schaut an sich herunter und ist erleichtert, weil sich nichts verändert hat. Er trägt noch dieselbe Hose wie vorhin, sein Hemd. Sein Zugang ist auch noch da, rosa ragt ihm das Plastik entgegen. Um ihn herum ist ein Ticken, dann erst merkt Koslik, dass es ein Tropfen ist. Beinahe überlaut hört er es.
Neben ihm sitzt eine Frau, den Kopf zurückgelehnt, der Mund offen. Der Tropf steht genau zwischen ihnen, und Koslik sieht, wie oben die Tropfen hineinfallen und der Schlauch darunter schon ganz wässrig ist. Die Frau bewegt sich nicht, und so wächsern, wie ihr Gesicht aussieht, könnte man meinen, sie wäre tot.
Aber als Koslik das nächste Mal die Augen aufmacht, ist sie weg, gegenüber sitzt jetzt dafür ein anderer, diesmal ohne Tropf, blättert in einer Zeitschrift und schaut im-

mer wieder nach oben, fast so, als bewachte er Koslik. Daneben sitzen noch drei weitere.
Koslik hat das Gefühl, alle starren ihn an, aber als er die Reihe der Gesichter entlangschaut, sieht er, dass die meisten die Augen geschlossen haben. Die Münder stehen leicht offen, als flößte ihnen jemand Unsichtbares etwas ein.
Wo bin ich, denkt Koslik und schaut wieder an sich herunter und ist erleichtert, weil er seinen Körper langsam wieder spürt. Zur Überprüfung hebt er die Beine von der Liege, tastet seine Arme entlang.
Langsam, hat er das Gefühl, kommen auch seine Gedanken zurück, die Leere füllt sich.
Das muss ein Aufwachraum sein, denkt er und schaut sich um.
Auch dieser Raum sieht nicht aus wie ein Klinikraum, viel zu klein ist er, und viel zu beiläufig sitzen die Menschen darin herum, aber an den Wänden hängen medizinische Plakate, Bilder von sehnigen Körpern, in denen man die Muskeln und die Knochen sieht, und irgendwo tickt ein Tropf noch immer seinen Rhythmus.
Er bleibt sitzen und wartet, und eine seltsame Zufriedenheit breitet sich in ihm aus, ein Frieden, den er gar nicht kennt, den er noch nie gespürt hat. Beinahe so, als wäre er endlich am richtigen Ort, als wäre dieser Aufwachraum genau der Platz, wo er hingehört, wo er jetzt sein muss.
So ist es, denkt er. Jetzt ist es definitiv, dass er sein Leben nicht mehr weiterleben kann wie bisher.

In der engen Stille dieses Raumes, in der all das enden musste, klopft das Ticken des Tropfes diese Gewissheit fest. Die Krankheit wird alles verändern, denkt Koslik. Aber er weiß jetzt, dass er vorgewarnt worden ist. Dass er es hätte immer wissen müssen, dass sich von Anfang an abgezeichnet hat, dass es so kommen würde. Er wollte die Zeichen nicht sehen. Jetzt aber sieht er alles, als wäre die Krankheit ein Pfad, auf dem er schon immer gegangen ist, und erst jetzt schaut er zu Boden und sieht die Markierungen.

Aber ich werde damit fertig, denkt Koslik. Ich lasse nicht zu, dass es mich weiter unterdrückt, dass ich die Dinge einfach so hinnehme. Jetzt nicht mehr.

Zum ersten Mal kann er ohne Schmerz an Marlies denken und daran, wie das alles geendet hat.

Marlies hatte ihn gebeten, sie in einem Café zu treffen, und weil ihre Stimme dabei so seltsam klang und weil sie sonst nie in ein Café gingen, wusste Koslik gleich, dass etwas nicht stimmte.

Koslik war vor ihr da und schaute aus dem Fenster, durch das man die Uni-Buchhandlung sehen konnte, vereinzelte Menschen, die in den Auslagen herumsuchten, immer wieder Gruppen von Studenten, die auf dem Platz davor standen. Er ging davon aus, dass sich eine der Gruppe jeden Moment lichten und Marlies daraus hervorkommen würde. Aber plötzlich saß sie neben ihm, gerade, als er sich einen Kaffee bestellt hatte, weil er nicht länger warten wollte und ihm schrecklich kalt war.

Es tut mir leid, sagte sie und schaute immer wieder auf den Tisch dabei, kratzte mit den Fingern darauf herum, als wäre das ihre Aufgabe.
So funktioniert das nicht, sagte sie, als hätte er widersprochen, aber Koslik saß nur da und sah zu, wie ihr Finger auf dem Tisch hin und her kroch.
Du musst doch selber sehen, dass das so nicht weitergeht. Du willst hierbleiben, du fühlst dich hier wohl. Aber mir reicht das einfach nicht. Da gibt es dieses Austauschangebot nach Chile. Da will ich hin, das ist wirklich etwas Tolles. Für mich, weißt du.
Aber Chile ist doch erst in einem halben Jahr, sagte Koslik und schaute überall hin, nur nicht zu ihr.
Hast du mir überhaupt zugehört? Hör mir doch bitte mal richtig zu, sagte Marlies, aber es klang nicht bittend, sondern emotionslos, und da musste Koslik doch hinschauen, und er hatte ihr Gesicht noch nie so gesehen, so schlaff, als hätte jemand alles hinausgesaugt.
Ich habe ja nur gefragt, weil das einfach keinen Sinn macht, was du sagst, sagte er.
Das ist nicht dein Ernst. Marlies war mit einem Mal nicht mehr schlaff, ihre Augenbrauen zusammengezogen. Sie warf die Haare nach hinten, wie es sonst nur andere Mädchen taten.
Ich versuche dir hier gerade was zu erklären, und das ist natürlich das Einzige, was dir dazu einfällt. Ja, genau, und diesen kritischen Blick kannst du dir echt sparen. Weißt du, das nervt einfach ungeheuerlich, dass du nie richtig zuhörst. Wenn man dich mal was fragt, weichst

du aus, und wenn ich dir mal was sagen will, weißt du, etwas, das mir wirklich wichtig ist, dann verstehst du nur das, was dir davon in den Kram passt.
Ich sage doch nur.
Siehst du, sagte Marlies, du machst es schon wieder. Und auf einmal war ihre Wut weg, und Koslik glaubte, sogar Tränen zu sehen. Das Ganze kam ihm irgendwie unecht vor, und er schaute aus dem Fenster, suchte irgendetwas anderes.
Du bist so unglaublich arrogant, sagte Marlies, das ist echt nicht zum Aushalten.
Koslik weiß noch, wie die Worte in ihm nachhallten, auch jetzt noch, wie ihre Stimme, genauso, wie sie das gesagt hat, in seinem Kopf nachklingt.
Wie das Gespräch zu Ende ging, weiß Koslik nicht mehr, aber Marlies ging gerade, als sein Kaffee kam.
Er hatte sie seitdem nur noch von weitem gesehen und zu den wenigen Gelegenheiten, an denen ihr alter Studiengang gemeinsam Silvester feierte, organisiert von Frank, der nicht lockerließ, bis auch Koslik kam.
Jetzt ist in ihm höchstens noch ein Nachhall von Bitterkeit, wenn er daran denkt, wie er sie im Pulk beobachtet hat, wie sie hin und wieder verschämt einen Blick zu ihm hinüberwarf, wenn sie glaubte, dass er nicht hinsah. Wie andere ihn anschauten, immer, wenn er auch nur in ihre Nähe kam. Er glaubte zu hören, wie sie über ihn redeten.
Nur Frank war an seiner Seite, redete viel zu laut und übertönte Kosliks Gedanken.

Nichts davon ist jetzt für ihn noch wichtig. Die Krankheit beschwichtigt ihn. Durch sie verblasst die Szene, als würde sie langsam ausradiert. Selbst seine Mutter sieht er jetzt ohne dieses ständige Gefühl von Groll, diese dumpfe Unterführung seiner Gefühle, die er nie so richtig losgeworden ist. Sie konnte nicht anders, es musste so kommen.
Herr Koslik, sagt eine Stimme, und Koslik glaubt erst, dass auch sie in seinem Kopf ist, dass sie eine Erinnerung ist, die jetzt ebenfalls nach oben drängt, bereit, genauso überprüft zu werden wie die anderen, aber neben ihm steht der Fahrer, ein Klemmbrett in der Hand.
Es tut mir furchtbar leid, sagt der Fahrer. Wir haben Sie einfach vergessen. Sie liegen sicher schon Stunden hier. Entschuldigen Sie. Aber jetzt sind wir ja da, bitte folgen Sie mir.

Weil Koslik alles so schwer ist und sich der Raum dreht, als er aufsteht, greift der Fahrer ihm unter die Arme, beinahe zärtlich, und zieht ihn nach oben.
Geht es?, fragt er, und Koslik nickt, setzt vorsichtig die Beine voreinander.
Der Fahrer bleibt nahe bei ihm, eine Hand auf seinem Arm, hilft ihm sogar ins Auto, als wäre die Stufe eine unlösbare Aufgabe für Koslik.
Oje, Sie hat's ja ganz schön mitgenommen, sagt der Fahrer und macht die Tür schon wieder auf, kurz nachdem er sie überhaupt zugemacht hat. Zumindest glaubt Koslik das, von einer Fahrt hat er nichts mitbekommen, nur

geruckelt hat es, und seine Gedanken sind noch immer träge, schieben sich nacheinander durch seinen Kopf.
Sie sind schon vor dem Neurologiegebäude, hoch ragen die Häuser vor dem Auto auf. Heute steht niemand davor, alles versinkt in einem wachsamen Schweigen.
Die Luft hier macht ihn plötzlich munter, als begrüßte auch sie ihn. Kälter ist es heute, beinahe schneidend, und oben reißt der Himmel auf.
Der Fahrer bringt ihn noch bis zur Glastür und klopft ihm dann auf die Schulter. Na, geht doch wieder, sagt er, als Koslik ihm zunickt.

Hier drinnen, hat er das Gefühl, sieht er gleich alles klarer, fühlt sich sein Körper gleich echter an.
Koslik läuft den Gang entlang und begrüßt das Grau des Flures als Zuhause. Seine Schritte hallen fast heimelig dazu.
In der Mitte des Ganges steht Pfleger Mark an einem Wagen und schaut auf, als Koslik kommt.
Herr Koslik, da sind Sie ja, wir haben uns schon gefragt, wo Sie bleiben, sagt er. Die Haare hat er wieder zu einem Entenschwanz gebunden, der träge wippt.
Ich war ein bisschen länger im Aufwachraum, sagt Koslik und ist froh, weil seine Stimme wieder normal klingt. Ich glaube, man hatte mich vergessen.
Ach was, das ist ja ein Ding, sagt Pfleger Mark. Also bei den Kollegen drüben, da fragt man sich manchmal wirklich, was die da so treiben. Vergessen! Und so was in einem Krankenhaus, großer Gott.

Pfleger Mark schüttelt den Kopf, und sein Entenschwanz schlackert hin und her dabei.
Aber jetzt sind Sie ja da, ein Glück. Der Arzt kommt dann gleich noch mal zu Ihnen. Packen Sie am besten schon mal Ihre Tasche, dann geht das mit dem Entlassen später schneller.
Entlassen?, fragt Koslik und überlegt, ob das Wort auch noch eine andere Bedeutung hat.
Aber natürlich. Pfleger Mark nickt.
Ihre Untersuchungen sind ja nun abgeschlossen. Und wissen Sie, Leerlauf können wir uns hier natürlich nicht leisten. Da kommen heute gleich noch Neue, wie ich gehört habe. Auch so ein junger wie Sie, aber ich darf ja nicht zu viel verraten. Datenschutz, Sie wissen, sagt Pfleger Mark und schaut ihn über seine Brille hinweg an, die heute auf der Nase wieder ganz nach vorne gerutscht ist.
Aber die Untersuchungen?, sagt Koslik und weiß plötzlich nicht mehr, ob seine Füße noch auf dem Boden stehen.
Natürlich, natürlich, da kommt ja gleich der Arzt, der bespricht die Ergebnisse dann mit Ihnen. Pfleger Mark schiebt etwas auf seinem Wagen zurecht.
Setzen Sie sich einfach noch mal hin, und erholen Sie sich von den Strapazen, dann können Sie das gleich in Ruhe mit dem Herrn Doktor besprechen.
Aber, sagt Koslik, doch Pfleger Mark winkt nur ab, das Gesicht wie das eines gutmütigen Onkels.
Der Arzt kommt gleich. Wieso setzen Sie sich nicht noch einmal hin und ruhen sich aus?

Koslik sitzt in seinem Zimmer auf dem Stuhl und schaut zu seinem Bett, das irgendjemand gemacht hat. Selbst seine Sachen wurden fein säuberlich zusammengeräumt. Budes Bett ist frisch bezogen, sogar einen Knick im Kissen gibt es. Koslik fühlt sich jetzt wie in einem Hotel in einer fremden Stadt, in der er noch nicht weiß, was zu tun ist.

Als der Arzt hereinkommt, hat Koslik seine Tasche bereits neben sich gestellt, um wenigstens irgendetwas zu tun zu haben.
Herr Koslik, wie ich sehe, sind Sie mittlerweile zurück, sagt der Arzt und steht plötzlich schon mitten im Zimmer, um ihn im Halbkreis die Studenten, die müde nach unten schauen.
Also, es gibt gute Nachrichten: Wir haben nichts gefunden, sagt der Arzt. Sie können also beruhigt nach Hause gehen.
Und das Herzecho?, fragt Koslik. In ihm rast das Herz und sagt ihm, dass der Arzt sich irren muss. Aber der Arzt blättert nur gelangweilt durch die Bögen auf dem Klemmbrett.
Da ist nichts Ungewöhnliches zu sehen, sagt der Arzt. Ihr Herz funktioniert sehr gut.
Okay. Koslik versucht zu ignorieren, dass sein Herz jetzt in ihm stolpert.
Und das EKG?
Ja, das dauert natürlich etwas mit der Auswertung, sagt der Arzt, aber er sagt es viel zu hastig. Die Studenten

schauen jetzt unruhig zum Fenster, ihre Blicke huschen zu Koslik und wieder zurück.
Also das dauert natürlich etwas, bis die Kollegen das ausgewertet haben. Aber wir melden uns natürlich, wenn daran irgendetwas ungewöhnlich sein sollte. Sie kriegen ja ohnehin noch einen Arztbrief von uns.
Okay, sagt Koslik wieder. Man weiß also nicht, was ich habe?
Wissen Sie. Der Arzt klickt mit seinem Kugelschreiber. Wir haben ja jetzt alle klassischen Ursachen für einen Schlaganfall ausgeschlossen, aber natürlich kann so etwas immer vorkommen, kleine Irritationen im Gehirn, das kann passieren. Nur, weil wir also jetzt alles ausgeschlossen haben, heißt das nicht, dass Sie keine transitorische ischämische Attacke hatten. Im MRT war zwar nichts zu sehen, aber auch das muss nichts heißen.
Der Arzt redet jetzt schon wieder so schnell, dass Koslik ihn kaum versteht, aber in ihm klopft und rauscht sowieso alles.
Ich schlage Ihnen daher Folgendes vor: Nehmen Sie vorerst jeden Tag Aspirin 10 mg, das ist die Standardmedikation. Das senkt das Risiko, dass Sie so etwas noch einmal erleben, weil es das Blut verdünnt. Und es ist absolut nicht schädlich. Wenn trotzdem etwas Ähnliches passieren sollte, gehen Sie am besten gleich zu einem Neurologen.
In Ordnung, sagt Koslik, er sagt es wie ferngesteuert.
Na dann, Herr Koslik, gute Besserung. Ach ja, und holen Sie sich noch das Rezept bei Pfleger Mark ab.

Schon huschen die Studenten aus dem Zimmer, der Arzt steht mit drei großen Schritten vor Koslik, und Koslik muss seine Hand nehmen, die vor ihm schon in der Luft wartet.
Ach Gott, Sie haben ja noch den Zugang, sagt der Arzt. Na, Herr Bruns, machen Sie das doch schnell.
Okay, sagt ein Student, der hastig ins Zimmer zurückgestolpert kommt, die Haare hängen fettig von seinem Kopf herab.
Gute Besserung, Herr Koslik, sagt der Arzt noch einmal, der von nahem doch nicht ganz so jung aussieht, und er sagt es auf eine Art herzlich, die Koslik verwundert.
Ja, sagt Koslik, danke.

Dann ist Koslik alleine im Zimmer, alleine mit seiner Tasche und schaut auf seine Hand, die sich vom Druck des Arztes irgendwie eingequetscht anfühlt und in der er den Zugang noch immer spürt, als steckte die Kanüle noch darin, als hätte der Student sie nicht herausgezogen.
Er erinnert sich an die Blicke der Studenten, die unruhig über ihn huschten, als ahnten sie etwas. An den Studenten, der hastig den Zugang entfernte, etwas Watte daraufhielt und festklebte. So müsste es gehen, sagte er und nuschelte es beinahe. Er traute sich nicht, Koslik ins Gesicht zu sehen.
Wie kann es sein, denkt Koslik, dass ich entlassen bin, obwohl noch nicht alles sicher ist?
Aber jetzt, wo der Arzt aus dem Zimmer ist und wo in

Budes Bett dieses Kissen mit Knick liegt wie ein Mahnmal, fühlt er sich hier ohnehin nicht mehr wohl.
Es ist besser, denkt er, wenn ich erst einmal nach Hause gehe, alles sacken lasse, mich ausruhe. Aber sein eigener Gedanke kommt ihm in seinem Kopf ganz weit entfernt vor.
Er bleibt eine Weile sitzen, schaut nach draußen, wo in ausgeblichenem Graublau der Tag immer weitergeht.
Irgendwann pocht seine Hand so sehr, dass er aufstehen muss.

In seinem Häuschen sitzt Pfleger Mark über den Computer gebeugt, und Koslik muss seine Tasche abstellen, um an die Scheibe zu klopfen.
Als Pfleger Mark nach oben schaut, sieht es einen Moment so aus, als sähe er Koslik gar nicht. Dann lächelt er und wirft seinen Zopf nach hinten.
Koslik ist noch nie aufgefallen, dass die Glastür knarrt, jetzt geht ihm das Geräusch durch und durch.
Das Rezept, nicht wahr?, sagt Pfleger Mark. Einen Moment.
Er huscht im Glasraum umher, während Koslik seine Hände zusammenballt und wieder streckt, damit das Gefühl verschwindet.
Alles Gute Ihnen. Pfleger Mark drückt ihm einen gelben Zettel in die Hand. Koslik hält den Zettel so fest, dass er bestimmt Dellen ins Papier drückt.
Bis bald dann, sagt Koslik.
Na hoffentlich nicht, sagt Pfleger Mark und lacht auf,

beinahe sieht es so aus, als würde er Koslik gleich freundschaftlich auf den Arm schlagen, aber er lässt es und gibt ihm nur die Hand, die Koslik gleich wieder loslässt. Pfleger Mark zwinkert ihm noch einmal zu, dann ist er schon wieder hinter der Glasscheibe. Die Tür zu seinem Aquarium fällt zu, und Koslik sieht, wie er sich wieder an den Computer setzt, das Entenschwänzchen liegt dabei müde auf seinem Kragen.

Koslik fährt mit dem Fahrstuhl wie ein Schlafwandler, drückt ganz automatisch die richtigen Knöpfe.
Draußen ist es noch immer kalt, und Koslik muss seine Jacke zuknöpfen. Ein merkwürdiges Summen liegt in der Luft, und erst als Koslik am Autohaus vorbeiläuft, merkt er, dass es die Straße ist, auf der Autos entlangbrausen. Vor dem Aldi stehen zwei Obdachlose mit ihren Zeitungen, durch die Tür strömen Menschen.
Obwohl gegenüber sogar eine Gruppe grölender Jugendlicher entlangläuft, hört Koslik nur das Rauschen, als käme es aus ihm selbst. Als wäre zwischen ihm und diesem Draußen hier, der Straße, dem Aldi, noch immer eine Glasscheibe.
Ein Stück weiter unten gibt es eine Bushaltestelle, bereits drei Menschen stehen dort. Koslik weiß nicht einmal, wo genau in Freiburg er hier ist, der Name der Bushaltestelle sagt ihm nichts.
Koslik kramt in seiner Jacke, bis er sein Handy findet. Es ist Mittwoch, fünfzehn Uhr dreißig. Erst nachdem er eine Weile auf die Anzeige geschaut hat, weil irgend-

etwas in ihm dabei anklingt, fällt ihm ein, dass gleich sein Kurs anfängt. Anfinge. Anfängt, nur ohne ihn.
Koslik sieht zu, wie die Autos hinter der Kreuzung verschwinden, dort, wo irgendwo die anderen Gebäude der Klinik verschlafen vor dem Schwarzwald liegen.
Fest umklammert er die Tasche und tritt nach vorne, wo die Menschen zur Seite springen, als wollten sie ihm nicht zu nahe kommen.
Koslik schaut auf den Busfahrplan und fragt sich, was er jetzt tun soll. Rauschend dehnt sich vor ihm nach links und rechts die Straße, und über ihm schwebt grau der Himmel. Er weiß nichts von dieser Welt.